東歌を読む

「歌路」の理論から読み解く東国の歌謡

辰巳正明
Tatsumi Masaaki

新典社
Shintensha

東歌を読む —— 目次

東歌目次 …… 5

解　題 …… 9

1　東国の範囲と歌の分類／2　東歌と東国の歌垣習俗／3　歌垣と中国西南民族の歌会／4　歌路と歌の流れ／5　山歌の成立／6　東方への憧れ

凡　例 …… 15

東歌を読む　「歌路」の理論から読み解く東国の歌謡

I　勘国歌

i—東歌（三三四八〜三三五二） …… 21

上総　下総　常陸　信濃

ii—相聞（三三五三〜三四二八） …… 32

遠江　駿河　伊豆　相模　武蔵　上総　下総　常陸　信濃　上野　下野　陸奥

iii—譬喩歌（三四二九〜三四三七） …… 142

遠江　駿河　相模　上野　陸奥

II　未勘国歌

i—雑歌（三四三八〜三四五四） …… 156

ii―相聞（三四五五～三五六六）……178
iii―防人歌（三五六七～三五七一）……317
iv―譬喩歌（三五七二～三五七六）……324
v―挽歌（三五七七）……330
おわりに……333

東歌＊目次

Ⅰ　勘国歌

ⅰ―東歌

3348　夏麻引く……21
3349　可豆思加の……23
3350　筑波嶺の……25
3351　筑波嶺に……27
3352　信濃なる……29

ⅱ―相聞

3353　新玉の……32
3354　伎倍人の……33
3355　天の原……35
3356　不尽の嶺の……36
3357　霞居る……38
3358　さ寝らくは……39
3359　駿河の海……42
3360　伊豆の海に……43
3361　安思我良の……46
3362　相模嶺の……47
3363　わが背子を……49
3364　安思我良の……51
3365　可麻久良の……52
3366　ま愛しみ……54
3367　百つ島……55
3368　阿之我利の……56
3369　阿之我利の……58
3370　安思我里の……59
3371　安思我良の……61
3372　相模道の……62
3373　多麻河に……64
3374　武蔵野に……65
3375　武蔵野の……67
3376　恋しけば……68
3377　武蔵野の……70
3378　伊利麻路の……71
3379　わが背子を……73
3380　佐吉多万の……74
3381　夏麻引く……75
3382　宇麻具多の……77
3383　宇麻具多の……78
3384　可都思加の……79
3385　可豆思賀の……81
3386　鳰鳥の……82
3387　足の音せず……84
3388　筑波嶺の……85
3389　妹が門……87
3390　筑波嶺に……88
3391　筑波嶺に……89
3392　筑波嶺の……91
3393　筑波嶺の……92
3394　さ衣の……93
3395　乎豆久波の……95
3396　乎都久波の……96
3397　比多知なる……97
3398　人皆の……99
3399　信濃道は……101
3400　信濃なる……102
3401　中麻奈に……104
3402　日の暮れに……105
3403　あが恋は……106
3404　可美都気努……108

3405 可美都気努……109
3406 可美都気野……111
3407 可美都気努……112
3408 介比多山……114
3409 伊香保ろに……115
3410 伊香保ろの……116
3411 多胡の嶺に……118
3412 賀美都家野……119
3413 刀祢河の……120
3414 伊香保ろの……121
3415 可美都気努……123
3416 可美都気努……124
3417 可美都気努……125
3418 可美都気努……127
3419 伊可保せよ……128
3420 可美都気努……130
3421 伊香保嶺に……131
3422 伊可保風……132
3423 可美都気努……134
3424 之母都家野……135
3425 志母都家努……136
3426 安比豆嶺の……138
3427 筑紫なる……139
3428 安太多良の……141
iii—譬喩歌
3429 等保都安布美……142
3430 斯太の浦を……144
3431 阿之我里の……146
3432 阿之賀利の……147
3433 薪樵る……148
3434 可美都家野……150
3435 伊可保ろの……151
3436 白遠ふ……152
3437 美知乃久の……153
Ⅱ 未勘国歌
i—雑歌
3438 都武賀野に……156
3439 鈴が音の……158
3440 この河に……159
3441 ま遠くの……160
3442 安豆麻路の……162
3443 うらも無く……163
3444 伎波都久の……165
3445 水門の……166
3446 妹なろが……167
3447 草陰の……169
3448 花散らふ……170
3449 白栲の……171
3450 乎久佐男と……172
3451 左奈都良の……173
3452 おもしろき……174
3453 風の音の……176
3454 庭に立つ……177
ii—相聞
3455 恋ひしけば……178
3456 空蟬の……179
3457 うち日刺す……181
3458 汝背の子や……182
3459 稲舂けば……183
3460 誰そこの……184
3461 何と言へか……186
3462 あしひきの……187
3463 ま遠くの……188
3464 人言の……190
3465 巨麻錦……191

３４６６ ま愛しみ……192
３４６７ 奥山の……193
３４６８ 山鳥の……194
３４６９ 夕占にも……196
３４７０ 相見ては……197
３４７１ 暫くは……198
３４７２ 人妻と……199
３４７３ 左努山に……200
３４７４ 植竹の……202
３４７５ 恋ひつつも……203
３４７６ うべ児なは……204
３４７７ 安都麻道の……206
３４７８ 遠しとふ……207
３４７９ 安可見山……208
３４８０ 大君の……209
３４８１ あり衣の……210
３４８２ 韓衣……212
３４８３ 昼解けば……214
３４８４ 麻苧らを……215
３４８５ 剱大刀……216
３４８６ 愛し妹を……217
３４８７ 梓弓……219

３４８８ 生ふ楚……220
３４８９ 梓弓……221
３４９０ 梓弓……222
３４９１ 楊こそ……223
３４９２ 乎夜麻田の……225
３４９３ 遅早も……226
３４９４ 児毛知山……227
３４９５ 巌ろの……229
３４９６ 多知婆奈の……230
３４９７ 川上の……231
３４９８ 宇奈波良の……232
３４９９ 岡に寄せ……233
３５００ 紫草は……235
３５０１ 安波嶺ろの……236
３５０２ わが愛妻……237
３５０３ 安斉可潟……238
３５０４ 春へ咲く……240
３５０５ うち日さつ……241
３５０６ 新室の……242
３５０７ 谷狭み……243
３５０８ 芝付きの……244
３５０９ 栲衾……246

３５１０ み空行く……247
３５１１ 青嶺ろに……248
３５１２ 一嶺ろに……249
３５１３ 夕去れば……250
３５１４ 高き嶺に……252
３５１５ あが面の……253
３５１６ 対馬の嶺は……254
３５１７ 白雲の……255
３５１８ 岩の上に……256
３５１９ 汝が母に……258
３５２０ 面形の……259
３５２１ 烏とふ……260
３５２２ 昨夜こそは……261
３５２３ 坂越えて……262
３５２４ 真小薦の……264
３５２５ 水久君野に……265
３５２６ 沼二つ……266
３５２７ 沖に棲も……267
３５２８ 水鳥の……268
３５２９ 等夜の野に……270
３５３０ さ雄鹿の……271
３５３１ 妹をこそ……272

3532 春の野に……273
3533 人の児の……274
3534 赤駒が……276
3535 己が命を……277
3536 赤駒を……278
3537 柵越しに……279
3538 広橋を……281
3539 岸崩の上に……282
3540 左和多里の……284
3541 岸崩辺から……285
3542 細石に……286
3543 室茅の……288
3544 阿須可河……289
3545 阿須可河……290
3546 青楊の……291
3547 あぢの棲む……292
3548 鳴る瀬ろに……294
3549 多由比潟……295
3550 おして否と……296
3551 阿遅可麻の……297
3552 松が浦に……299
3553 安治可麻の……300
3554 妹が寝る……301
3555 麻久良我の……302
3556 潮船の……303
3557 悩ましけ……304
3558 逢はずして……306
3559 大船を……307
3560 真金吹く……309
3561 金門田を……310
3562 荒磯やに……311
3563 比多潟の……312
3564 小菅ろの……314
3565 彼の児ろと……315
3566 わぎ妹子に……316
iii―防人歌
3567 置きて去かば……317
3568 後れ居て……319
3569 防人に……320
3570 葦の葉に……322
3571 己妻を……323
iv―譬喩歌
3572 何ど思へか……324
3573 あしひきの……325
3574 小里なる……326
3575 美夜自呂の……327
3576 苗代の……329
v―挽歌
3577 愛し妹を……330

解題

1　東国の範囲と歌の分類

『万葉集』巻十四には東国の歌謡が収録されている。冒頭に「東歌」であることを記す。東歌というのは、東国の歌の意である。東国は国毎に分類された歌の勘国歌（国が明らかな歌）の配列からみると、東海道に属する上総、下総、常陸、遠江、駿河、伊豆、相模、武蔵の八か国、東山道に属する信濃、上野、下野、陸奥の四か国の十二か国を指している。ここには漏れている国もあるが、遠江以東から陸奥までが東国の範囲とされている。東歌にはこの勘国歌に続いて、国名不明の未勘国歌が加わり、すべて二三〇首の歌が収録されている。勘国歌は目録によれば東歌、各国の相聞往来歌、各国の譬喩歌の分類目によるが、東歌の標目に続いて雑歌の分類があるべきだが、これは諸本に無く目録に「上総國雑歌一首」などとあるから雑歌であるべきことが知られる。脱落したのか、あるいは「東歌」のタイトルの中に雑歌も含めるという了解があったのか。この勘国歌は相聞と区別して譬喩歌を大きく分類に立てているのが特徴である。すでに譬喩という表現を方法として理解していたことが知られるから、編纂者の中に譬喩という詩学的な認識が働いているのであろう。未勘国歌は目録によれば未勘国雑歌、未勘国相聞往来歌、未勘国防人歌、未勘国譬喩歌、未勘国挽歌を分類目としている。雑歌、相聞、挽歌の分類は『万葉集』を分類する三大部立の原則による。ただ、ここには一首の挽歌を収録するのみで、特別な意味があったものと思われる。また譬喩歌も勘国歌と同じく相聞とは別分類とされていて、編纂者の詩学的理解に基づくことが知られる。そのような中で防人歌を分類目としたのは、東国に特有な歌としての項目立てである。防人歌は東歌の中に必ずしも必要とするものではなく、特別に加えたことが考えられる。五首という数であるのはそのためであり、ここには東国に対する尊敬の念があろう。防人歌は巻二十に国別に集められているが、そこでは項目としていない。

2　東歌と東国の歌垣習俗

東歌の歌数をみると、その多くは相聞歌である。つまり、東歌は恋の歌によって成立しているといえる。勘国歌に七十六首、未勘国歌に一一二首を収録する。二三〇首のうち一八八首が東歌の相聞歌であり、およそ八割以上を占める。この数字は雑歌の二十二首からみると驚異的な多さであろう。なぜ東歌は相聞の歌を大量に集め収録しているのか。もちろん、『万葉集』は「相聞」を分類目として多くの恋歌を載せているから、それは東歌のみの問題ではない。恋歌が歌の基本であることを示している。東歌もそのような性格の中にあるということである。むしろ、東歌の相聞の歌は、他巻の相聞歌とどのような異なりを見せるのかということであろう。東歌に多く見られる恋歌の生成については、東国に存在した歌垣との関係から説く必要があろう。現存する「風土記」には各地に歌垣の記事が多く見られ、殊に「常陸国風土記」には筑波山の歌垣や香島の童子松原の歌垣などの重要な記事をみる。筑波山の歌垣は坂（足柄山）より東の諸国の男女が、春の花の咲いた時、秋の黄葉の季節に飲食物を持参して馬でも徒歩でも登り、遊楽するのだという。その時に歌われた歌は車に乗せることが出来ないほど多いといい、二首の歌を載せている。しかも、土地の諺として「筑波嶺の会に娉（つまどい）の財を得ないと児女（家の女子）としない」のだという。このような筑波山の歌垣の賑わいを保証するものとして、『万葉集』では高橋虫麿歌集に載せる「登筑波嶺為嬥歌会日作歌」（巻九・一七五九題詞）という長歌が存在する。筑波山に男女が集まり嬥歌会（カガヒ）が行われたが、虫麿歌集の詠むところでは、この嬥歌会にあって人妻に自分も交わり、自分の妻に他人も言い寄ることは昔から神の禁じないものであると歌っている。それがいかなる事実を語るのか不明だが、「風土記」などの資料と繋ぎ合わせると歌垣は男女のエロスの祭典であることは明らかである。

3　歌垣と中国西南民族の歌会

筑波山の歌垣においては多くの歌が歌われたこと、男女が約束の贈り物をしたこと、贈り物を貰えないと児女としないこと、未婚にかぎらず既婚の男女も交じり合うことが知られ、そのような歌垣の状況から考えるならば、次の五点に筑波山の歌垣の特徴が指摘出来ると思われる。

（1）筑波山という神の山が選ばれ、その水辺で歌垣が行われた。
（2）春と秋という限られた季節に歌垣が行われた。
（3）遠方からも男女が集まり多くの歌が歌われた。
（4）歌垣では男女が恋歌を歌い、結婚を約束し贈り物を交換した。
（5）歌垣の場には、未婚・既婚の男女が交じり合った。

この五点の特徴は、歌垣の基本を示すものであると思われる。このような歌垣の特徴は、中国西南民族の歌会と類似する。広西省壮族には「歌圩（かう）」という歌会（歌垣）があり、これは壮族が定期的に集まり歌を歌い、また男女で情歌を対唱するのを基本とする伝統的な風習である。一般的には固定した日程があって、多くは農事の比較的暇な時が選ばれること、丘や山麓あるいは河辺の広がった野原が選ばれること、規模には大小があり、小さいのは数百人から数千人で二日間程度、大きいのは数十里から百里に至り、二万人ほどが集まり、四・五日も続くという。歌圩での歌は男女が歌唱して歌声を披露し、恋の感情を表すこと、対歌という方法を通して相手と互いに知り合い、感情を発展させて最終的には結婚の約束をし、一生を過ごすことの約束に至ること。歌は生動的であり見面の歌、要請の歌、問い詰めの歌、讃美の歌、深交の歌、送別の歌などがある。対歌を行う男女はそれぞれ三・四人あるいは七・八人などのグループを作り、態勢を整えて各グループが一人の歌い手を選出し歌いはじめること、対歌には問いがあり必ず答えなければならないこと、対歌が一段落を告げると、未婚の男女は一対となって群れを離れて対唱し、互いに贈り物をする（馬学良編『中国少数民族民俗大辞典』による）という。この壮族の歌圩の形態は概説に過ぎないが、筑波山の歌垣の五点の特徴と重なることが知られる。

4　歌路と歌の流れ

東歌が東国の歌垣に下支えされて生成したのではないかという考えに立った時に、東歌の恋歌は恋愛の道筋をたどりながら詠まれたであろうことが考えられる。いわば、歌の路（歌路）ともいうべき存在である。男女の対歌・対唱はこの歌路に従って展開を示したということであり、それは恋愛の道筋を小テーマとして歌い継ぐことである。歌路における小テーマは中国の各民族において次のように見られる。

布依族　相会　相思　相愛　失恋　光棍　鶏鳴　逃婚　請媒
京　族　初会　挑逗　探情　讃美　情深追求　分離　相思　同心　怨
仏佬族　邀唱　挑逗　初逢　問村　讃美　訴情　追求　約会　問定情　分離　想双　同家住　単身憂　怨責
毛南族　試喉　邀請　見面　讃美　試探　嘆身　挽留　熱恋　悔恨　怨恨　猜疑　歓嫁　嘱咐　離別　逃婚
水　族　青春　惜春　見面　分別　約会　求愛　想念　定婚　苦情　分離　逃婚
苗　族　模底　讃美　相恋　求愛　成双　失恋　逃婚　離婚　控訴　単身

これらは恋愛の道筋を示すものであり、その場の相手や雰囲気によって好みのテーマを選ぶことが出来る。この歌路によって対歌が可能となり、双方は問いと答えの連続によって男女の恋の物語りが紡ぎ出されて来る。だが、このような歌垣の歌路に基づいた歌も、やがて次の段階へ向かっていることが考えられる。つまり、歌垣の場の歌路で産生された恋歌が、本来の歌路の順序を離れて、広く労働や宴会や遊楽などの社交集会の中に伝承されたことである。その断片が東国の歌として蒐集されたことを予想させる。歌垣の場では数千も数万もの人々が集まり、あちらにもこちらにも小グループが構成されて会場それ自体が歌の海となり、そこでは男女の対唱を採集することはほとんど不可能であろう。それにも関わらず、多くの恋歌が採集されているのは、それらの恋歌が歌垣の中でも多くの人たちに共有された歌であり、表現の累積を経てある程度の定型化が進んだ恋歌である。中国の民族では、このような歌を〈山歌〉と呼ぶ。

5　山歌の成立

山歌は情歌（恋歌）の別名であると言われるほどに、恋を内容とする。それらの山歌は祭りや労働や宴会などで歌われ、伝誦性の強い恋歌である。ただ、山歌が歌垣に由来するものであることから、歌垣で歌うための練習のテキストでもあった。山歌を学び恋歌の歌唱の技術を習得するとともに、恋歌のすぐれた内容をマスターすることで、歌垣の場において即詠を可能とする教養を身につけるのである。したがって、山歌は歌垣の現場で恋歌を歌うための基本テキストとしての役割も担うことになる。そのことからみれば、東国の恋歌が東歌として採集されることを可能としたのは、一定の評価を受けて伝誦されていた恋歌であることに理由が存在する。しかも、それが一定の歌曲として歌われていたとすれば、これらの東歌は〈小歌〉という類の歌曲であったと推測される。中国水族の説明では「小歌は日常生活と労働の中で唱う歌であり、情歌が主で多くは即興によって歌う短歌である」（馬学良編『中国少数民族民俗大辞典』前掲書）といわれている。このような小歌は村の宴会や都人を迎えた宴席で披露されていたであろう。そのことにより都人の理解するところとなり、都人の手によって容易に文字へと写し取られ、それが都に東国土産としてもたらされたことが想定出来る。また、東国に赴任した役人も同じように土地の歌を書き取り、それを都へと運ぶことになったであろう。東国の方言も書き取ることが可能であったのは、土地の歌の伝承者や地方役人に確認しながら書き取ったことによる。もちろん、都の役人が東国の歌を書き取ろうとしたのは、地方の歌を受け入れる文化が都に十分に存在したということである。

6 東方への憧れ

ところで、『万葉集』が東国の歌を巻十四の一巻に「東歌」として独立させて収録したのは、古くからの東方への憧れが存在したからだと思われる。神話的に考えるならば、大和の王権の誕生は日向から出発した。この日向という国は、日に向かう国と考えられていて、その日向から出発したプレ大和王権は、日の昇る方向に向かったのであるが、その日向こそ「ひむかし」という国であった。『日本書紀』にカムヤマトイハレヒコ（神武天皇）が老翁から東方に美地あり大業を開くべしと教わり東征へと向かうのもそれである。しかし、「ひむかし」とはまだ見ぬ理想の国のことであり、日の昇る東方にある国である。大和王権が橿原に宮処を置いても、ヤマトタケルが東国に多くの伝説や足跡を残したように、東方への憧れが続いたのである。東国はそうした「日の昇る国」としてあり、東歌はそのようなまだ見ぬ国への憧れから収集された歌謡であったものと思われる。東国というまだ見ぬ国にも〈うた〉という文化が存在したことへの驚きである。『古今和歌集』に到れば「東歌」として陸奥、相模、常陸、甲斐、伊勢の歌などを載せる。鄙が雅へと受け入れられて都会的文化性を獲得してゆくのである。

凡　例

一、本書は『万葉集』巻十四に収録されている東歌全作品の注釈と鑑賞である。
一、『万葉集』の本文は、覆製本『西本願寺本万葉集』（主婦の友社刊行）に基づいて校訂本文を作成した。
一、本文の訓読・現代語訳は校訂本文に基づいて著者が施した。
一、東歌はすべて漢字仮名一字表記であるが、訓読にあたっては現在の研究を踏まえて一般的な漢字・漢語交じりの訓読を施した。地名は本文の表記を尊重して訓読し、現代語訳では『万葉集』および古代の他の文献に見られるものに置き換えた。他に見られない地名については本文の表記に従った。
一、校訂本文を除いて旧漢字は新漢字に改めた。
一、歌の配列は『国歌大観』（角川書店刊行）の旧番号によった。
一、注釈にあたり参照した主要な注釈書は以下の通りである。

北村季吟『万葉集拾穂抄』（貞享五年版）
契沖『万葉代匠記』（『契沖全集』岩波書店）
荷田春満・信名『万葉童蒙抄』（『荷田全集』吉川弘文館）
賀茂真淵『万葉考』（弘文館）
賀茂真淵『冠辞考』（鍾美堂）
加藤千蔭『万葉集略解』（積善館）
鹿持雅澄『万葉集古義』（目黒書店）
井上通泰『万葉集新考』（国民図書）
鴻巣盛廣『万葉集全釈』（広文堂書店）
金子元臣『万葉集評釈』（明治書院）
窪田空穂『万葉集評釈』（『窪田空穂全集』角川書店）

武田祐吉『増訂　万葉集全註釈』（角川書店）
佐佐木信綱『評釈万葉集』（『佐佐木信綱全集』六興出版社）
土屋文明『万葉集私注』（筑摩書房）
高木市之助他『日本古典文学大系　万葉集（旧大系）』（岩波書店）
澤瀉久孝『万葉集注釈』（中央公論社）
小島憲之他編『日本古典文学全集　万葉集』（小学館）
青木生子他編『新潮日本古典集成　万葉集』（新潮社）
中西進『万葉集　全訳注・原文付』（講談社）
水島義治『万葉集全注　巻十四』（有斐閣）
小島憲之他編『新編日本古典文学全集　万葉集』（小学館）
伊藤博『万葉集釈注』（集英社）
佐竹昭広他編『新日本古典文学大系　万葉集』（岩波書店）
阿蘇瑞枝『万葉集全歌講義』（笠間書院）
多田一臣『万葉集全解』（筑摩書房）

一、本書が参考とした主要な辞典・類書類は以下の通りである。

『爾雅注疏』（上海古籍出版社）
『芸文類聚』（中文出版）
『釈名』（中華書局）
『広韻』（芸文印書館）
『集韻』（中文出版）
『康熙字典』（安永版本）
『増続大広益会玉篇大全（広益玉篇）』（毛利貞齋編）

『倭名類聚鈔（倭名鈔）』（風間書房）

『和漢合類大節用集（和漢音釈）』（明和三年版本）

一、底本に見える左の漢字は、旧漢字や通用漢字に置換した。

藝—藝　戀—戀　勢—勢　苅—刈

東歌を読む

「歌路」の理論から読み解く東国の歌謡

I　勘国歌

i　東歌（三三四八～三三五二）

東詞（あづまうた）

夏麻引く　3348

夏麻引く（なつそひく）　宇奈加美潟（うなかみがた）の　沖（おき）つ渚（す）に　船（ふね）は止（とど）めむ　さ夜更（よふ）けにけり

右（みぎ）の一首（いっしゅ）は、上総（かみつふさ）の国（くに）の歌（うた）。

東　詞

奈都素妣久　宇奈加美我多能　於伎都渚尒　布祢波等抒米牟　佐欲布氣尒家里

右一首、上総國歌。

夏の麻を引いて績む、その宇奈加美潟の、沖つ渚に、船は泊めよう。すっかり夜が更けたことだから。

右の一首は、上総の国の歌である。

【注釈】

○東謌　「雑歌」の分類目があってしかるべきであるが諸本に無い。以下に掲げる歌は、目録によれば「上総國雑歌一首」などとあり、四か国の雑歌の五首が収録されているから、これらが「雑歌」であることは間違いない。拾穂抄は「雑歌」を書き入れる。古義は「雑歌」の標題を設けて「此標題は、必あるべきを、旧本には脱したり、拾穂本に従つ」という。「雑歌」の部立てが脱落したものと思われるが、「東歌」というタイトルの中に雑歌という意識も存在した可能性があろう。「雑歌」はその土地で儀式や迎客用のために管理されていた、儀礼性の強い歌である。万葉考はこの雑歌五首の初二首と末一首を京人の歌とする。一方、東歌は民謡か非民謡かが問題とされてきた。これはそのいずれかに区別して論じるものではなく、民間の歌（民間歌謡）は伝承歌により支えられていて、その古歌は新たに再生されるという性格を持つ。それが「解題」に見た小歌の性格である。小歌は作者を必要とするものではなく、その場において伝承歌を適切な内容へと切り替えることが生命である。民間の歌の多くは対詠的性格を持つことから、小歌はそのための記憶のテキストとして存在していたのである。**○奈都素妣久**（夏麻引く）　夏に麻を引いて収穫すること。「素」は真麻（まそ）。大麻・苧麻などの類。「妣」は広韻に「卑履切」とある。集韻に「音比」とある。漢音「ビ」呉音「ヒ」。麻糸を績むことから、次の「宇」を導く枕詞。本巻に「夏麻引く宇奈比を指して」（三三八一）とある。ただ「夏麻引く命かたまけ」（巻十三・三二五五）とあり掛かり方は一定でない。**○宇奈加美我多能**（宇奈加美潟の）　「宇奈加美」は海上。倭名鈔（巻五）の上総の国に「海上宇奈加美」とある。千葉県と茨城県に跨がる辺りの海岸。現在、海上郡海上町の地名が残る。「常陸国風土記」の香島郡に「海上の安是」の地名が見える。「我多」は潟で浅瀬の海岸。**○於伎都渚尓**（沖つ渚に）　「渚」は正音ショの約音か。広益玉篇に「渚ミギハ／ナギサ」とある。**○布祢波等抒米牟**（船は止めむ）　船の停泊をいう。「牟」は意志を表す。**○佐欲布氣尓家里**（さ夜更けにけり）　夜が更けたこと。**○右一首、上総國歌**　上総は千葉県中央部の旧国名。倭名鈔（巻五）に「市原伊知波良／国府」とある。古く「房」の国であったのを上総と下総に分けた。

【鑑賞】

上総の国の雑歌。一首を掲げる。海上潟に夏麻引くという枕詞を付すのは、この地域の地理に愛着を持つことによる。枕詞の形成は特定の土地の神に対する信仰に起源するものであり、そこから土地への讃美という意識によって固定した。それゆえに、枕詞は土地の神と関わるから、他の土地に転用されることがないのを基本とする。この歌の「夏麻引く」とは、神によって麻の栽培や生産が始まったことへの称讃の語と思われ、やがて神の土地の意を離れて「ウナ」によって導かれた段階の枕詞である。夏麻を引いてそれを糸に紡ぐことから「ウム（績む）」の意となり、「夏麻引く宇奈比を指して」（三三八一）という地名へも転換される。「夏麻引く」という枕詞には、こうした糸紡ぎの作業も素材となったのである。

この歌が夜も更けたので船を泊めることを主旨とするのは、明らかに海上生活をする船人たちの世界で歌われていたことを示している。船の運航で夜が更けては危険きわまりない。その不安を詠んだ歌であり、このような歌は、「吾が船は枚の湖に榜ぎ泊てむ沖へな避りさ夜深けにけり」（巻三・二七四）のように流通性の高い歌である。各地の船が通交し、海上で船泊りすることが多くあったのであろう。海上の地が海上交通の盛んなところであったことを窺わせる歌である。そのような背景から、この歌は船人たちの定番の歌として伝承され、海上に船を泊める時も、海上を通過する時も、また夜の宴会でも、この歌が船人たちに愛唱されていたものと思われる。船が他の湊に行けば、今度は地名を換えて歌われていた。このような歌は船歌や竿歌とも呼ばれ、船人たちはそれを労働の歌として歌い継いでいたのである。

可豆思加の　3349

可豆思加（かづしか）の　麻万（まま）の浦廻（うらま）を　漕（こ）ぐ船（ふね）の　船人（ふなびと）騒（さは）く　波立（なみた）つらしも

右の一首は、下総の国の歌。

可豆思加乃　麻萬能宇良末乎　許具布祢能　布奈妣等佐和久　奈美多都良思母

右一首、下総國歌。

可豆思加の、麻万の海岸沿いを、漕いでいる船の、船人たちが騒いでいる。沖の方では波が立ったようだ。

右の一首は、下総の国の歌である。

【注釈】

○可豆思加乃（可豆思加の）　可豆思加は葛飾。下総に属する郡。東京の隅田川以東の地で千葉県・東京都・埼玉県に跨がる。倭名鈔（巻六）の「下総国」に「葛餝郡」があり同（巻五）に「葛餝加止志加」とある。**○麻萬能宇良末乎**（麻万の浦廻を）「麻萬」は真間。千葉県市川市付近。本巻に詠まれる「真末の手児奈」（三三八四）は巻九・一八〇七に伝えられる著名な伝説の女子の生地。「宇良末」は湾曲した海岸。「末」は呉音マチの約音。廻りの意。「未」の誤りとする説もあるが「末」の例も多く底本を尊重する。**○許具布祢能**（漕ぐ船の）　漕ぎ進む船を指す。**○布奈妣等佐和久**（船人騒く）　水手たちが騒ぐこと。「妣」は漢音ビ。**○奈美多都良思母**（波立つらしも）　急に波が立ったらしいこと。「良思」は確かなことによる現在推量。**○右一首、下総國歌**　「下総」は千葉県北部から茨城県の一部の旧国名。「房」の国を上総と下総に分けた。倭名鈔（巻五）に「国府在葛餝郡」とある。

【鑑賞】

下総の国の雑歌。一首を掲げる。葛飾の真間の海岸は、千葉県市川市付近の海である。真間の海は隣は武蔵の国の海に繋がり、多くの船が湊に出入りしていたものと思われる。各地から船荷を積んでここに寄港するのであろう。この歌は、船人たちの騒ぐ様子から、沖に波が立っているのだろうと推測する。そのことからみると、船人たちの歌ではない。むしろ、これから出港する船に乗る者たちに歌われた歌で、船で旅をする者たちの風待ちの時の歌と思われる。船は風次第で出航が決まり、船の危険も風による。それゆえに、船に乗る者たちは船人たちの騒ぐ声から、波が立っているか否かを判断していたのである。出航の最終判断は船頭に任されるが、船人たちの騒ぎ声から、その先の船旅の不安が伝えられている。「風早の三穂の浦廻を榜ぐ舟の船人動く浪立つらしも」（巻七・一二二八）の歌もあり、出航間近にした船旅の者の心裡が伝承されている。

筑波嶺の――3350

筑波嶺(つくはね)の　新桑繭(にひぐはまよ)の　絹(きぬ)はあれど　君(きみ)が御衣(みけし)し　あやに着(き)ほしも
或(あ)る本(ほん)の歌(うた)に曰(いは)く、たらちねの。又云(またいは)く、あまた着(き)ほしも。

筑波祢乃　介比具波麻欲能　伎奴波安礼抒　伎美我美家思志　安夜介伎保思母
或本歌曰、多良知祢能。又云、安麻多伎保思母。

筑波山の、新桑の繭で縫った、立派な絹の衣はあるのだけれど、あなたの着ているお召し物が、とても着てみたいことです。
或る本の歌にいうには、「たらちねの」とある。又云うには、「ひどく着たいことです」とある。

【注釈】

○筑波祢乃（筑波嶺の）　茨城県つくば市にある二つ峰の山で男岳（八七一メートル）と女岳（八七七メートル）とからなる。「常陸国風土記」に春秋に女岳で歌垣が行われたと伝え、また新嘗の夜に祖神が巡って来たという伝承もある。**○尓比具波麻欲能**（新桑繭の）　春に若葉を出した桑の葉で飼った蚕の繭。「麻欲」は「繭」の東国音。底本は「マユノ」。古義は「マヨノ」。**○伎奴波安礼抒**（絹はあれど）　「伎奴」は絹織りの服。「奴」は切韻輯斠に「乃胡反」とあり「ノ」の音であるが「ヌ」の音としているのは「ノ」と「ヌ」の中間音による。「抒」は逆接。ジョの約音。**○伎美我美家思志**（君が御衣し）　男子の来ている服をいう。「美家思」は男子の服への尊敬だが男子を高貴な家柄として褒めている。「志」は強め。**○安夜尓伎保思母**（あやに着ほしも）　「安夜」はむやみにの意。「保思」は欲する意。「母」は詠嘆。『詩経』唐風に「良い服が無いわけでは無いが、あなたの柔らかな服には及ばない」とある。『晋詩』（巻十九）の楽府歌謡に「採桑度」の歌があり「春の月に桑を摘み、林の下であの人と楽しむ」などのように、春の月に桑を摘む女子たちの戯れが歌われている。このことから見ると桑摘みの仕事歌と思われる。**○或本歌曰**　『万葉集』編纂資料の一に見える歌。**○多良知祢能**（たらちねの）　乳が充足することから、「母」を導く枕詞。**○又云**　『万葉集』編纂資料の一に見える別の歌を指す。**○安麻多伎保思母**（あまた着ほしも）　「安麻多」は数が多いこと。その多さからとても意となる。ひどく着たいことだの意。

【鑑賞】

常陸の国の雑歌。二首を収録。各地に絹の産地はあるが、常陸も常陸紬で知られる絹織りの盛んな所であった。この歌では筑波山の絹が詠まれているが、常陸に勝れた絹織り技術が入ったのは久慈地方である。「常陸国風土記」の久慈郡に、「郡の東七里、太田の郷に、長幡部の社あり。古老のいへらく、玉売美万命、天より降りましし時、御服を織らしむとして、従ひて降りし神、名は綺日女命、本、筑紫の国日向の二所の峯より三野の国引津根の丘に至りき。

後、美麻貴の天皇のみ世に及り、長幡部の遠祖、多弖命、三野より避りて久慈に遷り、機殿を造り立てて、初めて織りき。其の織れる服は、自ら衣裳と成りて、更に裁ち縫ふことなく、内機と謂ふ。或はいへらく、絁を織る時に当りて、輙く人に見らるる故に、屋の扉を閇ぢて、闇内にして織りき。因りて烏織と名づく」とある。久慈ではこの烏織を年毎に別途に神の調として献上していたという。

この歌に筑波山の新桑の繭が詠まれているのは、絹産業が盛んなことによる。絹織物は最初に桑の木を育てることにある。桑は蚕の食べ物であり、良い桑の葉が良い蚕を育てる。そうした蚕から取れる絹は、上等な絹織物となる。中国古代では絹生産が盛んであったから、桑に対する神話や伝説あるいは採桑の歌謡も多く存在した。筑波山の新桑の繭が勝れているというのがこの歌の主旨であるが、それに「君が御衣しあやに着ほしも」と加えたのは、恋歌へと展開するためである。このような付け足しは、この歌が採桑の歌だからである。女子たちは春になると桑畑に出て桑摘みをする。その時に桑摘み歌が歌われたのであろう。「或本」や「又曰」の歌があるのは、そうした事情によるものと思われる。桑摘みの折に男子に戯れた歌としても理解出来るし、筑波の山では歌垣が行われていたから、そのような時にも歌われたと思われ流通性の高い内容である。

筑波嶺に　3351

筑波嶺(つくはね)に　雪(ゆき)かも降(ふ)らる　否(いな)をかも　愛(かな)しき児(こ)ろが　布干(にのほ)さるかも

右(みぎ)の二首(にしゅ)は、常陸(ひたち)の国(くに)の歌(うた)。

筑波祢尒　由伎可母布良留　伊奈乎可母　加奈思吉兒呂我　尒努保佐流可母

右二首、常陸國歌。

筑波の山に、雪が降ったのかな。いやそうではないのかな。愛しいあの子が、布を干しているのかなあ。

右の二首は、常陸の国の歌である。

【注釈】

○筑波祢尒（筑波嶺に）茨城県筑波にある山。既出三五五〇番歌。**○由伎可母布良留**（雪かも降らる）雪が降ったのだろうか。「可母」は疑問の「カ」に詠嘆の「モ」の接続。「布良留」は「降れる」の東国音。**○伊奈乎可母**（否をかも）「伊奈」は否定。「乎」は否定を強める間投助詞。**○加奈思吉兒呂我**（かなしき児ろが）「加奈思」は愛しい意。東国語特有の言葉。悲しい意と近似するが、愛しい感情が切なく悲しいほどの思いを抱かせることによる語。男女に共用される。「兒呂」は愛しい人をいう東国語。「呂」は親愛をいう接尾語。**○尒努保佐流可母**（布干さるかも）「尒努」は布の東国音。「尒」の本字は「爾」で呉音は「ニ」。「努」は漢音「ド」、呉音「ヌ」であるから、「ノ」と読むのは呉音である。ただ呉音「努nu」は「ヌ」と「ノ」の中間音。いずれで訓んでも可能であるが、現在は「ノ」に統一して訓んでいる。底本は「ニノ」に「キヌ」を左傍書し「企」を頭書。その場合「企努」は「キヌ」となる。**○右二首、常陸國歌**　常陸は茨城県の旧国名。倭名鈔（巻五）に「国府在茨城郡」とある。東海道の終点。和銅六年（七一三）官命により編纂された「常陸国風土記」が残る。それによれば常陸は「直道（ひたみち）」（ヒタチ）であった。奈良の都からここまで東海道の直道であったことによる。

【鑑賞】

常陸の国の雑歌の二首目。「筑波嶺に雪かも降らる」とは、筑波山は冬に雪が降るから、その年の初雪を指して詠んだ歌である。この土地の人たちは寒くなると「山に雪でも降ったのかねえ」などといっていたのであろう。初冬の挨拶語でもあったと思われる。しかし、この歌ではそれを否定して「愛しき児ろが布干さるかも」へと展開させている。布を水で晒したり、天日に晒して白くする方法が原初的な布晒しである。筑波山の雪にまがうというのは大袈裟な表現であるが、これは天日晒しによる漂泊をいう。本巻に「多麻河に晒す手作りさらさらに」（三三七三）とあるのは水晒しである。「春過ぎて夏来たるらし白妙の衣乾したり天の香来山」（巻一・二八）からすると、冬の間に麻布を織り上げて、それを春から初夏にかけて晒していたのであろう。この歌は、そのような布晒しの時の労働の歌であったと考えられる。筑波山の白いものを雪か布かと戯れるのは、その落差の大きさにより労働を楽しみへと変える方法である。筑波山麓の布晒しの山歌（流行の恋歌）として存在したのであろう。労働の歌に起源を持ちながらも、やがて宴会などの社交の場にあっても楽しまれた。筑波山に白く見える布とは山の雪のことであり、山の白い雪とは晒している布だという遊びである。雪か布かのいずれかに決める必要はなく、どちらでも良いのである。「風俗歌」に「甲斐が嶺に　白きは雪かや　いなをさの　甲斐の褻衣や　晒す手作りや　晒す手作り」とあるのは、甲斐地方の布晒しの時の山歌である。

信濃なる　3352

信濃なる　須我の荒野に　ほととぎす　鳴く声聞けば　時過ぎにけり

右の一首は、信濃の国の歌。

信濃奈流　須我能安良能尒　保登等藝須　奈久許恵伎氣婆　登伎須疑尒家里

右一首、信濃國歌。

信濃にある、須我の荒野に、ほととぎすの、鳴く声を聞くので、もう時は過ぎ去ったのだなあ。

右の一首は、信濃の国の歌である。

【注釈】

○信濃奈流（信濃なる）「信濃」は長野県の旧国名。「奈流」は「にある」の約音。遠景から近景を導く定型。**○須我能安良能尒**（須賀の荒野に）須賀は所在未詳。「荒野」は荒涼とした野。「真草刈る荒野」（巻一・四七）とある。**○保登等藝須**（ほととぎす）カッコウ科の鳥。初夏に渡り来て夏の終わりまで棲息する。中国では杜鵑・時鳥・不如帰・子規などと書かれ、『万葉集』では多く「霍公鳥」と書かれる。カッコウと鳴く鳥とテッペンカケタカと鳴く二種がいる。後者は時にホトトギスと鳴くことから、前者と同じく鳴き声による呼び名。『漢書』（巻八十七）揚雄伝の顔師古の注に「一名子規、一名杜鵑、常に立夏に鳴く」とある。『宋詩』（巻七）鮑照「擬行路難」の「一鳥あり。名は杜鵑。古時の蜀帝の魂で声音哀苦して鳴きて息まず」は「蜀魂」で知られる。**○奈久許恵伎氣婆**（鳴く声聞けば）ホトトギスの声を聞くとの意。都では「何しかも幾許も恋ふる霍公鳥鳴く音聞けば恋こそまされ」（巻八・一四七五）とあり恋心の増さる声として聞いていた。**○登伎須疑尒家里**（時過ぎにけり）その時期が過ぎたこと。**○右一首、信濃國歌**　信濃は前出。倭名鈔（巻五）に「国府在筑摩郡」といい「信濃之奈乃」とある。東山道に属す。

【鑑賞】

信濃の国の雑歌。一首を掲げる。都で好まれたホトトギスが、なぜ信濃の国の荒野で鳴いているのか諸説ある。少なくともホトトギスは日本各地で鳴いていたと思われる鳥であるが、『古事記』や『日本書紀』などには見られない。

『万葉集』では天武朝ころから都人に好まれた鳥であったらしく、それが信濃の国に鳴いているのは、特別な事情があるからであろう。ホトトギスが農を勧める鳥という理解もあり、それを背景としているという説もあるが、この歌では「時過ぎにけり」というのであるから、農人が播種などの適時を過ごしてしまったというのは、不自然であろう。「信濃なる」というのも信濃の外の者の言い方だと思われ、万葉考のように都から来た官人を想定するのが妥当と思われる。歌の内容からすれば信濃の須我の荒野にホトトギスの声を聞いて、それで「時過ぎにけり」という感懐を陳べたのである。公務の任期もすでに過ぎたという感懐であろう。

中国でホトトギスは杜鵑・時鳥・不如帰・子規などと書かれ、それぞれ伝説の中にある鳥である。この中の「不如帰」は、『全晋文』（巻一一三）魯褒の「銭神論」に「諺に曰く。官中人なし。帰田にしかず」という「不如帰田」と同じで、その理解に立てばこの官人は「帰るに如かず」という思いを抱いたということであろう。ホトトギスの声が旅人の心を痛めるというのは、中国詩に多く見られる。『文選』（巻二十八）魏明帝の「悲哉行」では「遊客芳春の林、春芳は客心をいたませる。和風は清響を飛ばし、鮮雲は薄陰を垂れる。蕙草は淑気をあまし、時鳥は多く好音」と詠まれるように、遊客は春の日に心を痛ませて時鳥の美しい声を聞いている。あるいは、『梁詩』（巻九）何遜の「春暮喜晴酬袁戸曹苦雨詩」では「落花はいまだ廻らず、時鳥はもとの声のまま。春芳は空に目を悦ばせ、游客はかえって情を傷ませる」のように、時鳥の声を聞いて旅の心を悲しみ、加えて「帰望は都城に対す」のように都への帰郷を願う。須我の荒野に聞いたホトトギスの声は、長く旅にあり倦み疲れた都の官人の歌と理解することは、詠まれることのない東国のホトトギスの声からも首肯される。この都びとはホトトギスの声を「都に帰るに如かず」と聞いているのである。

ii―相聞（三三五三〜三四二八）

相聞（さうもん）

新玉の 3353

新玉（あらたま）の　伎倍（きへ）の林（はやし）に　汝（な）を立（た）てて　行（ゆ）きかつましじ　寝（い）を先立（さきだ）たね

相聞

阿良多麻能　伎倍乃波也之尓　奈乎多弖天　由伎可都麻思自　移乎佐伎太多尼

新玉の、年が来ては去るという伎倍の林に、お前を立たせ置いて、帰ることなど出来やしない。とりあえず寝ることを先にしようよ。

【注釈】

○相聞　相聞は互いの消息を尋ねること。男女関係の上では恋の思いの往来をいう。ここでは勘国歌の相聞歌七十六首を収める。東歌の相聞歌は小歌（恋歌）として歌われていた恋歌であり、祭りや宴会や労働の場の山歌である。**○阿良多麻能**（新玉の）遠江国の郡名。倭名鈔（巻五）に「麁玉阿良多末」とある。浜北市に麁玉の名が残る。麁玉を新玉に転換して新たな年をいうが、ここは年が行き来することから、次の「伎倍」を導く枕詞。**○伎倍乃波也之尓**（伎倍の林に）「伎倍」は来経から地名の伎倍へ転換。

所在未詳。逢い引きの場所。「あらたまの寸戸が竹垣」（巻十一・二五三〇）とある。**〇奈乎多弓天**（汝を立てて）「奈」は汝。女子を指す。「多弓天」は逢い引きの後に女子を残しての意。女子が男子を見送る。**〇由伎可都麻思自**（行きかつましじ）帰り行くことなど出来ないの意。「可都」は補助動詞で出来ること。「麻思自」は推量の「まし」に否定推量「じ」の接続。「まじ」に同じで「することが出来ない」こと。**〇移乎佐伎太多尼**（寝を先立たね）「移」は「寝」で寝ること。「尼」は誂えの終助詞。相手への勧誘をいう。「佐伎太多尼」とは、まず寝ることを優先しようの意。底本は「サキタタニ」。古義は「サキダタネ」。

【鑑賞】

遠江の国の相聞歌。二首の中の一首目。これは密会の後の別れの場面である。伎倍の林にお前を立たせ置いて、帰ることなど出来やしないとは男子の言である。女子の家の近くまで訪れて来て、帰る時を迎えたのであろう。ここが伎倍の林であるのは、人目を避けた場所であることを示している。男女が人目を避けた場所で逢うのは、それが密会だからである。周囲に隠れて男女は林で出逢い、恋の思いを語り合ったのである。しかし、夜も更けて女子の母親が探しかねない。そろそろ帰らなければならないのだが、男子にはまだ大きな未練が残されていた。それは女子との共寝への思いである。「寝を先立たね」とは、男子がついに堪えきれずに発した共寝への要望である。そのような男子の思いは、誰にも共有されたのであろう。歌垣で歌う「別れ歌」であろうが、内容の上では聞き手を驚かすものであり、下品さを競ったような歌である。歌垣を離れれば宴会も終わりに近づいた時に、コンパニオンを相手に歌うことが可能な歌である。

伎倍人の　3354

伎倍人（きへひと）の　斑衾（まだらぶすま）に　綿（わた）さはだ　入（い）りなましもの　妹（いも）が小床（をどこ）に

右の二首は、遠江の国の歌。

伎倍比等乃　萬太良夫須麻介　和多佐波太　伊利奈麻之母乃　伊毛我乎杼許介

右二首、遠江國歌。

伎倍人の作る、斑衾には、綿がたくさん入っているが、そのように入りたかったものよ。愛しいあの子の寝床にね。

右の二首は、遠江の国の歌である。

【注釈】

○伎倍比等乃（伎倍人の）　伎倍は所在未詳。伎倍人は特別な服飾の技術を持っていたか。**○萬太良夫須麻介**（斑衾に）「萬太良」は色とりどりの様。「衾」は寝る時に被る夜具。掛け布団が斑染めで美しいことをいう。おそらく献上品。**○和多佐波太**（綿さはだ）　綿がたくさん入っていること。「佐波」は「沢」で量が多いこと。広益玉篇に「沢ウルホフ」とあり沢山をいう。「太」は接尾語。**○伊利奈麻之母乃**（入りなましもの）　入りたかったものよ。「入利」は入ること。「奈」は完了の助動詞「ぬ」の未然形。「麻之」は反実仮想。「母乃」は「ものよ」の意。**○伊毛我乎杼許介**（妹が小床に）「伊毛」は妹。愛しい女子の寝床にの意。**○右二首、遠江國歌**　「遠江」は静岡県西部の旧国名。倭名鈔（巻五）に「国府在豊田郡」とある。近江の琵琶湖に対して都から遠くの湖なので遠江という。東海道に属する。

【鑑賞】

遠江の国の相聞歌。二首の中の二首目。伎倍人とは立派な衾を作る技能集団の人たちであろう。衾は夜具の役割を果たした長方形の上掛けの布団。その伎倍人の作る斑の衾には、綿がたくさん入っているのだという。そのような衾を取り出すことで、この歌の主旨は寝る方向へと進むことが予測される。もちろん、綿入りの衾に入りたいというのではない。その衾に綿が入っているように、あの子の床に入りたいという意である。それだけで十分に聞き手が楽しめる内容であったのである。伎倍人の斑衾といえば、この土地の名産品であったろうから、それを言えば直ちに寝ることに接続するのである。男子の歌のようにも思えるが、これは集団で夜具を縫製する女子たちがこのような内容を空想して楽しみ歌っていた作業歌であったが、やがて山歌としてこの地に流行して宴会の盛り上げ歌としても歌われていたのであろう。

天の原　3355

天の原　不自の柴山　この暮れの　時移りなば　逢はずかもあらむ

安麻乃波良　不自能之婆夜麻　己能久礼能　等伎由都利奈波　阿波受可母安良牟

天の原ほどの、高い山の不自のその柴山よ。この夕暮れの、時が移っていったなら、逢わずじまいになってしまうのかなあ。

【注釈】

○安麻乃波良（天の原）　天上の原。神話的な発想。天上を振り仰ぐことから、次の「不自」を導く枕詞。**○不自能之婆夜麻**（不自の柴山）「不自」は富士山。三七七六メートル。日本の国の鎮めの山ともされる。不尽・布時などとも書く。倭名鈔（巻五）に

「富士浮志」とある。「之婆夜麻」は柴山で土地の人が柴を取る山。ここは逢い引きの場所。**○己能久礼能**（この暮れの）夕暮れとなった時をいう。逢い引きの時刻。木の暗からこの暮れへ転換。**○等伎由都利奈波**（時移りなば）夕暮れも次第に時が移ったこと。「由都利」は移りの東国音。相手が来ないことへの不安を指す。**○阿波受可母安良牟**（逢はずかもあらむ）密会が叶わないことへの予感。「可母」は疑問に詠嘆の接続。

【鑑賞】

駿河の国の相聞歌。五首の中の一首目。富士山に「天の原」が付くのは、その崇高さからであるが、現実にはそこの柴山が問題である。富士山は美の対象ではない。柴山とは山麓の人たちが、生活の燃料とする柴を採る山の意であろう。富士の山麓には柴山が何処までも続いていたのである。この歌が富士の柴山の夕暮れに時が移って行くと逢えないという不安を訴えるのは、ここが男女の密会の場所をいうためである。夕暮れに柴山で逢うことを約束して待ち続けるが、相手が来るのか来ないのか、その不安が「時移りなば逢はずかもあらむ」に表れている。そのような恋歌は多いが、この歌の柴山からすれば、柴山で行われる集団の柴刈りの中で歌われた山歌であったと思われる。もとは富士山麓の歌垣の歌で、それが山歌として柴刈りの労働にも歌われていたのであろう。

不尽の嶺の　3356

不尽(ふじ)の嶺(ね)の　いや遠長(とほなが)き　山路(やまぢ)をも　妹(いも)がりとへば　息(け)に及(よ)ばず来(き)ぬ

不盡能祢乃　伊夜等保奈我伎　夜麻治乎毛　伊母我理登倍婆　氣尓餘婆受吉奴

不尽の山の、とんでもなく遠くて長い、この山路でさえも、あの子の所へというので、息を切らさずに来たことだ。

【注釈】

○不盡能祢乃（不尽の嶺の）「不盡」は富士山。既出三三五五番歌。煙が尽きない山の意。**○伊夜等保奈我伎**（いや遠長き）「伊夜」はいよいよもって。「等保奈我伎」は富士の裾野の遠く長いこと。富士山は美景ではなく迷惑な山という感覚。**○夜麻治乎毛**（山道をも）富士の裾野の山道をいう。「乎毛」は「〜ですらも」の意。**○伊母我理登倍婆**（妹がりとへば）「伊母」は妹で愛しい女子。「我理」は許の意でその処。「登倍婆」は「〜といえば」の東国音。**○氣尓餘婆受吉奴**（息に及ばず来ぬ）息が苦しいと呻吟するには及ばないの意。万葉考は「気は息なり。尓餘婆受は不呻吟なり」という。

【鑑賞】

駿河の国の相聞歌。五首の中の二首目。五首の相聞歌の中で四首が富士山の歌である。それだけに土地の人たちには富士が生活圏であった。この歌は富士山麓の妻問い歌に発する山歌であろう。「富士の嶺のいや遠長き山路」とは、富士山麓の生活道路である。何処までも山路は続き、前も後ろも遥か遠くに見渡せるほどである。そのような長い山路を取り出しているのは、愛しい女子のもとに通うためである。この男子は遠妻を得て長い山路をたどり妻問いをしていることになる。遠くの妻のもとへ通うのはやがて億劫になり放棄することになりかねないが、男子は「息に及ばず来ぬ」という。これは、女子から喜んで迎えられることを期待する言い回しである。

妻問いというのは男子が仲間たちと連れ立って女子の家を訪れ、男女交際のために恋歌を歌い合う習俗である。女子はそのことを知っているから、女仲間たちと男子の訪れを待っているのである。その時に、男子たちが歌うのが門前の歌である。遠くから尋ねて来たことから歌い始めるのは、美しい女子の噂を聞いて来たという意図と、遠くから尋ねて来たのだから追い返すのは冷たい女という意味になることを目論んでのことである。女子の側からすれば、その内容を判断して家に入れるか否かを決める。このようにして妻問いの歌が成立していることを考えるならば、富士山の長く遠い山道を来たと訴えるのは、実体としてよりも妻問い歌の定型を踏む言い回しであろう。歌垣を離れれば、富士の山路を仕事で通う時の山歌として歌われていたものと思われる。

霞居る 3357

霞居る(かすみゐる) 布時(ふじ)の山(やま)びに わが来(き)なば 何方向(いづちむ)きてか 妹(いも)が嘆(なげ)かむ

可須美為流 布時能夜麻備介 和我伎奈婆 伊豆知武吉弖加 伊毛我奈氣可牟

霞の掛かる、布時の山の麓に、わたしが来たなら、どっちの方を向いて、愛しい子は嘆くのだろうか。

【注釈】

○可須美為流(霞居る) 霞が掛かっている様。**○布時能夜麻備介**(布時の山びに) 「布時」は富士山。既出三三五五番歌。「夜麻備」は山麓。「夜麻備介波」(巻十七・三九七三)とある。「備」は傍の意。**○和我伎奈婆**(わが来なば) われが来たならば。「婆」は仮定。妻問いの帰り道をいう。**○伊豆知武吉弖加**(何方向きてか) 「伊豆知」はどの方向かの意。「加」は疑問。**○伊毛我奈氣可牟**(妹が嘆かむ) 男子を見送った後の女子の嘆き。「牟」は推量の助動詞「む」の連体形で上の「加」の結び。

【鑑賞】

駿河の国の相聞歌。五首の中の三首目。富士山麓での妻問いの歌である。妻問いは夕暮れに男子が女子の家を訪れて、夜明けまで恋歌を歌い合う男女交際の習俗である。その時に歌われる恋歌は、基本的にはその土地に根ざした伝統的な歌詞であったと思われる。土地には歌垣の習俗や妻問いの習俗が古くからあり、そこで歌われた歌は山歌（土地に流行している恋歌）として大量に累積されていたはずである。それらの恋歌の累積の中から、その場の雰囲気に合わせた歌が選ばれて、男女で歌を掛け合うことが行われた。あるいは大歌として伝承されている長歌体恋歌の古歌もあり、それらも男女の掛け合いで歌われていた。そのようにして青年男女は夜を楽しんでいた。そして、夜も明けるころに歌われるのが別れの歌である。鶏が鳴くのを聞いて男女は別れる。それで妻問いの別れ歌は鳥のテーマともいう。いわゆる後朝の歌である。「霞居る布時の山びにわが来なば」と歌うのは、いよいよ男子が別れを歌う場面である。霞の掛かる富士の山辺に来たなら、どちらを向いて愛しい子は嘆くのだろうという。夜明けの別れの悲しみを「何方向きてか妹が嘆かむ」と表現するのは、女子の嘆きを前提にした別れ歌であるが、それは男子の願望である。歌垣の終わりや妻問いの別れ歌であり、山歌として伝承されていた歌であろう。

さ寝らくは　3358

さ寝（ぬ）らくは　玉（たま）の緒（を）ばかり　恋（こ）ふらくは　布自（ふじ）の高嶺（たかね）の　鳴沢（なるさは）のごと

或（あ）る本（ほん）の歌（うた）に曰（いは）く、ま愛（かな）しみ　寝（ぬ）らくはしけらく　さ寝（な）らくは　伊豆（いづ）の高嶺（たかね）の鳴沢（なるさは）なすよ

一本（いっぽん）の歌（うた）に曰（いは）く、逢（あ）へらくは　玉（たま）の緒（を）しけや　恋（こ）ふらくは　布自（ふじ）の高嶺（たかね）に　降（ふ）る雪（ゆき）なすも

佐奴良久波　多麻乃緒婆可里　古布良久波　布自能多可祢乃　奈流佐波能其登

或本歌曰、麻可奈思美　奴良久波思家良久　佐奈良久波　伊豆能多可祢能　奈流佐波奈須与
一本歌曰、阿敝良久波　多麻能乎思家也　古布良久波　布自乃多可祢尓　布流由伎奈須毛

共寝をすることは、玉の緒のように少しばかりで、恋続けるのは、布自の高嶺の、何時も鳴り響く鳴沢のようだ。

或る本の歌にいうには、「愛しの子と、寝たことは頻りであった。そうして寝たことで、他人の噂は伊豆の高嶺の、鳴沢のように騒がしいことだよ」とある。

一本の歌にいうには、「逢ったことは、玉の緒のように長くあったろうか。恋続けることは、布自の高嶺の、常に降る雪のように止むことがないことよ」とある。


【注釈】
○佐奴良久波（さ寝らくは）「佐」は接頭語。「奴」は寝る。「奴良久」は「寝る」のク語法で「寝ること」。**○多麻乃緒婆可里**（玉の緒ばかり）「多麻乃緒」は短い意。玉を結んだ間隔の狭いことからいう。「婆可里」は程度。**○古布良久波**（恋ふらくは）「古布良久」は「恋ふる」のク語法で「恋すること」。**○布自能多可祢乃**（布自の高嶺の）「布自」は富士山。その高嶺をいう。**○奈流佐波能其登**（鳴沢のごと）落石でゴロゴロと音が響く沢のこと。富士の鳴沢をいう。**○或本歌曰**『万葉集』編纂資料の一に見える歌。**○麻可奈思美**（ま愛しみ）「麻」は接頭語。「可奈思」は愛しい意。既出三三五一番歌。「美」は原因を示す接尾語。**○奴良久波思家良久**（寝らくはしけらく）「奴良久」は前出。「思家良久」は「頻ける」のク語法と思われる。寝たことが頻りであったことをいうか。**○佐奈良久波**（さ寝らくは）「奈良久」は「寝るらく」によるク語法。前出。**○伊豆能多可祢能**（伊豆の高嶺の）富士の高嶺をいう。**○奈流佐波奈須与**（鳴沢なすよ）「奈流佐波」は富士の鳴沢。前出。「奈須」は如し。愛の感動の激しさをいう。**○一本歌曰**『万葉集』編纂資料の一本に見える歌。**○阿敝良久波**（逢へらくは）逢うことはの意。「阿敝良久」は「逢へる」

によるク語法で「逢うこと」。○**多麻能乎思家也**（玉の緒しけや）「多麻能乎」は「玉の緒」。ここでは長いこと。「玉緒長春日」（巻十・一九三六）とある。「思家」は頻り。「也」は反語。○**古布良久波**（恋ふらくは）恋していることはの意。「古布良久」は「恋ふる」のク語法で恋すること。○**布自乃多可祢介**（布自の高嶺に）「布自」は富士。○**布流由伎奈須毛**（降る雪なすも）降る雪が頻りであるようにの意。「奈須」は如し。恋の思いのみが頻りであったことをいう。

【鑑賞】

駿河の国の相聞歌。五首の中の四首目。富士山は古くから鳴沢で有名であったのであろう。「或本」や「一本」の歌が伝えられているこの歌は、富士の鳴沢をテーマとする歌であり、幾つかのバージョンが存在したのである。本文歌では女子と寝たのは短いのに、恋続けることは富士の嶺の鳴沢のように毎日なのだという訴えである。富士山麓の歌垣で歌われる、道沿いの歌（喉馴らしの歌）であろう。「或本」の歌では愛しい子と頻りに寝たので、人の噂が立ってまるで伊豆の高嶺の鳴沢のようだという。彼女と寝たことの自慢をいうものであり、その結果として人の噂が頻りであることを嘆くのではなく、むしろ楽しんでいるように聞こえるのは、これも歌垣へ行く途次で歌われる道沿いの歌だからである。さらに「一本」の歌では逢ったことは短いのに、恋続けることは富士の山に降り続ける雪のようだという。本文歌に近い歌い方であり、同じく道沿いの歌である。このような道沿いの歌は、第一に喉馴らしの歌である。富士山麓の歌垣の歌として伝承されている山歌を用いて、道々で声高らかに歌うのである。第二に道々で歌うことで、それに応じて歌い返す相手を探すことである。異伝はそうした道沿いで掛け合った歌であろう。歌の掛け合いは、何よりも歌う相手の力量を知る必要がある。相手の喉がどの程度なのかを知らなければ、掛け合いは成立しない。道沿いの歌は掛け合う相手を選ぶ方法でもある。

駿河の海 ３３５９

駿河の海　於思辺に生ふる　浜葛　汝を頼み　母に違ひぬ〔一に云く、親に違ひぬ〕
右の五首は、駿河の国の歌。

駿河能宇美　於思敝介於布流　波麻都豆良　伊麻思乎多能美　波播介多我比奴〔一云、於夜介多我比奴〕
右五首、駿河國歌。

駿河の海の、磯辺に生えている、浜葛のように、あなたを頼みとして、母の心に背いてしまいました。〔一に云うには、「親の心にそむいてしまいました」とある〕
右の五首は、駿河の国の歌である。

【注釈】
○駿河能宇美（駿河の海）　駿河湾の海をいう。**○於思敝介於布流**（於思辺に生ふる）「於思敝」は「いそへ」の東国音。万葉考は「或説、いそべを東言におしべといふ」という。次句からみて海岸。**○波麻都豆良**（浜葛）　浜辺に生えている葛や浜昼顔などの蔓草。蔓が長いように長くあることをいう。**○伊麻思乎多能美**（汝を頼み）　男子の口説きに折れて頼りとしたこと。「伊麻思」は汝。**○波播介多我比奴**（母に違ひぬ）　母親の心に背いたこと。娘は母親が管理。「多我比奴」は違背したこと。**○一云**『万葉集』編纂資料の一本に見える歌。**○於夜尒多我比奴**（親に違ひぬ）「於夜」は母親にも父親にもの意。**○右五首、駿河國歌**　静岡県中央部の旧国名。倭名鈔（巻五）駿河の国に「国府在安部郡」とある。東海道に属す。

【鑑賞】

駿河の国の相聞歌。五首の中の五首目。駿河の海岸に生えている浜葛は、普通に目にする蔓草である。何処までも延びることから、将来のことを意味する序となる。どのような将来かといえば、相手を頼りとすることである。相手の男子から、「何があってもずっと一緒だよ」などという甘い口説きに女子は心を許したのであろう。しかし、それは女子にとって母親の心に背く行為である。母親の心とは娘に裕福な家の婿を迎えることであり、すでに許嫁も決まっているのだろう。娘は大切な家の財産であるから、誰とも知れない馬の骨では困るのである。成人を迎える娘が恋をする前に、母親は婿にあたりをつけておくのが普通である。それにも関わらず、女子は母親の知らない男子に心を許したことで、将来に母親の厳しい叱責が待っているということになる。この歌の「一云」は「母に違ひぬ」に対して「親に違ひぬ」という違いをみせている。娘を管理するのは母親であったから本文歌で良いが、一本に「親」としたのは、女子の困惑の重さによるのであろう。娘の婿を母親のみが決めるのでなく、それに父親も加わっていれば、当然親の心ということになる。親の心に背いてまでも恋に生きようとする女子の自立の中に現れる深い苦悩の姿であり、愛の苦難を訴える歌である。駿河湾の海浜で行われた歌垣の歌が、歌詞を変えつつ山歌として伝えられていたものと思われる。

伊豆の海に　3360

伊豆(いづ)の海(うみ)に　立(た)つ白波(しらなみ)の　在(あ)りつつも　継(つ)ぎなむものを　乱(みだ)れしめめや

或る本の歌に曰く、白雲の　絶えつつも　継がむと思へや　乱れ初めけむ

右の一首は、伊豆の国の歌。

伊豆乃宇美尓　多都思良奈美能　安里都追毛　都藝奈牟毛能乎　美太礼志米梅楊

或本歌曰、之良久毛能　多延都追母　都我牟等母倍也　美太礼曽米家武

右一首、伊豆國歌。

伊豆の海に、立つ白波が、ずっと立ち続けるように、二人の関係も続くと思っているものを、乱れさせることをしましょうか。

或る本の歌にいうには、「白雲が、途切れながらも繋がるように、関係を続けようと思うから、心が乱れ始めたのでしょうか」とある。

右の一首は、伊豆の歌である。

【注釈】

○伊豆乃宇美尓（伊豆の海に）　伊豆半島の駿河湾や相模湾の海をいう。**○多都思良奈美能**（立つ白波の）　立ち騒ぐ白波が継続していることから次の「安里」を導く。**○安里都追毛**（在りつつも）　在り続けていること。男女の関係へ転換。**○都藝奈牟毛能乎**（継ぎなむものを）　関係が続けて有るべきことをいう。「毛能乎」は形式名詞「物」に接尾語「を」の接続で「〜であるものを」の意。底本は「ツキ」に「トケ」を左傍書。**○美太礼志米梅楊**（乱れしめめや）　「志米」は使役でさせること。相手の心を乱れさ

せることをいう。「楊」は反語。そのようなことは無いこと。相手の疑問へ答える。底本は「乎」の下に○符あり「美」を右傍書。**○或本歌曰**『万葉集』編纂資料の一に見える歌。**○之良久毛能**（白雲の）白雲が絶えることから、次の「多延」を導く枕詞。**○多延都追母**（絶えつつも）白雲が絶えてはまた立つこと。**○都我牟等母倍也**（継がむと思へや）「都我牟」は継ごうとすること。「也」は疑問。**○美太礼曽米家武**（乱れ初めけむ）「美太礼」は乱れ。「曽米」は初めの意。雲の乱れから心へ転換。**○右一首、伊豆國歌**　静岡東部の旧国名。倭名鈔（巻五）に「国府在田方郡」とある。東海道に属す。

【鑑賞】

伊豆の国の相聞歌。一首を収録する。伊豆は当時一つの国であった。海に囲まれている国であるから、海が歌の基本である。その伊豆の海に立つ白波は、何時ものように目にする風景である。しかし、そのように立つ波は恋する者にとってただの風景ではない。「在りつつも」とは、波が立ち続けることであるが、そこから心の問題へと転換される。白波が心を引き出すのか、心が白波を見出すのか不明であるが、恋する者に自然の現象は恋心に満ちている。波が立ち続けていれば恋心の継続であり希望であるが、しかし、波は乱れるものであるから、心の乱れへと転換される。心の乱れを打ち消すのは、恋の固い約束に関わることである。「或本」で「白波」は「白雲」として歌われている。絶えたり続いたりするのは白波も白雲も同じであるから、発想の基盤は等しい。ただ、「或本」ではそのように絶えようとする白雲でも続こうとすることを取り上げて、関係を続けようとするから心の乱れも生じるのだという。関係が絶えたならば心に乱れは生じないが、それを持続させようとすると、恋の思いに乱れ始めるというのであろう。海浜の歌垣で歌われた恋の苦しみを訴える苦情の歌であり、「或本」があるのは、私注がいうように問答や贈答の歌として展開していた可能性があろう。それが山歌として流伝していたのである。

安思我良の　3361

安思我良の　彼面此面に　刺す罠の　か鳴る間しづみ　児ろあれ紐解く

安思我良能　乎弖毛許乃母尒　佐須和奈乃　可奈流麻之豆美　許呂安礼比毛等久

安思我良の山の、あちらにもこちらにも、仕掛けた罠の、鳴り止んだ音の間ではないけれど、噂が止んだ間にあの子とわたしは紐を解き合うことだ。

【注釈】

○安思我良能（安思我良の）　神奈川県南西部の足柄。相模の国の郡名。倭名鈔（巻五）に「足上足辛乃加美」「足下准上」とある。本巻に「阿之我利」（三三六八）ともある。**○乎弖毛許乃母尒**（彼面此面に）　あちらの方面とこちらの方面。**○佐須和奈乃**（刺す罠の）「佐須」は位置づけること。「和奈」は動物を捕る仕掛けの罠。**○可奈流麻之豆美**（か鳴る間しづみ）　解釈に問題がある。古義は「囂鳴間静」とする。「囂」は騒がしい意。全注は「可」は接頭語、「奈流」は鳴り響くこと、「麻」は間、「之豆美」は沈静化することという。仕掛けの鳴子が静まったことから、人の噂が静まったことへ転換。防人歌に「か鳴る間静み」（巻二十・四四三〇）とあるのは家人らの騒ぎが静まったこと。**○許呂安礼比毛等久**（児ろあれ紐解く）　女子と下紐を解いて寝ること。「許呂」は既出三三五一番歌。「比毛」は愛する男女が下着の中に結びあった下紐。同心結びをいう。

【鑑賞】

相模の国の相聞歌。十二首の中の一首目。十二首の中で足柄を詠む歌が八首見られ、特別な土地であったことを示している。「安思我良の彼面此面に刺す罠」とは、狩猟をする人たちが仕掛けた罠のこと。狩人は足柄山のあちこちに罠を張り巡らせて動物を捕らえているのだが、その罠に動物がかかると音が鳴るように鳴子が取り付けられている。それが鳴れば、ガラガラと音がして騒がしいことになる。この歌はその音を序として、世間が男女の噂をして騒ぐことへと転換させる。うっかり密会が他人の目に触れれば、すぐに鳴子のように騒がしい噂となって駆け回るという意である。ここでは噂の対象となった男子が、噂が静まるのを待って女子の紐を解いたという。「か鳴る間しづみ」とは、鳴子の音と人の噂とを重ねる言い回しで、鳴子の音が静まったことを人の噂が静まったことへと転換する方法である。女子の紐を解くとは、二人で結んだ愛の紐を解くことであり共寝を意味する。内容がエロチックであるのは、それを自慢することに主意があり、足柄山麓の歌垣の歌であろう。愛する女子の紐を解いたなどと声高らかに歌うのは、歌垣へ向かう折の喉馴らしに歌われていた山歌なのであろう。

相模嶺の──3362

相模嶺の　小嶺見隠し　忘れ来る　妹が名呼びて　吾を音し泣くな

或る本の歌に曰く、武蔵嶺の　小嶺見隠し　忘れ行く　君が名かけて　あを音し泣くる

相模祢乃　乎美祢見可久思　和須礼久流　伊毛我名欲妣弖　吾乎祢之奈久奈

或本歌曰、武蔵祢能　乎美祢見可久思　和須礼遊久　伎美我名可氣弖　安乎祢思奈久流

相模の山並みの、小嶺が目隠しとなって、それで忘れ来たが、そうであるのに愛しい子の名を呼んでしまい、わたしは声を上げて泣くことだよ。

或る本の歌にいうには、「武蔵嶺の、小嶺が目隠しとなって、忘れているのに、あの人の名を口に出して、わたしは泣けることだ」とある。

【注釈】

○相模祢乃（相模嶺の）「相模」は神奈川県一帯の旧国名。『古事記』景行記に「佐賀牟」とあり「さがむ」。相模嶺は大山を主峰とする山脈。底本は「サカミ」。古義は「サガム」。**○乎美祢見可久思**（小嶺見隠し）相模の小嶺が目隠しとなったこと。底本「可」は「所」。「或本歌」の「乎美祢見可久思」による。底本は「ミソクシ」の「ソ」に「カ」を左傍書。**○和須礼久流**（忘れ来る）小嶺に隠れたことで思い出さずに来たのにそれなのにの意。**○伊毛我名欲妣弖**（妹が名呼びて）「伊毛」は妹で愛しい女子。恋人の名を呼ぶのは禁忌。底本は「ヨヒテ」の「ヨ」に「モ」を左傍書。**○吾乎祢之奈久奈**（吾を音し泣くな）「祢」は泣き声。「奈久奈」は泣くことだよの意。「奈」は詠嘆。「安乎」により使役として解釈する説もある。**○或本歌曰**『万葉集』編纂資料の一に見える歌。**○武蔵祢能**（武蔵嶺の）「武蔵」は東京・埼玉と神奈川の一部の旧国名。「牟射志」（三三七六）とあり「むざし」。東海道に属す。倭名鈔（巻五）の武蔵の国に「国府在多磨郡」とある。**○乎美祢見可久思**（小嶺見隠し）武蔵の小嶺が目隠しとなり見えないこと。**○和須礼遊久**（忘れ行く）男子への思いを忘れて行くこと。底本は「礼」の下に○符あり「遊」を右傍書。**○伎美我名可氣弖**（君が名かけて）愛しい男子の名を口に掛けること。**○安乎祢思奈久流**（あを音し泣くる）「祢」は泣き声。「奈久流」は下二段「泣く」の連体形で泣けること。

【鑑賞】

相模の国の相聞歌。十二首の中の二首目。「相模嶺の小嶺見隠し忘れ来る」ということから旅の歌として理解されるが、これは妻問いをした男子による女子との別れの歌であろう。惜しみながらも彼女の家を出た男子は、やがて彼女の家が小嶺に隠れて見えなくなり、別離の悲しみを忘れることが出来たという。しかし、それは小嶺に隠れたことによる一時の慰めであって、却って愛しい子の家が見えなくなったことで、恋しい思いに堪えられなくなり、とうとう声に出して泣いたというのである。朝帰りの帰途に詠んだ歌であるから、当然、男子が独りして山道で泣きながら歌ったということになるが、それは不自然なことであろう。そこでは歌を歌う必然性はなく、それを書き留めるという術もない。このような歌は歌垣の中で歌われる別離の悲しみをテーマにした歌であり、すでに山歌として伝承されているものである。それが旅に出ても歌われ、宴会でも歌われて流行していた。それゆえに、歌の時制には関わらない。このことを物語るのは、「或本歌」であろう。前半は男子の歌と同じくしながら、後半では男子を忘れて来たはずなのに、途次で男子の名を口にして泣いたというように、女子の歌である。このように男女の歌として成立しているのは、歌垣で愛を成就した男女が歌垣の終わりに別れるにあたって嘆く歌を源流としている。

わが背子を　3363

わが背子を　夜麻登へ遣りて　まつしだす　安思我良山の　杉の木の間か

和我世古乎　夜麻登敝夜利弖　麻都之太須　安思我良夜麻乃　須疑乃木能末可

わたしの愛しいあの人を、夜麻登へ遣ってしまって、それで帰りを待っている、安思我良山の、杉の木の間です。

【注釈】

○和我世古乎（わが背子を）「世古」は背子で愛しい男子。**○夜麻登敝夜利弖**（夜麻登へ遣りて）「夜麻登」は大和。奈良の都をいう。「夜利弖」は不承知ながらもやむなく行かせてしまったこと。「和我世奈乎都久之倍夜里弖」（巻二十・四四二二）とある。**○麻都之太須**（まつしだす）語義未詳。略解は「契沖云、まつしたすはまふしたつ也、文選杜騶（タツマブシ）と有、鳥獣をかるもの丶、まぶしさしてうかがふごとく、杉の木の間より、今や漏ると見る也といへり」という。男子の帰りを待ち窺っている様であろう。**○安思我良夜麻乃**（安思我良山の）神奈川県南西部の箱根山に連なる足柄山。足柄は既出三三六一番歌。**○須疑乃木能末可**（杉の木の間か）男子が帰り来るのを期待して、杉の木の間から眺めている様をいう。「可」は詠嘆。

【鑑賞】

相模の国の相聞歌。十二首の中の三首目。男子が東国から大和へ出掛けるのは、調庸を運ぶ仕事や、徭役などの労役に徴用されたからであろう。そのような公務はしばしば見られたであろうから、防人の別離のような悲惨さはない。もちろん、東国から奈良の都までの往復の旅は、困苦を極めたことと思われるが、一方に、都へ出掛けることは楽しみでもあったと思われる。通過する国の初めて見る自然風物や、珍しい産物や食べ物への関心である。「夜麻登へ遣りて」には、離れたくないがやむなく送り出したという女心が含まれている。その男子もそろそろ帰る時期なのであろう。「まつしだす」の意味は未詳だが、「安思我良山の杉の木の間」からすると、遠くの山下の道を登ってくる男子を、杉の木の間から窺い待っている様が想像される。女子は愛しい男子の帰りを待ちきれずに、毎日のように山下の道を上って来るだろう杉の木の間を窺っているのである。男子を大和へ遣った女子たちの中に歌われていた山歌であろう。

安思我良の　3364

安思我良の　波祜祢の山に　粟蒔きて　実とはなれるを　逢はなくも怪し
或る本の歌の末句に曰く、這ふ葛の　引かば寄り来ね　下なほなほに

安思我良能　波祜祢乃夜麻尓　安波麻吉弖　實登波奈礼留乎　阿波奈久毛安夜思
或本歌末句曰、波布久受能　比可波与利己祢　思多奈保那保尓

安思我良の、波祜祢の山に、粟を蒔いて、実とはなったけれど、あの人に逢えないのは不思議だなあ。
或る本の歌の末句にいうには、「這う葛のように、引いたらこっちに寄って来い。心を素直にしてさ」とある。

【注釈】
○安思我良能（安思我良の）　神奈川県南西部の足柄。既出三三六一番歌。**○波祜祢乃夜麻尓**（波祜祢の山に）　神奈川県足柄下郡の芦ノ湖北部の地の山。底本は「祜」に「枯ィ」を右下傍書。**○安波麻吉弖**（粟蒔きて）「安波」は粟。イネ科の植物。実は小粒で黄色。古代では重要な畑作物。主食や餠とする。粟から男女の逢うことを導く定型。**○實登波奈礼留乎**（実とはなれるを）　粟が実ったこと。「實」は作物の成熟から恋の成就をいう定型。**○阿波奈久毛安夜思**（逢はなくも怪し）　粟なのに逢えないのが不思議だの意。「安夜思」は「怪し」で理解が出来ないこと。**○或本歌末句曰**『万葉集』編纂資料の一に見える歌の末の句。**○波布久

受能（這ふ葛の）「久受」は葛でマメ科の植物。根は葛粉として食用や薬用。繊維は葛布や綱を作る。延びた蔓を引くことから、次の「比可波」を導く枕詞。「能」は「〜のように」の意。**〇比可波与利己祢**（引かば寄り来ね）引いたら寄って来い。蔓草から人へ転換。**〇思多奈保那保介**（下なほなほに）「思多」は下で心。「奈保那保」は真っ直ぐであること。拒否や戯れなど無くして素直にの意。恋の応対は相手をはぐらかすことに主意があることによる。

【鑑賞】

相模の国の相聞歌。十二首の中の四首目。足柄の箱根の山に粟を蒔くのは、食糧とするためである。山の畑に蒔いて一年分の食糧とするのであるから、集団労働となる。「安思我良の波祜祢の山に粟蒔きて」とは、そのような生活から口に出る歌い方である。それが稗や黍ではなく「粟」であるのは、「逢う」ことへ転換させるためである。粟を播いて実ったことから逢えるはずなのに、逢えないのは不思議だという言い回しは、粟なのに逢えないという洒落に主旨がある。粟などの雑穀を播いたり収穫したりする時の集団で歌う山歌として流行していたものと思われる。「実とはなれるを」からすれば、収穫の時に歌われたのであろう。この歌の「或本歌」によれば、「這ふ葛の引かば寄り来ね下なほなほに」と歌われている。上句が同一なのでこの歌が異伝歌としての扱いを受けているが、独立した一首であろう。生え延びる蔓を引いたら素直に寄って来いというのは、葛の収穫の労働の歌である。これも足柄地方の山歌として歌われていたものと思われる。

可麻久良の　3365

可麻久良の　美胡之の崎の　岩崩の　君が悔ゆべき　心は持たじ

可麻久良乃　美胡之能佐吉能　伊波久叡乃　伎美我久由倍伎　己許呂波母多自

可麻久良の、美胡之の崎の、あの岩崩ではないけどね、あなたが後悔するような、そんな心は持つことなどいたしません。

【注釈】

○可麻久良乃（可麻久良の）　神奈川県鎌倉の地。相模の国に属す郡名。倭名鈔（巻五）に「鎌倉加末久良」とある。**○美胡之能佐吉能**（美胡之の崎の）　所在未詳。「佐吉」は崎。**○伊波久叡乃**（岩崩の）「久叡」は万葉考に「山或は川岸などの岩の崩るる所を云」という。「くゆ」の連用形の名詞化。崖の崩れた場所。次の「久由」を導く。**○伎美我久由倍伎**（君が悔ゆべき）「久由」は後悔。「久叡」（崩）から「久由」（悔）へ転換。**○己許呂波母多自**（心は持たじ）そんな心は持たないだろうこと。愛の約束の言葉。「自」は否定推量で「ないだろう」の意。

【鑑賞】

相模の国の相聞歌。十二首の中の五首目。鎌倉の見越しの崎の海浜での歌垣の歌であろう。見越しの崎は今にも崩れそうな崖となった岸辺であり、誰もが岩崩の危険地域として注意している場所である。岩崩といえば愛する男女には、「悔え」と聞こえる。それゆえに、岩崩を素材として「悔いる」ことを導いて、「君が悔ゆべき心は持たじ」という定型が生まれる。歌垣の中では、男女が心を表すのに約束を交わす。天地が崩れるまで愛を誓うなどという類であるが、ここでは後悔はさせないという女子による誓いである。このような誓いを立てるのは、母親に露見して男子の名を聞かれても言わないという約束をする時の言い回しであり、歌垣の掛け合いで誓約が求められることによる。類歌として「妹も吾も清の河の河岸の妹が悔ゆべき心は持たじ」（巻三・四三七）とあるが、これは挽歌である。歌垣での誓約の歌が展開したものである。

ま愛しみ　3366

ま愛しみ　さ寝にわは行く　可麻久良の　美奈能瀬河に　潮満つなむか

麻可奈思美　佐祢尓和波由久　可麻久良能　美奈能瀬河泊尓　思保美都奈武賀

愛しいあの子の所に、共寝にわたしは出掛けるとしよう。ただ可麻久良の、美奈能瀬河に、潮が満ちているのではないだろうか。

【注釈】

○麻可奈思美（ま愛しみ）　心から愛しく思われること。「麻」は「真」で真実をいう接頭語。「可奈思」は愛しい意。既出三三五八番歌。「美」は原因を示す接尾語。**○佐祢尓和波由久**（さ寝にわは行く）　女子のもとへ共寝に行くこと。「和」は我である男子。**○可麻久良能**（可麻久良の）　神奈川県鎌倉の地。相模の国に属する郡名。既出三三六五番歌。**○美奈能瀬河泊尓**（美奈能瀬河に）　神奈川県鎌倉市北方から由比ヶ浜に注ぐ稲瀬川。**○思保美都奈武賀**（潮満つなむか）　潮が満ちたろうか。「奈武」は現在推量「らむ」の東国音。「賀」は疑問。

【鑑賞】

相模の国の相聞歌。十二首の中の六首目。冒頭から「ま愛しみさ寝にわは行く」という表現は、かなり大胆である。

愛しい子の所へこれから共寝に行くのだという宣言であるから、他人に聞かせる意図がある。それゆえ、聞く者に驚きと羨望を与えることになる。歌い手はそれが目的である。このような歌い方は、宴会で席を中座するのに適切な歌い方であろう。廻りからなぜ中座するのかと問われた時に、その理由を「ま愛しみさ寝にわは行く」というのである。愛しい女子と共寝のためだというのは、きわめて気の利いた中座の理由となろう。露骨なほど聞き手を楽しませる。その意味では宴会によく歌われた山歌のように思われる。もちろん、仲間たちはそんなことはないと思うだろうから、歌い手は次の手を打って「美奈能瀬河に潮満つなむか」という落ちを付ける。愛しい子の所に共寝に行くのだが、美奈能瀬河に潮が満ちていれば、その共寝は不成立となる。そのことを踏まえての共寝の歌である。

百つ島　3367

百(もも)づ島(しま)　安之我良小船(あしがらをぶね)　歩(ある)き多(おほ)み　目(め)こそ離(か)るらめ　心(こころ)は思(も)へど

母毛豆思麻　安之我良乎夫祢　安流吉於保美　目許曽可流良米　己許呂波毛倍抒

たくさんの島を行き交う、安之我良小船。その船のように出掛けることが多いので、逢うことも無いのでしょう。心では思っているというのだけれど。

【注釈】

○母毛豆思麻（百づ島）海上の多くの島をいう。**○安之我良乎夫祢**（安之我良小船）足柄製の勝れた船。足柄と足軽とを掛けている。『日本書紀』崇神天皇条に官船の「枯野」という船は伊豆の国の貢る船で、官用としての功績は忘れてはならないとある。
○安流吉於保美（歩き多み）　多くの女子のもとへと通うこと。優秀な船の力量から男子の好色へ転換。「美」は原因を表す接尾語。
○目許曽可流良米（目こそ離るらめ）　「目」は逢うこと。「可流」は離れること。男子は他の女子にも通うので、関係が途絶えていることをいう。底本は「メコソ」に「ナ」を左傍書。**○己許呂波毛倍抒**（心は思へど）　男子は女子のことを心では思っていてもの意。「毛倍」は「思へ」の約音。「抒」は逆接。

【鑑賞】

相模の国の相聞歌。十二首の中の七首目。「百づ島安之我良小船歩き多み」とは、足柄で作られる船の優れた能力をいい、その船は多くの湊に漕ぎ行くことが出来る。足柄船は古くから大和にも轟いていた。「歩き多み」とは足柄船が何処へでも漕ぎ行くのを褒めたものであるが、それが譬喩となり相手への批難となる。その船とは男子の譬喩であり、あちこちの女子のもとに出歩いているという意だからである。それゆえに、「目こそ離るらめ」なのであり、女子のもとに通うこともなくなったことへの批難である。「心は思へど」から窺えるのは、この女子に通うことはないが、男子は「心ではいつも思っているのだよ」を口癖にしているというのである。歌垣で口説き上手な色男を囃し立てる女子たちの歌であり、やがて山歌として歌われていたのであろう。

阿之我利の

3368

阿之我利(あしがり)の　刀比(とひ)の河内(かふち)に　出(い)づる湯(ゆ)の　よにもたよらに　児(こ)ろが言(い)はなくに

阿之我利能　刀比能可布知尓　伊豆流湯能　余尓母多欲良尓　故呂河伊波奈久尓

阿之我利の、刀比の河内に、湧き出る湯が揺れ動くように、とりわけ揺れているなどと、あの子は言わないのに。

【注釈】

○**阿之我利能**（阿之我利の）神奈川県南西部。足柄は既出三三六一番歌。「阿之我利」は足柄の東国音。「ら」と「り」の中間音によるか。○**刀比能可布知尓**（刀比の河内に）「刀比」は足柄下郡の湯河原の土肥の地。「可布知」は河内。カハフチで河が淵を作っている所。○**伊豆流湯能**（出づる湯の）湧出している湯が揺れることから、次の「多欲良」を導く。○**余尓母多欲良尓**（よにもたよらに）「余尓母」はとりわけての意。「多欲良尓」は本巻に「よにもたゆらにわが思はなくに」（三三九二）という類歌があり、とりわけて激しく揺れ動く様をいう。佐佐木評釈は「ほとばしり豊富な様」という。○**故呂河伊波奈久尓**（兒ろが言はなくに）あの子は言わないことなのに。「故呂」は「兒呂」に同じ。既出三三五一番歌。「奈久尓」は打消しの助動詞「ず」のク語法「奈久」に助詞「尓」の接続で「無いのに」の意。心に思いを残す言い回し。

【鑑賞】

相模の国の相聞歌。十二首の中の八首目。内容からみると、女子の心の確証が得られない男子の嘆きの歌であろう。「阿之我利の刀比の河内に出づる湯の」とは、ご当地ソングの決まり文句のようである。場所が変われば本巻にみえる「筑波嶺の岩も轟に落つる水よにもたゆらにわが思はなくに」（三三九二）のようになる。「出づる湯」は地下から湧出する温泉であり、揺れながら湯を吹き上げている様である。「岩も轟に落つる水」もまた、水がたぎりながら揺れていることをいう。その「たゆら」（たよら）を前口上として本歌では「よにもたよらに兒ろが言はなくに」という。「よにも」は決しての意で、下の「言はなくに」と呼応して、愛しい子が「心が揺れているの」といってはいないという意になる。ただ、「心が揺れているの」とはいわないけれども、男子には揺れていない確証が得られないのである。「よにもたゆらに」では、女子から「心が揺れている」と疑いが掛けられていることの嘆きとなる。歌垣で相手の心を探る歌である。

阿之我利の ３３６９

阿之我利の　麻万の小菅の　菅枕　何故か巻かさむ　児ろせ手枕

阿之我利乃　麻萬能古須氣乃　須我麻久良　安是加麻可左武　許呂勢多麻久良

阿之我利の、麻万の小菅で編んだ、菅の枕だという。何でそれを枕とするのかなあ。愛しい子よわたしの手枕をしなさいよ。

【注釈】

〇阿之我利乃（阿之我利の）　神奈川県南西部の足柄。既出三三六一番歌。**〇麻萬能古須氣乃**（麻万の小菅の）「麻萬」は地名か土地の形状か。万葉考は「足上郡のまゝ下郷といふ、足柄の竹下てふ所の下にて、酒匂川の上に在といへり」という。千葉県市川にも真間の地名がある。旧大系は切り立った崖とする。「古須氣」は背の低い菅。カヤツリグサ科。笠や蓑の材。**〇須我麻久良**（菅枕）　菅で作った枕。**〇安是加麻可左武**（何故か巻かさむ）「安是」は「なぜ」の東国音。「麻可左武」は菅枕を巻いて寝ることへの疑問。**〇許呂勢多麻久良**（児ろせ手枕）「許呂」は既出三三五一番歌。「勢」は命令の「せよ」。「多麻久良」は手を枕として寝ること。

【鑑賞】

相模の国の相聞歌。十二首の中の九首目。「阿之我利の麻万の小菅の菅枕」とは足柄名産の菅枕である。枕といえば足柄の麻万の小菅の枕に限るのである。それは日常に使う枕であるが、しかし、恋する男女にとって枕といえば、共寝の方向へと向かう。枕を共にして共寝することが男女の希望である。その希望を「阿之我利の麻万の小菅の菅枕」というのは、いかに足柄名産の菅枕でも意味がないことを強調するためである。男女の共寝には名産の枕があっても不要であり、必要なのは手枕である。菅枕からわが手枕へとすり替えて楽しんでいる。このような歌は宴会の場が妥当であるが、歌垣由来の共寝の歌から出て、歌垣の会場へ向かう道々に歌われた山歌であろう。それが宴会を盛り上げる歌として流行していたものと思われる。

安思我里の　3370

安思我里（あしがり）の　波故祢（はこね）の嶺（ね）ろの　にこ草（ぐさ）の　花（はな）つ妻（つま）なれや　紐解（ひもと）かず寝（ね）む

安思我里乃　波故祢能祢呂乃　尓古具佐能　波奈都豆麻奈礼也　比母登可受祢牟

安思我里の、波故祢の山の、にこ草のような、そんな可愛い花妻であるのか。それなら結んだ紐も解かずに寝もしようよ。

【注釈】

○安思我里乃（安思我里の） 神奈川県南西部。既出三三六一番歌。「安思我里」の「里」は「良」ともあるから、「ら」と「り」の中間音か。**○波故祢能祢呂乃**（波故祢の嶺ろの） 足柄の箱根の山をいう。芦ノ湖の北側の山。**○尓古具佐能**（にこ草の） 萌え出た柔らかな草から、次の「豆麻」を導く。「和草の身の若かへにさ宿し児らはも」（巻十六・三八七四）とある。**○波奈都豆麻奈礼也**（花つ妻なれや） 花のような和やかな妻をいう。「先芽の花嬬問ひに来鳴くさ牡鹿」（巻八・一五四一）とある。「奈礼也」はそのようであるのか、そのようであればの意。**○比母登可受祢牟**（紐解かず寝む） 紐も解かずに寝よう。「比母」は愛の約束の下紐。既出三三六一番歌。

【鑑賞】

相模の国の相聞歌。十二首の中の十首目。歌垣の会場へ向かう折の喉馴らしの歌と思われる。「にこ草」とはどのような草か知られないが、「にこ」とは「和」や「柔」を指す言葉で、似児草のことである。それは可愛い女子の、和やかな笑顔や柔肌のイメージである。そこからみると「安思我里の波故祢の嶺ろのにこ草の」とは食用などではなく、男子たちが見出した花であり、愛しい女子に喩えた花である。「蘆垣の中の似児草にこよかに我と咲まして人に知らゆな」（巻十一・二七六二）という蘆垣の中の「似児草」は、愛しい子に似ている花だという。そのような花を通した女子への憧れは男子が持つ思いであるが、男子はそれで気が済むことはない。にこ草のような花妻ならばとは、にこ草のような花妻でもないのだからという言い回しであり、結んだ紐も解かずに寝ることはないという主張である。これは相手の女子への積極的な共寝への勧誘であり、いくら引いても応じないお高く止まっている女子への挑発の悪口歌である。このような歌い方は歌垣に由来するものであり、歌垣の中で女子を挑発し誘う時の歌として、また歌垣の会場に向かう時の喉馴らしの歌として歌われた山歌であったと思われる。宴会の場では、コンパニオンを相手に場を盛り上げる歌として歌われていたのであろう。

安思我良の―3371

安思我良(あしがら)の　み坂恐(さかかしこ)み　曇(くも)り夜(よ)の　あが下延(したは)へを　言出(こちで)つるかも

安思我良乃　美佐可加思古美　久毛利欲能　阿我志多婆倍乎　許知弖都流可母

安思我良の、坂の神がとても恐ろしいので、曇り夜のように、わたしの心に広がる思いを、つい言葉に出してしまったことよ。

【注釈】

○安思我良乃（安思我良の）　神奈川県南西部の足柄。既出三三六一番歌。**○美佐可加思古美**（み坂恐み）「美」は畏れへの接頭語。「佐可」は足柄山の坂。「加思古美」は「恐」に接尾語「み」の接続で「恐ろしいので」の意。祝詞の中臣寿詞に「恐美恐美毛申給波久止申」とある。峠を越えるのが険しく恐ろしいことをいう。**○久毛利欲能**（曇り夜の）　真っ暗なことから、次の「志多婆倍」を導く枕詞。**○阿我志多婆倍乎**（あが下延へを）「志多」は心の中。「婆倍」は這い広がる様。万葉考は「心の裏にこめし妹が事」という。**○許知弖都流可母**（言出つるかも）「許知弖」は「言出で」の約音。言葉に出すこと。「都流」は完了。言葉に出してしまったことをいう。「可母」は詠嘆。

【鑑賞】

相模の国の相聞歌。十二首の中の十一首目。旅に出た男子が、足柄の坂の神の怖ろしさに女子の名を告げた歌と理解されている。しかし、少しばかり理解を苦しめる歌である。その原因は「安思我良のみ坂恐み」にある。足柄の坂の神はとても恐ろしいということであるが、それがどうして「あが下延へを言出つるかも」へと繋げているのか。この繋がりは、坂の神が恐ろしいので、曇り夜のように隠していた愛しい人の名を、つい言葉に出してしまったということにあるが、それだけのことであるなら、誰に、何のために歌われたのかという疑問への解決にはならない。

相手の愛しい人の名前を声に出していうのは、特別な事情によることが多い。それはこれ以上に恋の苦しみに堪えられないとか、恋に死にそうだという時である。恋する男女は名を明かさないことを約束するが、それにも関わらず相手の名を言えば少しは慰められるだろうという思いにかられる。しかし、それは禁忌事項であるから、他人に知られれば噂の種となって逢うことも出来なくなる。まして、名を明かしたことが相手に知られれば批難の対象ともなり信頼を失うことになる。そのことから考えると、この歌は自らの堪えられない思いを、山の神のせいにしているということになる。山の神が恐ろしくて、つい名前を告げたという弁解である。足柄の坂の神が引き合いに出されたのは旅の途次のことではなく、足柄の坂の神が恐ろしかったからだという釈明のためである。それほどまでに女子が愛しいのだという訴えであり、足柄での歌垣由来の歌である。

相模道の　3372

相模道(さがむぢ)の　余呂伎(よろぎ)の浜(はま)の　真砂(まなご)なす　児(こ)らは愛(かな)しく　思(おも)はるるかも

右(みぎ)の十二首(じふにしゅ)は、相模(さがむ)の国(くに)の歌(うた)。

相模治乃　余呂伎能波麻乃　麻奈胡奈須　兒良波可奈之久　於毛波流留可毛
　右十二首、相模國歌。

相模道の、余呂伎の浜の、美しい砂のような、そんなあの子は愛らしく、心に思われることだよ。
　右十二首は、相模の国の歌である。

【注釈】
○相模治乃（相模道の）　神奈川県の相模を通る道。『古事記』景行天皇条に「佐賀牟」とあり訓は「さがむ」。底本は「サカミ」。古義は「サガム」。**○余呂伎能波麻乃**（余呂伎の浜の）　「余呂伎」は神奈川県小田原から大磯にかけての海浜。倭名鈔（巻五）に「余綾与呂岐」とある。**○麻奈胡奈須**（真砂なす）　きれいな白砂をいう。「麻奈胡」（真砂）は「愛子」と双関語。「奈須」は如し。底本は「乃麻奈胡奈」に修正の跡あり。**○兒良波可奈之久**（兒らは愛しく）　「兒良」の「良」は「呂」に通じ親愛語。「可奈之」は愛しい意。既出三三五一番歌。**○於毛波流留可毛**（思はるるかも）　自然と思われること。「可毛」は詠嘆。**○右十二首、相模國歌**　相模は神奈川県一帯の旧国名。東海道に属す。倭名鈔（巻五）に「国府在大住郡」とある。

【鑑賞】
　相模の国の相聞歌。十二首の中の十二首目。余綾の浜は美しい真砂の浜が続き、真砂といえば直ちに愛子（まなご）へと結びつく。「余呂伎の浜の真砂」という言い回しは定型としてあり、男子たちの口癖であったろう。その愛子からすればこれは歌垣の歌に由来し、直接に女子に歌い掛けた歌とすれば、可愛い女子だと讃美した歌となる。ただ、情況としてはまだ女子との直接的な接触はなく、このように讃美すれば可愛いと思う女子たちが競って掛け合って来ることへの期待である。そのことから二人の呼吸が合えば、次の段階へと展開することになる。これは相手を誘うための誘い歌であることが知られる。歌垣の歌から山歌として成立すれば、独立した歌として展開する。このような誘い歌の内容からすれば、歌垣の会場へ向かう折の喉馴らしの山歌であったと思われる。

多麻河に ―― 3373

多麻河に　晒す手作り　さらさらに　何そこの児の　ここだ愛しき

多麻河泊尒　左良須弖豆久利　佐良左良尒　奈仁曽許能兒乃　己許太可奈之伎

多麻河に、晒す手作りの布。川に晒せばさらさらと、さらにさらにどうしてこの子が、こんなにも愛しいのか。

【注釈】

○多麻河泊尒（多麻河に）東京都西部を流れる多摩川。西多摩郡に発して東京湾に注ぐ。**○左良須弖豆久利**（晒す手作り）「左良須」は布を白くするために水に晒して漂白すること。「弖豆久利」は倭名鈔（巻十二）に「白糸布今案俗用手作布」とあり手織りの布。東国では麻布を調布として献上していた。人頭税の一。**○佐良左良尒**（さらさらに）布を水に晒す「サラ」を受けた水晒しの行為の擬音語サラサラ。そこから「さらにさらに」へ転換。**○奈仁曽許能兒乃**（何そこの児の）どうしてこの可愛い子がの意。**○己許太可奈之伎**（ここだ愛しき）「己許太」は「ここだく」で副詞。幾許。こんなにひどくの意。「可奈之」は愛しい意。既出三三五一番歌。

【鑑賞】

武蔵の国の相聞歌。九首の中の一首目。麻布や調布あるいは砧などという地名が東京に見えるのは、古代の武蔵の国の名残である。その一帯では麻が栽培され、麻布が織られていた。麻布は人々の普段着としての着物となり、また頭割りにされる人頭税としても供出された。麻栽培は他の国においても同じで、本巻には「可美都気努安蘇の真麻群搔き抱き」（三四〇四）という戯れの歌もみえる。多摩川の周辺でも麻布が織られて、若い女子たちによる布晒しが行われていた。その季節になると多摩川には女子が総出で手作りの布を持ち寄って川に入り、布を流して晒すのである。川に入るから着物の裾はたくし上げられて、白い素足が見える。それは、感動的な風景であったに違いない。当然、村の男子たちはその景観に足を止めることになろう。そのような布を晒す女子たちに呼び掛けたのがこの歌であると理解される。女子たちの晒す布は川にサラサラと晒され、そのサラサラを受けて、男子の心には「さらにさらに」女子への思いが募るのだと騒ぎ立てる。このような光景は中国古代詩の『詩経』にも「東門の池のほとりで、麻を漬している。あの美しいお嬢さんと、一緒に歌いたいなあ」（東門の池）という。ただ、この歌は布を晒す女子たちの労働の歌である。布を晒す女子たちは、愛しい男子からこのように思われているのだと戯れるのである。多摩川での布晒しの山歌であり、冷たい川での作業の辛さもこの歌によって癒されたのである。

武蔵野に　3374

武蔵野（むざしの）に　占（うら）へ肩焼（かたや）き　正（まさ）てにも　告（の）らぬ君（きみ）が名（な）　占（うら）に出（で）にけり

武蔵野尒　宇良敝可多也伎　麻左弖尒毛　乃良奴伎美我名　宇良尒侼尒家里

武蔵野で、占師が鹿の骨を焼いて占い、真実にも、教えていないあなたの名が、お告げに出てしまいました。

【注釈】

○武藏野尒（武蔵野に）　武蔵の国の野。武蔵は既出三三六二番歌。**○宇良敝可多也伎**（占へ肩焼き）「宇良敝」は下二段動詞「占ふ」の連用形で占うこと。専門家に占部がいた。「可多也伎」は鹿の肩を焼いて占う方法。『古事記』上巻に「真男鹿之肩抜而、取天香山之天之波々迦而、令占合麻迦那波而」と見える。本巻に「鳥とふ大をそ鳥の真実にも」（三五二一）とある。万葉考は「真定にもなり」という。**○麻左弖尒毛**（正てにも）「麻左弖」は真実。本巻に「鳥とふ大をそ鳥て教えていないこと。「伎美」は愛しい男子。名は親に教えないという約束をしている。**○乃良奴伎美我名**（告らぬ君が名）「乃良奴」は口に出して教えていないこと。「伎美」は愛しい男子。名は親に教えないという約束をしている。**○宇良尒侶尒家里**（占に出にけり）占いに出てしまったこと。

【鑑賞】

武蔵の国の相聞歌。九首の中の二首目。「武蔵野に」と歌い始めるのは、そこが武蔵野であるからに違いないが、地理的規模としては大雑把である。それは「武蔵なる」などと同じく、「武蔵野に」といえばそれで良しとする表現の理解に支えられていて、汎用性のある言い回しである。その武蔵野で鹿の肩骨を焼いて占いをしたのだという。「占へ肩焼き」とは、夕占や足占などという簡易な占いとは異なり、占部が行う本格的な卜占をいう。「告らぬ君が名占に出にけり」というから、親に隠し通していた男子の名を顕す卜占である。「正てにも」には、親に問い詰められるだろう女子の必死な抵抗があろう。たとえ母親に問い詰められても、男子の名は言わないという覚悟である。そのように固い約束をしたのだが、それなのに男子の名が露見したという。その理由は、占部の専門家が占いで顕したからであり、これでは名が顕れてもやむを得ないという理解になる。女子は母親に問い詰められてやむなく白状してしまったが、その弁明として専門の占い師を持ち出し男子からの批難を回避しているのである。これは歌垣で相手の名が露見したことを提起して、男子の態度を窺うための歌い方である。

武蔵野の　3375

武蔵野(むざしの)の　小岫(をぐき)が雉(きぎし)　立(た)ち別(わか)れ　去(い)にし宵(よひ)より　背(せ)ろに逢(あ)はなふよ

武蔵野乃　乎具奇我吉藝志　多知和可礼　伊尒之与比欲利　世呂尒安波奈布与

武蔵野の、峰の雉の夫婦が、立ち別れるように、立ち去った夜から、愛しい人に逢うことがないことだ。

【注釈】

○武蔵野乃（武蔵野の）　武蔵は既出三三六二番歌。**○乎具奇我吉藝志**（小岫が雉）　略解は「乎具奇は小岫也」という。山の上をいう。底本は「目云ヲクキハ小峯也」を右貼り紙。「吉藝志」は雉。キジ科の鳥。倭名鈔（巻十八）の「雉」に「和名木々須一云木之」とある。底本は「キチシ」。代匠記（精）は「キヽシ」。**○多知和可礼**（立ち別れ）　雉の雌雄は棲む所を別にする。**○伊尒之与比欲利**（去にし宵より）「伊尒之与比」は妻問いから男子が帰った夜。**○世呂尒安波奈布与**（背ろに逢はなふよ）「世」は背で愛しい男子。「呂」は親愛の接尾語。略解は「あはなふはあはぬといふを延たり」という。「安波」は逢うこと。「奈布」は東国語の否定の助動詞。「与」は詠嘆。

【鑑賞】

武蔵の国の相聞歌。九首の中の三首目。武蔵野の小岫の雉が立ち別れるとは、雉の夫婦の習性をいう。繁殖の時期以外は別々に過ごすからである。そのようなことは土地の人たちのよく知るところであり、「武蔵野の小岫が雉立ち別れ」という言い回しは、土地に伝えられている諺のようなものであろう。もっとも、それを諺だとしても何を意味するのかといえば、愛する者が別々だということを想起させるものであるので、恋人たちの中に由来する諺といえる。歌垣の中で恋人と逢えない嘆きに用いられたもので、それゆえに、「去にし宵より背ろに逢はなふよ」という言い回しへも展開し得た。雉の夫婦のようにという譬喩によって、男子と隔たっていることが説明出来たのである。ただ、男子があの夜に訪れて以来、通いがなくなったのは不思議だというのがこの歌の主旨である。その理由は知られないが、女子にとっては男子への不審が募ることになる。歌垣の中の歌であれば、男子の不実を責める歌である。

恋しけば　3376

恋しけば　袖も振らむを　牟射志野の　うけらが花の　色に出なゆめ
或る本の歌に曰く、如何にして　恋ひばか妹に　武蔵野の　うけらが花の　色に出ずあらむ

古非思家波　素弖毛布良武乎　牟射志野乃　宇家良我波奈乃　伊呂尓豆奈由米
或本歌曰、伊可尓思弖　古非波可伊毛尓　武蔵野乃　宇家良我波奈乃　伊呂尓[亻弖]受安良牟

恋しいということならば、袖も振りましょうものを。牟射志野の、うけらの花のように、決して顔色には出さないでね。

或る本の歌にいうには、「どのように、愛しい子に恋をするならば、武蔵野の、うけらの花のように、顔色に出さずにいられようか」とある。

【注釈】

○古非思家波（恋しけば）恋しいということならばの意。「波」は仮定。**○素弖毛布良武平**（袖も振らむを）「素弖」は袖で魂の宿る所。恋人の魂を呼び寄せる行為。**○牟射志野乃**（牟射志野の）牟射志は武蔵。既出三三六二番歌。**○宇家良我波奈乃**（うけらが花の）オケラの花をいう。山野に自生。胃腸などの薬用。お屠蘇の材。漢方の白朮。爾雅注疏に「朮、一名山薊」とある。新撰字鏡に「白朮平介良」とある。倭名鈔（巻二十）に「朮儲律反／和名乎介良」とあり「亦名山蓟也」とある。『本草鈎沈』の「蒼朮」によれば、「菊科蒼木属、多年生草本」で「春秋両季採挖」と見える。『芸文類聚』（巻第八十一）薬香草部に「異術に曰く、朮草は山の精である。陰陽の精気を結ぶ。これを服すと長生し穀を断ち神仙となる」という。次の「伊呂尒豆」を導く。**○伊呂尒豆奈由米**（色に出なゆめ）「伊呂」は顔色。「豆」は出づ。「由米」は禁止。**○或本歌曰**『万葉集』編纂資料の一に見える歌。**○伊可尒思弖**（如何にして）どのような方法をもってしての意。方法などないこと。**○古非波可伊毛尒**（恋ひばか妹に）「古非波」は「恋ふ」の仮定。「伊毛」は妹で愛しい女子。**○武蔵野乃**（武蔵野の）武蔵は前出。**○宇家良我波奈乃**（うけらが花の）「宇家良」は朮。前出。次の「伊呂尒佀」を導く。**○伊呂尒佀受安良牟**（色に出ずあらむ）「伊呂」は顔色。顔に出さずにあり得ようかの意。

【鑑賞】

武蔵の国の相聞歌。九首の中の四首目。相手があまりにも恋しがるので、袖を振るから顔色に出すなと戯れる歌垣の歌である。「恋しけば袖も振らむ」とは、袖を振って愛情を確かめ合う行為である。しかし、それは誰にも知られないように振らなければならない。人の目に触れると噂になり、後に困るからである。それでも袖も振りましょうというのは、愛しい相手が恋に苦しむのを見かねてである。それでやむなく袖は振るが、顔色には出すなという。袖を振ってくれた喜びが顔色に出るのを怖れてである。これは歌垣の中で愛情を確かめ合い、相手の愛情の深さを訴えることに応えた歌である。袖は振るがうけらの花のように顔色には出すなというところには、相手がいかに我を恋しがっているかを自慢する態度がある。

「或本歌」があるのは、歌垣の場の雰囲気を伝えている。本文歌と内容が対応することで掲げられたと思われるが、武蔵野のうけらの花がここでも取り上げられるのは、うけらの花をテーマとした歌の流れが展開しているからである。うけらの花をテーマとすると、「うけらの花のように顔色に出すな」という方向が示されることになる。本巻の「安斉可潟潮干のゆたに思へらばうけらが花の色に出めやも」(三五〇三)もそうした類である。この歌で「武蔵野のうけらの花のように、顔色に出さずにいられようか」というのは、男子がどうすれば顔色に出さずにいられるのかを女子に問い掛けた歌であり、或本の歌が先行する。歌垣の中での質問の歌である。

武蔵野の 3377

武蔵野(むざしの)の　草(くさ)は諸向(もろむ)き　かもかくも　君(きみ)が随意(まにま)に　吾(あ)は寄(よ)りにしを

武蔵野乃　久佐波母呂武吉　可毛可久母　伎美我麻尓末尓　吾者余利尓思乎

武蔵野の、雑草はあちらにもこちらにも向いている。そのようにああでもこうでも、あなたのご自由にして下さい。わたしは心が寄ってしまったものを。

【注釈】

〇武蔵野乃（武蔵野の）　武蔵は既出三三六二番歌。**〇久佐波母呂武吉**（草は諸向き）「久佐」は野の雑草。「母呂武吉」は、草の葉の向きが彼方にも此方にも向いていること。以下の「可毛可久母」を導く。**〇可毛可久母**（かもかくも）　彼方にも此方にもの意の副詞。次の「伎美我麻尒末」を導く。**〇伎美我麻尒末尒**（君が随意に）「麻尒末尒」はご随意にの意。男子の望み通りであることをいう定型。「此方にも彼方にも君が随意に」（巻三・四一二）とある。**〇吾者余利尒思乎**（吾は寄りにしを）　身も心も寄ってしまったこと。「尒思乎」はそうしたものであるものをの意。「乎」は詠嘆。底本は「ワレハ」。古義は「アハ」。

【鑑賞】

武蔵の国の相聞歌。九首の中の五首目。男子の甘い言葉を信じて、男子の心のままであると訴える歌垣の歌である。武蔵野の雑草は、あちらにもこちらにも向いているという。畑物ならば順序よく並んで生えているが、雑草はおもむくままに生えている。そのようなことを話題とするのは、ここが武蔵野で行われている野の歌垣だからである。歌垣で展開した二人の恋は、意気投合して愛の成就へと進んだことが知られる。その愛の成就を告げるのに目の前の雑草を選んだのは、男子の要求に対して女子の心を表した譬喩であり、女子の心はああにもこうにもなるということの意志の表明である。「かもかくも」は草の向きであり、それを女子の心へと転換する。女子はすべてを投げ打って男子の心のままに随うのだという宣言であり、愛の成就の一瞬を迎えた歌である。「大船の舳にも艫にも依する浪依るとも吾は君が任意に」（巻十一・二七四〇）というのも、海辺の歌垣での愛の成就の歌である。

伊利麻路の　3378

伊利麻路（いりまぢ）の　於保屋（おほや）が原（はら）の　いはゐ葛（つら）　引（ひ）かばぬるぬる　わにな絶（た）えそね

伊利麻治能　於保屋我波良能　伊波為都良　比可婆奴流〻〻　和尒奈多要曽祢

伊利麻路の、於保屋が原に生える、いはい葛ではないが、引き寄せたらするすると寄って来て、わたしに絶えないでおくれ。

【注釈】

○伊利麻治能（伊利麻路の）　埼玉県入間郡の道。倭名鈔（巻五）の武蔵の国に「入間伊留末」と見える。「イルマ」の訓みは「入間」の漢字表記により生じた。**○於保屋我波良能**（於保屋が原の）「於保屋」は大家か。倭名鈔（巻六）の「入間郡」に「大家於保也介」とある。大家の所在地は諸説ある。埼玉県坂戸市の越生線西大家駅近傍に歌碑がある。**○伊波為都良**（いはゐ葛）未詳の植物。スベリヒユとも。葛は蔓性植物。「都良」は「つる」の東国音か。引くと切れずに続くことから次の「奴流」を導く。**○比可婆奴流〻〻**（引かばぬるぬる）「奴流」は解けること。引き抜くとぬるぬると切れずに寄って来ることをいう。**○和尒奈多要曽祢**（わになえそね）我に絶えないでくれの意。「曽祢」は「奈」と呼応して禁止に誂えの接続。

【鑑賞】

武蔵の国の相聞歌。九首の中の六首目。男女いずれの歌か知られないが、関係が絶えないことをいう歌垣の歌である。入間路に存在した「於保屋」は、倭名鈔に「於保也介」とあるから、公的な建物が建っていた所である。この一帯が米所であったとすれば、収穫した稲を貯蔵する建物が並んでいたものと思われる。その於保屋の原にはいはい葛が生えていて、それを素材として「引かばぬるぬるわになえそね」と訴える。野の歌垣の時に、近くに生えているいはい葛を取り上げ即興で詠み上げた歌であろう。二人の恋が成就しながらも、まだ確証の得られない段階の歌である。ところが、このような歌は本巻に「可美都気努可保夜が沼のいはゐ蔓引かばぬれつつ吾をな絶えそね」（三四一六）とも、「安波嶺ろの嶺ろ田に生はるたはみ葛引かばぬるぬる吾を言な絶え」（三五〇一）とも歌われていて、各地に流行している。このように流行しているのは、山歌として成立しているからである。山歌は流行の歌詞が記憶されて展開する歌謡であるから、歌謡のテキストとして存在したのである。この歌は歌垣に起源して労働の笑わせ歌としても、あるいは宴会のざれ歌としても歌われていたと思われる。

わが背子を　3379

わが背子を　何どかも言はむ　牟射志野の　うけらが花の　時無きものを

和我世故乎　安抒可母伊波武　牟射志野乃　宇家良我波奈乃　登吉奈伎母能乎

わたしの愛しい人のことを、どのように言ったら良いのか。牟射志野の、うけらが花のように、時など無く恋しいものを。

【注釈】

〇和我世故乎（わが背子を）「世故」は愛しい男子。**〇安抒可母伊波武**（何どかも言はむ）「安抒」は「いかに」を表す東国語。**〇牟射志野乃**（牟射志野の）牟射志は既出三三六二番歌。**〇宇家良我波奈乃**（うけらが花の）「宇家良」はオケラ（朮）。既出三三七六番歌。**〇登吉奈伎母能乎**（時無きものを）「登吉奈伎」は時を定めずにの意。「母能乎」は形式名詞「物」に助詞「を」の接続で「～であるものを」で逆接。ウケラの花が時を定めないというのは意味が取りにくい。古義は「これも時無といふまでにはか丶らず、時といふにのみ係れる序なり、朮花は、夏開ものなればなり」という。しかし、それでも「時無き」の意は説明出来ない。これはオケラの花を見ていると時など忘れることを取り上げて、そのように男子を見ていると時など無いというのであろう。

【鑑賞】

武蔵の国の相聞歌。九首の中の七首目。うけらの花を愛でるように、時などなく常に恋しいと訴える女子の歌である。「わが背子を何どかも言はむ」とは、大好きな男子をどのように表現したら良いのかという女子の幸福な迷いである。好きな男子のことは、ああも言えるしこうも言えるし、結局のところそれを言い当てる言葉が見つからないのである。あまりにも男子が素敵過ぎて、譬えることなど不可能なのである。しかし、ともかく男子のことを譬えていうなら、美しいうけらが花を見ると時を忘れるようなものだというのである。そのように言えば、聞く者は十分に納得出来たのであろう。

佐吉多万の　3380

佐吉多万の　津にをる船の　風を痛み　綱は絶ゆとも　言な絶えそね

佐吉多萬能　津尓乎流布祢乃　可是乎伊多美　都奈波多由登毛　許登奈多延曽祢

佐吉多万の、船着き場に停泊している船の、風がひどくて綱が切れても、わたしたちの言葉は絶やさないでね。

【注釈】
○佐吉多萬能（佐吉多万の）「佐吉多萬」は埼玉で武蔵の国の郡名。倭名鈔（巻五）に「埼玉佐伊太末」とある。**sakitama** の **k** が脱落して **saitama** となったイ音便による現象。**○津介乎流布祢乃**（津にをる船の）「津」は船着き場。荒川や利根川の何処かの湊。**○可是乎伊多美**（風を痛み）風がひどいので。「痛み」は形容詞語幹「痛」に接尾語「み」の接続。「〜を〜み」は「〜が〜なので」の意。**○都奈波多由登毛**（綱は絶ゆとも）「都奈」は船を止めるもやい綱。「登毛」は逆接。**○許登奈多延曽祢**（言な絶えそね）言葉を絶やさないでくれ。「許登」は言葉。「曽祢」は「奈」と呼応して禁止に誂えの接続。

【鑑賞】
武蔵の国の相聞歌。九首の中の八首目。「佐吉多万の津にをる船の風を痛み綱は絶ゆ」とは、この湊に生活する人たちの経験上に言われている普段の言葉である。船を止める綱は、恋する者たちの中にあっては鍵語となる。彼らの常の不安は関係が絶えることにあるから、「絶える」と聞けば二人の関係へと転換されて敏感に反応する。それはあくまでも船の綱のことであるが、「絶える」という言葉は直ちに関係の断絶を想起させた。そのような了解の中にあれば、「綱は絶ゆとも言な絶えそね」を導くのは容易である。関係を絶やさないでというのは、愛する男女の中の睦言である。船着き場の歌垣で歌われた愛の約束の歌であろう。

夏麻引く　3381

夏麻引く　宇奈比を指して　飛ぶ鳥の　到らむとそよ　あが下延へし

右の九首は、武蔵の国の歌。

奈都蘇妣久　宇奈比平左之弖　等夫登利乃　伊多良武等曽与　阿我之多波倍思

右九首、武蔵國歌。

夏麻を引いて績む、その宇奈比を目指して、飛ぶ鳥のように、宇奈比に到ろうと、わたしは心の中に決めた。

右の九首は、武蔵の国の歌である。

【注釈】

○奈都蘇妣久（夏麻引く）「奈都蘇」は夏に収穫する麻。既出三三四八番歌。麻を収穫して績（う）むことから、次の「宇」を導く枕詞。**○宇奈比平左之弖**（宇奈比を指して）宇奈比は所在未詳。宇奈比を目指して行くこと。**○等夫登利乃**（飛ぶ鳥の）飛び行く鳥をいう。**○伊多良武等曽与**（至らむとそよ）「伊多良武」は到ろうとすること。「曽」は強め。「与」は詠嘆。**○阿我之多波倍思**（あが下延へし）「之多」は心の中。「波倍」は延び広がること。**○右九首、武蔵國歌**　武蔵は東京・埼玉と神奈川の一部の旧国名。既出三三六二番歌。

【鑑賞】

武蔵の国の相聞歌。九首の中の九首目。「飛ぶ鳥の到らむとそよ」から鳥のように飛んで行くことは知られるが、次に何を導くのか不明である。その謎は「宇奈比」という地名にある。男子がそれほどに急ぐのは、宇奈比に愛しい人がいるからである。宇奈比には宇奈比少女がいて伝説の少女とも思われるが、宇奈比少女が話題となりその少女への恋を訴えた歌と思われる。しかし、実際は歌垣で出逢った少女であろう。歌垣で女子は住所や名前を聞かれるから、この少女は宇奈比に住むと教えたことが推測される。しかし、そこは遠い所だから来るのは困難だといって住む家を隠匿しようとする。それに対して男子は、どんなに遠くとも鳥のように飛んで行くことを心に決めたというのであろう。そのようなやり取りの中にこの男子の歌がある。

宇麻具多の　3382

宇麻具多の　嶺ろの小竹葉の　露霜の　濡れて別きなば　汝は恋ふばそも

宇麻具多能　祢呂乃佐左葉能　都由思母能　奴礼弖和伎奈婆　汝者故布婆曽毛

宇麻具多の、山の小竹葉の、露霜に服が濡れるように、涙に濡れて別れたならば、おまえはきっと恋焦がれることだろうよ。

【注釈】

○宇麻具多能（宇麻具多の）「宇麻具多」は上総の国の郡名。千葉県君津市および木更津市の地。木更津市真理に久留里線の馬来田（まくた）駅がある。倭名鈔（巻五）に「望陀末宇太」とある。**○祢呂乃佐左葉能**（嶺ろの小竹葉の）「祢」は嶺。「呂」は親愛を示す東国語。「佐左葉」は篠竹の葉。**○都由思母能**（露霜の）衣服を濡らすものをいう。**○奴礼弖和伎奈婆**（濡れて別きなば）涙の別れをすること。「奴礼」は露霜に濡れることから涙に濡れることへ転換。「和伎」は男女が別離すること。「婆」は仮定。**○汝者故布婆曽毛**（汝は恋ふばそも）「故布婆」は「恋ふれば」の約音。万葉考は「袖もすそもぬれしを以て吾来ぬるは、汝をばふかく恋ればぞといふなり」という。きっと恋焦がれようの意。「曽」は強め。「毛」は詠嘆。

【鑑賞】

上総の国の相聞歌。二首の中の一首目。「宇麻具多の嶺ろの小竹葉」をいうのは、ここが馬来田の山麓で行われている歌垣を背景としているからであろう。馬来田の山の小竹葉に露霜が降りて服を濡らすのだが、そのように涙に濡れての別れをいうのは、密会の後の別れの場面であることによる。容易には逢えない男女がようやくにして逢えたのだが、この別れによっていつまた逢えるか知られない。そのことを悲しむ歌である。しかし、「濡れて別きなば汝は恋ふばそも」とは、相互に別れを悲しむ歌としては不自然である。これは、相手がいかにこちらにひどく恋焦がれているかを自慢する言い方である。自分にもまして、お前は涙でしとどに濡れてわたしを恋しく思うだろうと言いたいのである。歌垣の終わりの別れ歌であるが、女子からの返答を期待する歌い方である。

宇麻具多の　3383

宇麻具多(うまぐた)の　嶺(ね)ろに隠(かく)り居(ゐ)　かくだにも　国(くに)の遠(とほ)かば　汝(な)が目(め)欲(ほ)りせむ

右(みぎ)の二首(にしゅ)は、上総(かみつふさ)の国(くに)の歌(うた)。

宇麻具多能　祢呂尓可久里為　可久太尓毛　久尓乃登保可婆　奈我目保里勢牟

右二首、上総國歌。

宇麻具多の、山に隠れていて、このように、わが故郷が遠いことなので、お前に逢いたいと思うのだろう。

右の二首は、上総の国の歌である。

【注釈】

○宇麻具多能（宇麻具多の）　上総の国の郡名。既出三三八二番歌。**○祢呂尒可久里為**（嶺ろに隠り居）「祢呂」は嶺。「可久里為」は隠れていること。**○可久太尒毛**（かくだにも）「可久」は、このように。「太尒毛」は最少の希望。**○久尒乃登保可婆**（国の遠かば）古郷が遠くあるのでの意。「久尒」は故郷。「登保可婆」は「遠けば」の東国音。「婆」は確定条件。国が遠いというのは歌垣で出逢ったことをいう定型。**○奈我目保里勢牟**（汝が目欲りせむ）「奈我目」は逢うこと。「保里」は欲すること。**○右二首、上総國歌**　上総は既出三三四八番歌。

【鑑賞】

上総の国の相聞歌。二首の中の二首目。「宇麻具多の嶺ろに隠り居」とは、妻問いの別れの場面の歌である。夜明けに帰る男子は、やがて馬来田の山並みに隠れて見えなくなる。しかも、故郷がとても遠いのだという。この男子は山の彼方の遠妻を持ったのである。それゆえに、別れれば馬来田の山が隔て愛しい女子に逢えないこととなるから、毎日のように「お前に逢いたいと思うだろう」と訴える。妻問いで交わされる夜明けの歌であるが、「かくだにも国の遠かば」という言い方からすれば、歌垣での別れの歌に由来するのであろう。歌垣には国を異にした遠方からの歌い手も多く参加する。その別れにあたって女子に逢えたことへの感謝の言い回しである。歌垣の最後には互いに別れをテーマの歌を交わして別れる。この歌は遠妻との別れのように詠んだ歌である。

可都思加の　3384

可都思加(かづしか)の　麻末(まま)の手児奈(てこな)を　まことかも　われに寄(よ)すとふ　麻末(まま)の手児奈(てこな)を

可都思加能　麻末能手兒奈乎　麻許登可聞　和礼尓余須等布　麻末乃弖胡奈乎

可都思加の、麻末の手児奈ちゃんが、ほんとうだろうか、わたしに心を寄せていると言っているよ。麻末の手児奈ちゃんが。

【注釈】

○可都思加能（可都思加の）「可都思加」は葛飾。既出三三四九番歌。**○麻末能手兒奈乎**（麻末の手児奈を）「麻末」は千葉県市川の真間の地。「麻末」は崖の意とも。「手兒奈」は可愛い女子。手児ともいう。この地に真間の手児奈と呼ばれた女子がいたが、複数の男子から求婚されて自殺したという。山部赤人の歌（巻三・四三一）や高橋虫麿の歌（巻九・一八〇七）などに見える。今は真間の地に手児奈霊神堂があり祀られている。**○麻許登可聞**（まことかも）「麻許登」は真実。「可聞」は疑問の「可」に詠嘆の「聞」の接続。**○和礼尓余須等布**（われに寄すとふ）「和礼」は我。「余須」は心を寄せること。「等布」は「という」の約音。**○麻末乃弖胡奈乎**（麻末の手児奈を）二句目の繰り返し。小歌系の歌では主意の強調。

【鑑賞】

下総の国の相聞歌四首の中の一首目。真間には手児奈（「手児名」ともある）という愛らしい女子がいた。真間の手児奈と呼ばれた伝説上の女子で、多くの男子から求婚されたことを苦にして自殺した。この歌はそれを素材として、あの手児奈に惚れられたと自慢している。それほどの美しい女子の伝説のある地には、真間の手児奈を起源とする美しい手児奈がいる。男子はそのような女子を探し出しては、恋する相手に仕立て上げて「手児奈ちゃん」と呼び掛けていたものと思われる。この男子が「まことかもわれに寄すとふ」とはしゃぐのは、ここが歌垣の場であることを示している。男子は手児奈を探し出して恋歌を交わし、手児奈が心を寄せたと大騒ぎしているのである。手児奈という女子は歌垣でのアイドルなのである。山歌として流通し広く歌われていた歌であり、歌垣の喉馴らしに歌うことも、労働の中で歌うことも可能であったと思われる。「麻末の手児奈を」の繰り返しは、山歌系の歌い方として流通していたことを示している。

可豆思賀の　3385

可豆思賀(かづしか)の　麻万(まま)の手児奈(てこな)が　ありしばか　麻末(まま)の磯辺(おすひ)に　波(なみ)も轟(とどろ)に

可豆思賀能　麻萬能手兒奈我　安里之婆可　麻末乃於須比尓　奈美毛登杼呂尓

可豆思賀の、麻万の手児奈が、今も生きていたならば、麻末の磯辺に、波が轟くようにみんな大騒ぎするだろう。

【注釈】

○可豆思賀能（可豆思賀の）　可豆思賀は葛飾。既出三三四九番歌。**○麻萬能手兒奈我**（麻万の手児奈が）「麻萬」「手兒奈」は既出三三八四番歌。**○安里之婆可**（ありしばか）「もし女子が生きていたならば～だろうか」の意。「婆」は仮定。「可」は疑問。細井本など「可婆」とする。代匠記本文は「安里之可婆」。**○麻末乃於須比尓**（麻末の磯辺に）「麻末」は地名か土地の形状か。海岸の切り立った崖の意とも。万葉考は「上の駿河の於思蔽と此の於須比は、磯辺といふ事と或人のいひしはしかなり」という。海辺の歌垣の場である。**○奈美毛登杼呂尒**（波もとどろに）　波が轟くように女子の噂も轟いたこと。「登杼呂」は轟くこと。波の轟きから女子の噂の轟きへ転換。

【鑑賞】

下総の国の相聞歌四首の中の二首目。葛飾の真間の手児奈は、高橋虫麿によれば「望月の　満れる面輪に　花の如　咲みて立てれば　夏虫の　火に入る如く　水門入りに　船漕ぐ如く　帰きかぐれ　人の言ふ時」（巻九・一八〇七）のように、多くの男子たちから騒がれた美しい女子のことである。しかし、女子はそれを苦にして自殺をした。それが伝説として伝えられ、手児奈が今も生きていたならば、真間の磯辺に波が轟くようにみんな大騒ぎするだろうという。手児奈が男子たちに騒がれるのは、歌垣の中で引き合いに出される美女だからである。手児奈は歌垣のスターとして語られている、悲劇の少女であったのだろう。その美しさに男子たちが大騒ぎをしているのは回想であるが、これは歌垣でそのような少女を導くための挑発の歌である。大騒ぎされる女子が、ここに名乗り出て来ることを男子たちは期待している。この歌はこうした歌垣に出発して、この地に根ざした山歌としてさまざまな場で歌われていたものと思われる。

鳰鳥の　3386

鳰鳥（にほどり）の　可豆思加早稲（かづしかわせ）を　贄（にへ）すとも　その愛（かな）しきを　外（と）に立（た）てめやも

尒保杼里能　可豆思加和世乎　尒倍須登毛　曽能可奈之伎乎　刀尒多弖米也母

鳰鳥の、可豆思加の早稲を、神様に供える祭りだとしても、その愛しい人を、外に立たせておきましょうか。

【注釈】

○介保杼里能（鳰鳥の）　カイツブリ科の水鳥。水に潜ることから、次の「可豆」を導く枕詞。**○可豆思加和世乎**（可豆思加早稲を）「可豆思加」は葛飾。既出三三四九番歌。「和世」は早稲。早く収穫出来る品種の稲。**○介倍須登毛**（贄すとも）「介倍」は贄で最初に収穫した稲を神に捧げて感謝する祭り。和漢音釈に「新嘗会九月中六日。天子被供新穀於神。公事」とある。万葉考は「早稲を以て神に新嘗奉なり。公は本よりにて、田舎の民戸にても、此祭せしを知る」という。新嘗の夜に神祖が巡って来たことが「常陸国風土記」の筑波郡にみえる。**○曽能可奈之伎乎**（その愛しきを）「可奈之伎」は愛しい人の意の東国語。既出三三五一番歌。**○刀介多弖米也母**（外に立てめやも）外に立たせて置くことなど出来ようか。「刀」は外。「米」は意志を表す助動詞「む」の已然形。「也母」は已然形に接続して反語を表す。

【鑑賞】

下総の国の相聞歌。四首の中の三首目。新嘗の夜には家の女子が神を迎えて物忌みをする習わしがあった。「常陸国風土記」に古老の伝えとして、「昔、神祖の尊が諸郡を巡行し、駿河の国の福慈の岳に到り、日暮れとなって宿りを頼んだところ、福慈の岳は新粟の初嘗をしていて家内で物忌みをしているから、今夜は泊めることは出来ないのだ」といっている。神祖の尊というのは祖先の神で、新嘗の夜に訪れて祝福を述べて帰るマレビト（来訪神）のことである。新嘗の夜は家内の者をみな外へ出して、女子が一人で神を迎えて祭る。そうだとしても妻問いに来る男子を外には立たせないのだとは、神よりも愛しい男子を優先する態度である。そのことにおいてこれは恋歌として成立しているのだが、その背景には、折口信夫のいうように神を迎える一夜妻の風習が存在したのである（「古代研究」）。新嘗の夜の祝いに人々が集まった場で歌われた戯れ歌であろう。

足の音せず｜3387

足の音せず　行かむ駒もが　可豆思加の　麻末の継橋　止まず通はむ
　右の四首は、下総の国の歌。

安能於登世受　由可牟古馬母我　可豆思加乃　麻末乃都藝波思　夜麻受可欲波牟
　右四首、下総國歌。

足の音がしないで、行くことの出来る馬がほしいなあ。そうすれば可豆思加の、あの麻末の継橋を、毎日でも止まずに通おうものを。
　右の四首は、下総の国の歌である。

【注釈】

○安能於登世受（足の音せず）　足の音もせずにの意。「安」は足。「於登」は音。**○由可牟古馬母我**（行かむ駒もが）　「由可牟」は行くこと。「古馬」は駒の仮名。「母我」は願望。**○可豆思加乃**（可豆思加の）　「可豆思加」は葛飾。既出三三四九番歌。**○麻末乃都藝波思**（麻末の継橋）　「麻末」は既出三三四九番歌。「都藝波思」は継橋。柱で橋脚を造り、そこに板を継ぎ合わせて造った橋。馬が通るとパカパカと大きな音がする。遺称地として真間の手児奈霊神堂の近くにある。「藝」は音ゲイによる転。**○夜麻受**

可欲波牟（止まず通はむ）　継橋を渡り通うこと。**○右四首、下総國歌**　千葉県北部と茨城県の一部の旧国名。房の国を上と下に分けた。倭名鈔（巻五）に「国府在葛餝郡」とある。東海道に属す。

【鑑賞】

下総の国の相聞歌。四首の中の四首目。妻問いをするには、周囲に知られないように気をつける。親に許された妻問いでも配慮が必要であり、密会としての妻問いであれば一層の注意が必要である。それゆえに足音のしない馬が欲しいという。そうすれば真間の継橋を通って、止まずに通うのだという。このような理屈が通用するのは、歌垣の場に提起された妻問いの歌だからである。真間といえば手児奈の郷里であり、男子は真間の手児奈のもとに通おうというのである。しかし、継橋は板橋であるから馬が通れば大きな音が出る。それで容易に通えないと訴えるのは、初めから妻問いが存在しないからである。むしろ、真間の手児奈を話題に、宴楽などで楽しむ歌である。この地の山歌として伝えられていたものと思われる。

筑波嶺の　3388

筑波嶺(つくはね)の　嶺(ね)ろに霞居(かすみゐ)　過(す)ぎかてに　息衝(いきづ)く君(きみ)を　率寝(ゐね)て遣(や)らさね

筑波祢乃　祢呂尒可須美為　須宜可提尒　伊伎豆久伎美乎　為祢弖夜良佐祢

筑波山の、峰に霞が掛かって、過ぎ難いように、過ぎ難い様子で溜息を衝いているあのお方を、一緒に寝てからお帰ししなさいよ。

【注釈】

○筑波祢乃（筑波嶺の）　茨城県の筑波山。既出三三五〇番歌。**○祢呂尒可須美為**（嶺ろに霞居）「祢」は山の峰。「呂」は親愛語。山に霞がたむろしていること。**○須冝可提尒**（過ぎかてに）　霞が山を離れかねている様から過ぎかねている人へ転換。「可提」は出来かねること。**○伊伎豆久伎美乎**（息衝く君を）「伊伎豆久」は恋しい思いにより頻りに溜息を衝くこと。「伎美」は男子。声も掛けられずにいる純情な男子をいう。**○為祢弖夜良佐祢**（率寝て遣らさね）「為祢弖」は万葉考に「ひきゐねてなり」とある。率いて共寝することをいう。「夜良佐祢」はおやりなさいよの意。「祢」は「ぬ」の命令。

【鑑賞】

常陸の国の相聞歌。十首の中の一首目。筑波山が詠まれるのは、そこが歌垣の場だからである。「常陸国風土記」にも筑波山の歌垣のことが詳しく記録されている。その歌垣の風景を詠んだ高橋虫麿が、「率ひて　未通女壮士の　往き集ひ　かがふ嬥歌に　他妻に　吾も交らむ　吾が妻に　他も言問へ　此の山を　うしはく神の　従来より　禁めぬ行事ぞ」（巻九・一七五九）と詠んでいるのは、あたかも歌垣が性の祭典のようにみえる。そのような雰囲気の中に歌垣があったということであるが、この歌では筑波山に掛かる霞が山から離れ難いように、離れ難くある男子と寝てあげなさいという仲間の女子のやさしい心遣いである。東歌が寝ることに興味を示す歌群であるのは、歌垣で「寝る」といえばみんなが喜び囃し立てることによる。それだけに「寝る」という表現は、愛の極みであり恥ずかしい言葉だったのである。いつまでも女子の廻りをうろつき溜息を漏らしている男子を可哀想に思い、男子につけ廻されている女子に「寝てあげなさい」と諭す。もちろん、これはそのような男子への憐れみで、男子を笑いの対象として楽しんでいる。そのように諭された女子は、歌仲間であり特定の女子ではない。それに女子が応じるとなれば、さらに男子は笑いの対象として扱われることになる。

妹が門 3389

妹（いも）が門（かど）　いや遠（とほ）そきぬ　都久波山（つくばやま）　隠（かく）れぬほどに　袖（そで）ば振（ふ）りてな

伊毛我可度　伊夜等保曽吉奴　都久波夜麻　可久礼奴保刀尒　蘇提婆布利弖奈

愛しいあの子の家の門は、いよいよ遠ざかったことよ。都久波の山に、すっかり隠れてしまう前に、袖を振ろう。

【注釈】

○伊毛我可度（妹が門）　妻問いした女子の家の門をいう。女子との辛い別れの場所の象徴。**○伊夜等保曽吉奴**（いや遠そきぬ）「伊夜」はいよいよもって。女子の家の門を遠く離れて来たこと。**○都久波夜麻**（都久波山）　筑波山にの意。筑波山は既出三三五〇番歌。**○可久礼奴保刀尒**（隠れぬほどに）「可久礼奴」は筑波山に隠れてしまうこと。「保刀尒」はその前にの意。**○蘇提婆布利弖奈**（袖ば振りてな）　袖を振ろう。「蘇提」は袖。「婆」は「〜をば」。「奈」は意志。人麿は妻との別れに「妹が門見む　靡け此の山」（巻二・一三一）と絶叫した。

【鑑賞】

常陸の国の相聞歌。十首の中の二首目。筑波山の歌垣は足柄の坂から東の者が集まるというから、大規模なイベントであった。短くても祭りは三日ほど続き、数万人が集まったと思われる。その期間に男子も女子も歌仲間を探し出して、お互いに恋の歌を掛け合った。そうした中で愛の約束を交わした男女は、歌垣の最後の日に別れの歌を歌う。

互いに愛を約束したことの形見を贈答し合い、その時に歌われる別れ歌はいつまでも惜しまれて別れ難いことを訴える内容である。「妹が門いや遠そきぬ」とは、愛しい女子の家のことであり、そこがいよいよ遠のいたとは、妻問いの夜明けの歌の歌い方である。現実的に理解すれば、男子は山に隠れるほどの所に来ているのだから、この歌が歌垣の場での別れの歌としては時間的に齟齬がありそぐわないことになる。しかし、これは山歌として歌われている別れの歌であり、それを通して女子に思いを伝えているのである。このような別れ歌は、「袖振らば見ゆべき限り吾は有れど其の松が枝に隠らひにけり」（巻十一・二四八五）のようにもある。別れる男女は心の恋人となり、こうした別れ歌を歌いながら帰路に就いたのである。

筑波嶺に──3390

筑波嶺(つくはね)に　かか鳴(な)く鷲(わし)の　音(ね)のみをか　泣(な)き渡(わた)りなむ　逢(あ)ふとは無(な)しに

筑波祢尓　可加奈久和之能　祢乃未乎可　奈伎和多里南牟　安布登波奈思尓

筑波の山に、かかと鳴く鷲の声のように、声ばかりを上げて、泣き過ごすのだろうか。逢うということもないままに。

【注釈】

○筑波祢尓（筑波嶺に）　筑波山は既出三三五〇番歌。**○可加奈久和之能**（かか鳴く鷲の）「可加」は万葉考に鷲の鳴き声とある。「和之」は鷲。「鷲の住む　筑波の山の」（巻九・一七五九）とある。**○祢乃未乎可**（音のみをか）「祢」は鷲の鳴き声。「乃未」は限定。「可」は疑問。**○奈伎和多里南牟**（泣き渡りなむ）鷲が鳴いて飛び行くだろうことから人の泣く声へ転換。「南牟」は強め。**○安布登波奈思尓**（逢ふとは無しに）「安布」は愛しい人と逢うこと。「奈思尓」は無いままにの意。

【鑑賞】

常陸の国の相聞歌。十首の中の三首目。筑波の山に「かか」と鳴く鷲の声を詠むのは、高橋虫麿の「鷲の住む　筑波の山の」（巻九・一七五九）を想起させ、「筑波嶺にかか鳴く鷲の」という歌い出しは、筑波山の歌垣を思わせる。その鳴き声が「可加」であるのは、東俗の語で歌垣を「賀我比（カガヒ）」（巻九・一七五九注）というから、鷲の声の「可加」は「かがひ」を呼び出す意図がある。ここには歌垣で鷲の「かか」と鳴く声を聞いて、わが泣く声としている。なぜ泣いているのかといえば、「逢ふとは無しに」にある。もちろん、逢うことがないのを嘆くというのは平凡である。おそらく、歌垣で女子と逢う約束をしながらも、逢えない嘆きであろう。「常陸国風土記」に歌垣の歌として「筑波嶺に　逢はむと　いひし子は　誰が言聞けばか　神嶺　あすばけむ」と歌われている。筑波の歌垣で遊ぶことを約束した子が、誰かのいうことを聞いて逢えなかったというのである。筑波山の歌垣で女子に振られた男子の自棄的な笑わせ歌である。

筑波嶺に　3391

筑波嶺（つくはね）に　背向（そがひ）に見（み）ゆる　安之保山（あしほやま）　悪（あ）しかるとがも　さね見（み）えなくに

筑波祢尓　曽我比尓美由流　安之保夜麻　安志可流登我毛　左祢見延奈久尓

筑波の山の、その背後に見える、安之保山ではないが、悪いような咎めも、少しも見えないものなのに。

【注釈】

○筑波祢尒（筑波嶺に） 筑波山は既出三三五〇番歌。**○曽我比尒美由流**（背向に見ゆる） 「曽我比」は背面。直視しないのは嫌われているため。**○安之保夜麻**（安之保山） 安之保山は茨城県石岡市と桜川市との境の足尾山。筑波山の北側に連なる山。「安之保」から次の「安志」を導く。**○安志可流登我毛**（悪しかるとがも） 「安志可流」は悪くあること。「登我」は咎め。嫌われる根拠を指す。**○左祢見延奈久尒**（さね見えなくに） 「左祢」は真にの意の副詞。「奈久尒」は「ず」のク語法「なく」に助詞「に」の接続で「無いのに」の意。余情を表す。

【鑑賞】

常陸の国の相聞歌。十首の中の四首目。特段に悪いことはないのに、安之保山を悪穂山だと悪口をいう、この土地に根ざした山歌であろう。わざわざ「筑波嶺に背向に見ゆる」というのは、安之保山と言えば悪穂山だという連想が働き、その山は筑波山から背面の山として嫌われて謹慎している山という意であろう。筑波山とは反対に、嫌われている安之保山へ同情する歌である。「悪しかるとがもさね見えなくに」とは、特段に悪いことをした訳ではないのに叱られた者が、安之保山を引き合いに出して弁解する慰め歌である。このような歌い方は、筑波山が歌垣の山であることから、歌垣で嫌われた者が安之保山に仮託する山なのだと思われる。筑波山の歌垣で相手を得られずに困惑した者は、自らを安之保山に託すのであろう。「安之保山悪しかるとがも」といって、自分だけがなぜ疎外されるのかと嘆く様である。「常陸国風土記」に「筑波嶺に　廬りて　妻なしに　我が寝む夜ろは　早やも　明けぬかも」と嘆く男子の歌があり、この歌と姉妹編のような歌である。

筑波嶺の

3392

筑波嶺の　岩も轟に　落つる水　よにもたゆらに　わが思はなくに

筑波祢乃　伊波毛等杼呂介　於都流美豆　代介毛多由良介　和我於毛波奈久介

筑波の山に、岩も轟いて、落下する水の揺れるように、わけても心が揺れ動こうとは、わたしは思うことなどないことなのに。

【注釈】

○筑波祢乃（筑波嶺の）　筑波山は既出三三五〇番歌。**○伊波毛等杼呂介**（岩も轟に）「伊波」は岩。「等杼呂」は音が轟く様。**○於都流美豆**（落つる水）「於都流」は落下すること。「美豆」は落下する水。**○代介毛多由良介**（よにもたゆらに）「代介母」はとりわけて。「多由良介」は揺れ動く様。水の轟きから心の轟きへ転換。本巻に「よにもたよらに児ろが言はなくに」（三三六八）とある。**○和我於毛波奈久介**（わが思はなくに）「奈久介」は既出三三九一番歌。曖昧さを残す。

【鑑賞】

常陸の国の相聞歌。十首の中の五首目。「筑波嶺の岩も轟に落つる水」とは、この土地の者であれば誰でも目にする風景である。轟き落ちる水を提起するのは、激しく迸り落下する水の揺れから、心の揺れを導くためである。この歌が筑波山であるのは、そこが歌垣の場だからであろう。相手から筑波山の岩を轟かせている水のように、あなたの心が揺れていると批難されたことに対する反論の歌だと思われる。歌い手は、相手の求めに対して明確な応対が出来ないでいる。それに対する批難であるが、それに歌い手は「よにもたゆらにわが思はなくに」という返答をしている。しかし、「わが思はなくに」という言い回しは多くの類型を持ち、一方では強い心を表わしもするが、一方では曖昧な心を表す表現である。「言に云へば耳にたやすし少なくも心の中に我が念はなくに」（巻十一・二五八一）というのは歯切れが悪く、後者の曖昧な心の表現である。この歌も「わたしは思わないわけではない」といった言い回しであるから、やはり何処か弱々しく、それが批難される根拠である。相手の積極的な心にまだ乗り切れていない段階の歌だからである。

筑波嶺の　3393

筑波嶺（つくはね）の　彼方此方（をてもこのも）に　守部（もりべ）据ゑ　母（はは）い守（も）れども　魂（たま）そ逢（あ）ひにける

筑波祢乃　乎弖毛許能母尓　毛利敝須恵　波播已毛礼杼母　多麻曽阿比尓家留

筑波山の、あちらこちらに、守部を据えて守るように、母は厳しく見張っているけれど、二人の愛の魂は合ったことだ。

【注釈】

○筑波祢乃（筑波嶺の）　筑波山は既出三三五〇番歌。**○乎弖毛許能母尓**（彼方此方に）「乎弖毛」は「ヲチオモ」の約音であちらの方面の意。「許能母」は「コチオモ」の約音でこちらの方面の意。○**毛利敝須恵**（守部据ゑ）「毛利敝」は大切なものを守る番人。万葉考は「猪鹿の跡見などをいふ」という。「須恵」は据え置くこと。○**波播已毛礼杼母**（母い守れども）「波播」は母親。「已」は対象を強調する語。「毛礼」は守るの已然形。「杼母」は逆接。底本は「ハハコモレトモ」。新訓は「ハハイモレトモ」。○**多麻曽阿比尓家留**（魂そ逢ひにける）魂が合ったことだ。「多麻」は魂。魂が合ったとは心の結びつき以上の霊的結びつき。

【鑑賞】

常陸の国の相聞歌。十首の中の六首目。筑波嶺のあちこちに守部を据えているのは、大切に植林して育てている山の管理者である。無断で立ち入って大切な木を伐り取り、薪などにする不埒な者を見張っている。その番人は恐ろしいのであろう。里住まいの人であれば山に入ると怖いぞという程度であるが、恋する者たちには恐ろしい番人が娘の母親と重なることになる。母親は大切な娘を馬の骨に奪われるのを阻止する大切な役目があるから、その監視は特に厳しい。しかし、娘は厳しい監視の目をくぐり抜けて、男子と密会をすることになる。恋する女子の最大の敵は、母親なのである。「母い守れども魂そ逢ひにける」とは、母親の監視の目をくぐり抜けて、心の逢会を果たした娘の勝利宣言である。筑波山の歌垣で男女が心を一つにした時の、恋の成就を歌ったものであろう。これが山歌として流通し、恋する男女の希望の歌とされた。類似歌に「霊合へば相宿むものを小山田の鹿猪田禁る如母し守らすも」（巻十二・三〇〇〇）があり、こちらは母親の監視に恐れをなした歌である。『詩経』の邶風には「母の心は天のように広いのに、あの人を良いとは言ってくれない」と嘆く女子がいる。

さ衣の　3394

さ衣（ごろも）の　乎豆久波嶺（をつくばね）ろの　山（やま）の崎（さき）　忘（わす）らえ来（こ）ばこそ　汝（な）を懸（か）けなはめ

左其呂毛能　乎豆久波祢呂能　夜麻乃佐吉　和須良延許婆古曽　那乎可家奈波賣

さ衣の緒の、乎豆久波の嶺の、山の崎ではないが、先のことを忘れてしまって来るなら、お前のことを口に出すこともないだろうよ。

【注釈】

○左其呂毛能（さ衣の）「左」は接頭語。冠辞考は「衣の緒著といひかけたり」という。衣の緒から、次の「乎」を導く枕詞。**○乎豆久波祢呂能**（乎豆久波嶺ろの）「乎」は美称の接頭語。「豆久波祢」は筑波山。既出三三五〇番歌。「呂」は親愛を表す東国語。**○夜麻乃佐吉**（山の崎）山から麓へ突き出ている部分。「佐吉」から将来へ転換。**○和須良延許婆古曽**（忘らえ来ばこそ）「和須良延」は忘れることが出来ること。「忘ら」は「忘れ」の東国音。「延」は元暦校本などに無い。「許婆」は来ればの意で仮定。**○那乎可家奈波賣**（汝を懸けなはめ）「那」は汝。「可家」は口にすること。「掛けまくも　忌しきかも」（巻二・一九九）とある。「奈波」は否定の助動詞「なふ」の未然形。「賣」は「古曽」の結び。

【鑑賞】

常陸の国の相聞歌。十首の中の七首目。「さ衣の乎豆久波嶺ろの山の崎」には、衣の緒から小筑波嶺へ、嶺から山の崎へと展開する遊びがある。その上で崎といったのは、先へと転換するためである。これは入野の奥とは反対に、筑波山から小高い丘が続いていて、崎のようになっている地形をいう。その崎は先のことでもあり、恋人たちには「先」といえば将来のことである。歌い手は相手に将来のことを忘れずに、しっかり覚えているのだと言いたいのである。しかし「汝を懸けなはめ」の言い方は、口に出していうことが慎まれることを優先すれば、相手の名前を口にしたことへの弁明ということになる。それに応じたのが「忘らえ来ばこそ汝を懸けなはめ」であろう。「将来のことを忘れることが出来て来たなら、おまえの名前を口になどしないだろう」というのである。恋しいあまりについ口に出したのは確かだが、それは将来もお前を思うがゆえであるという強弁である。これは歌垣で相手から批難を浴びた時の弁明の歌である。

乎豆久波の　3395

乎豆久波の　嶺ろに月立し　間夜は　さはだになりのを　また寝てむかも

乎豆久波乃　祢呂尓都久多思　安比太欲波　佐波太尓奈利努乎　萬多祢天武可聞

乎豆久波の、山に月が立ったけれど、その間の逢わない夜は、多くなったものを、また寝たいことだなあ。

【注釈】

○乎豆久波乃（乎豆久波の）「乎」は美称の接頭語。「豆久波」は筑波山。既出三三五〇番歌。**○祢呂尓都久多思**（嶺ろに月立し）「祢呂」は嶺の意で山への親愛。「都久多思」は「月立ち」の東国音。万葉考は「月立ちなり。初月をいふ」という。月が改まったこと。**○安比太欲波**（間夜は）共寝をしなかった間の夜を指す。**○佐波太尓奈利努乎**（さはだになりのを）「佐波太」は「沢」で沢山の意。「太」は程度を表す接尾語。「奈利努乎」は「なりぬるを」の東国語。「努」は呉音「ヌ nu」で「ノ」と「ヌ」の中間音。底本は「サハタニナリヌヲ」。万葉考は「太尓」の「太」を衍字として「サハニナリヌヲ」。旧大系は「太尓」の「尓」を衍字として「サハダナリノヲ」。**〇萬多祢天武可聞**（また寝てむかも）「萬多」は再度。「祢天武」は「寝る」に完了の助動詞「つ」の未然形「て」に推量の助動詞「む」の接続。「可聞」は疑問に詠嘆の接続。

【鑑賞】

常陸の国の相聞歌。十首の中の八首目。「乎豆久波の嶺ろに月立し間夜は」とは、筑波山麓での密会と共寝の夜をいう。あの時、愛しい女子と共寝をしてからすでに月も改まったのである。それでまた寝ようかなあという。東歌には「寝る」ことが多く詠まれているが、これは聞き手を驚かすためである。自由恋愛で愛しい女子と共寝が出来るというのは、容易なことではない。それが出来たというのは、周囲の者には羨ましい限りである。それを「また寝てむかも」と加えて、そろそろまた寝たいという。それは男子の余裕である。男子の自慢歌のように聞こえるが、希望の歌である。以前にも寝たいと思ったが、今もまた寝たいと思ったという意である。筑波山の歌垣で男子なら誰でも大声を張り上げて歌う、山歌である。歌垣の場では戯れの山歌が多く歌われる。それはやがて労働や宴会の歌としても流通することになる。

乎都久波の ―― 3396

乎都久波の（をつくばの）　繁き木の間よ（しげきこのまよ）　立つ鳥の（たつとりの）　目ゆか汝を見む（めゆかなをみむ）　さ寝ざらなくに（さねざらなくに）

乎都久波乃　之氣吉許能麻欲　多都登利能　目由可汝乎見牟　左祢射良奈久尓

乎都久波の、あの繁った木々の間から、飛び立つ鳥のように、外目からばかり別れたお前を見るのか。共寝をすることもないままに。

【注釈】

○乎都久波乃（乎都久波の）「乎」は美称の接頭語。「都久波」は筑波山。既出三三五〇番歌。**○之氣吉許能麻欲**（繁き木の間よ）「之氣吉」は繁茂の様。「許能麻」は木々の間。「欲」は「〜より」。**○多都登利能**（立つ鳥の）「多都登利」は飛び立って行く鳥。鳥は目が目立つので次の「目」を導く。**○目由可汝乎見牟**（目ゆか汝を見む）「目由」は目のみでの意。「由」は手段。「可」は疑問。**○左祢射良奈久尓**（さ寝ざらなくに）「左」は接頭語。「祢射良奈久尓」は「寝ずあらなくに」の約音。「奈久尓」は既出三三九一番歌。

【鑑賞】

常陸の国の相聞歌。十首の中の九首目。「乎都久波の繁き木の間よ立つ鳥の」と歌うのは、筑波山での密会の別れ歌のようであるが、これは筑波山の林の中での歌垣が終わって、男女が別れる場面である。そこでの別れを表しているのが「立つ鳥の」である。立つ鳥とは別れを象徴する言い方であり、「飛ぶ鳥の明日香の里を置きていなば」（巻一・七八）とある。ここでは歌垣の場を飛び立つ鳥のように去ることである。それゆえに、これからは遠くよそ目に見るしかないことになる。歌垣が終われば愛を誓い合った男女はそれぞれの里へと帰ることになる。歌垣の恋はあくまでも擬似恋愛であり、あとは心の恋人として心の中に秘め、来年の歌垣の祭りを待つことになる。最後に「さ寝ざらなくに」と訴えるのは、相手を見送る時の愛のメッセージであり、「寝る」とは東国では親愛語である。

比多知なる
3397

比多知なる　奈左可の海の　玉藻こそ　引けば絶えすれ　何どか絶えせむ

右の十首は、常陸の国の歌。

比多知奈流　奈左可能宇美乃　多麻毛許曽　比氣波多延須礼　阿抒可多延世武

右十首、常陸國歌。

比多知にある、奈左可の海の、玉藻こそは、引けば絶えてしまう。どうしてわたしはあなたと絶えようか。

右の十首は、常陸の国の歌である。

【注釈】

○比多知奈流（比多知なる）「比多知」は常陸。「奈流」は「～にある」の約音。**○奈左可能宇美乃**（奈左可の海の）鹿嶋北浦南部から行方市辺りの北浦と北利根川の交わる湾の海。潮来から息栖神社へと向かう途次に内浪逆浦・外浪逆浦がありその名残であろう。仙覚抄は「ナミノサカノホル義ニヨリテ、ナサカノウミトイフヘキナリ」という。**○多麻毛許曽**（玉藻こそ）「多麻毛」は玉藻。美しい海草。「許曽」は強め。**○比氣波多延須礼**（引けば絶えすれ）「比氣」は引き寄せること。「波」は仮定。「多延」は絶えること。「須礼」は「許曽」の結び。玉藻から男女の関係へ転換。**○阿抒可多延世武**（何どか絶えせむ）「阿抒」はどうして。「可」は疑問。「多延世武」は切れようの意。**○右十首、常陸國歌**　常陸は茨城県の旧国名。「常陸国風土記」に京から常陸まで直通であることにより「直道」といういい、また倭武天皇が水を飲んだ時に水が袖を漬したので「漬の国」と呼んだとある。倭名鈔（巻五）に「常陸国国府在茨城郡」とある。東海道の終点の地。

【鑑賞】

常陸の国の相聞歌。十首の中の十首目。常陸の奈左可の海の玉藻は、引くと絶え易いのだという。それを話題とするのは、玉藻は食用の藻であるから海草を採るのは日常のことであり、それを引くとすぐに絶えて引き寄せることが出来るという経験をいうためである。しかし、恋人たちのイメージ力は、そこから二人の関係の絶えることの不安へと連想される。もっとも恐れることは、障害が生じて関係が絶えることにある。奈左可の海の玉藻が絶え易いことは良いが、恋人との関係が絶えることは困る。それで「玉藻こそ引けば絶えすれ何どか絶えせむ」という誓約へと至る。海浜の歌垣で、関係の絶えないことを誓い合う歌である。本巻には「伊利麻路の於保屋が原のいはゐ葛引かばぬるぬるわにな絶えそね」（三三七八）ともあり、絶えないことを願う類型の中にある。

人皆の　3398

人皆（ひとみな）の　言（こと）は絶（た）ゆとも　波尓思奈（はにしな）の　伊思井（いしゐ）の手児（てご）が　言（こと）な絶（た）えそね

比等未奈乃　許等波多由登毛　波尓思奈能　伊思井乃手児我　許登奈多延曽祢

女の子みんなの、言葉は絶えたとしても、波尓思奈の、伊思井の手児の、言葉は絶やさないでね。

【注釈】

○比等未奈乃（人皆の）　周囲の女子の全員をいう。**○許等波多由登毛**（言は絶ゆとも）　たとえ話し掛けられることが無くなってもの意。「登毛」は仮定。**○波尓思奈能**（波尓思奈の）「波尓思奈」は信濃の国の郡名の埴科。長野県千曲周辺の地。倭名鈔（巻五）に「埴科波爾志奈」とある。**○伊思井乃手兒我**（伊思井の手児が）「伊思井」は石造りの立派な井戸。「手兒」は可愛い子。この手児は石井に日々水を汲みに来ていたか。真間にも手児名がいて「勝牡鹿の真間の井見れば立ち平し水挹ましけむ手児名し念ほゆ」（巻九・一八〇八）とある。**○許登奈多延曽祢**（言な絶えそね）言葉を絶やさないでくれ。「許登」は言葉。「曽祢」は「奈」と呼応して禁止に誂えの接続。

【鑑賞】

信濃の国の相聞歌。四首の中の一首目。「波尓思奈の伊思井の手児」とはどのような女子か知られないが、この地域で知られた美人で歌垣のアイドルであろう。みんなの言葉が絶えても石井の手児の言葉は絶えるなというから、相当な思い入れの女子である。このような女子が葛飾にもいた。本巻には「可都思加の麻末の手児奈をまことかもわれに寄すとふ麻末の手児奈を」（三三八四）とはしゃぐ男子の歌があり、相手は真間の手児奈だという。真間の地に美しい手児奈という女子がいたが、多くの男子から求婚されたのを苦に自殺した。その伝説に基づいて歌垣では相手の女子を真間の手児奈だといってはしゃいでいた。真間手児奈は歌垣世界のアイドルだったのである。それに相当する女子が埴科の石井の手児だと思われる。それも昔の歌垣のアイドルの女子であろう。中国西南民族の歌会でも昔のアイドルがもて囃されている。その女子が男子の憧れの的となり、歌垣の場に呼び出されてもて囃されることになる。ほかの誰もが言葉を絶ったとしてもとは、他の女子のすべてから嫌われても、石井の手児だけは言葉を絶やさないでほしいという、女子に対する挑発である。このような歌は歌垣に由来するものであるが、やがて山歌として広く歌われたものと思われる。歌垣の会場へ向かう折の喉馴らしの歌としても、労働の場での戯れ歌としても歌われていたであろう。

信濃道は　3399

信濃道（しなのぢ）は　今（いま）の墾道（はりみち）　刈株（かりばね）に　足踏（あしふ）ましなむ　沓（くつ）はけわが背（せ）

信濃道者　伊麻能波里美知　可里婆祢尒　安思布麻之奈牟　久都波氣和我世

信濃道は、今作ったばかりの墾道です。木や笹の刈り株に、足を踏んで傷つけないで下さい。どうぞこの沓を履いてあなた。

【注釈】

○信濃道者（信濃道は）　信濃の国を通る貫道。和銅六年（七一三）に完成した美濃と信濃を結ぶ木曽路。万葉考は「元明天皇和銅六年紀に、美濃信濃二国之堺経道険阻、往還艱難仍通吉蘇路と見ゆ、此程の事故に今の墾道といへる時代かなへり」といい、「此時吉蘇はいまだ美濃に属て在、今京となりて吉蘇小吉蘇二村を信濃へ付られし事、三代実録にみゆ」という。**○伊麻能波里美知**（今の墾道）　このごろ開通した道をいう。「波里」は開墾。和漢音釈に「墾道新道也」とある。**○可里婆祢尒**（刈株に）　木や竹の切り株が多いことをいう。「婆祢」は切り株。**○安思布麻之奈牟**（足踏ましなむ）　足でお踏みになさらないで。「安思」は裸足。「布麻之」は踏むことへの尊敬。「奈牟」は完了の助動詞「ぬ」の未然形「な」に推量の助動詞「む」の接続で、ここは推量。踏むに違いないだろうということ。**○久都波氣和我世**（沓はけわが背）　「久都」は沓。裸足の男子への贈り物。

【鑑賞】

信濃の国の相聞歌。四首の中の二首目。妻問いをした男子が早朝に去る場面である。「沓はけわが背」というから、男子は裸足で女子の家を訪れたことになる。裸足で出歩くのは、近傍なら普通にあったと思われる。草鞋は旅に用いた。「信濃道は今の墾道」とは歴史性を露呈しているが、それがむしろこの歌を成り立たせている。墾道は開墾したばかりの道であるから、切り株が残されている。それゆえに「沓はけ」と勧めるのだが、当然、男子は裸足で来たので沓の持ち合わせはない。にも関わらず沓を履けというのは、不審であろう。これは、女子が手製の沓を作ってプレゼントしたのだと考えられる。そのようなやり取りが女子の家で行われていたとは、考えにくい。これは歌垣の終わりに愛を誓い合った男女が記念の品を交換する風習があり、その時の女子側からの品物であろう。「常陸国風土記」の筑波山の歌垣には「俗の諺にいうには、筑波山での会に、娉の財を得なければ家の女子としない」とある「娉財」（妻問いの財）がそれである。男子は歌垣で形見の沓を貰ったのである。清朝の学者の趙翼は『簷曝雑記』の辺郡風俗の中で、広西・雲南・貴州などの民族の歌会の風習に触れて、愛を誓った男女は物を贈り情を定めるのだと記している。また壮族の恋歌の対歌（掛け合い歌）には、別れに当たって歌う「贈礼歌」があり、「妹は新品の沓を作ってくれた。兄は妹の沓をもらい妹の心が知られた」（『壮族文学概要』）のように歌われている。

信濃なる——3400

信濃（しなの）なる　知具麻（ちぐま）の河（かは）の　さざれ石（し）も　君（きみ）し踏（ふ）みてば　玉（たま）と拾（ひろ）はむ

信濃奈流　知具麻能河泊能　左射礼思母　伎弥之布美弖婆　多麻等比呂波牟

信濃にある、知具麻の河の、小さな石も、あなたが踏んだならば、美しい玉として拾いましょう。

【注釈】

○信濃奈流（信濃なる）　信濃は長野県の旧国名。「奈流」は「〜にある」の約音。**○知具麻能河泊能**（知具麻の河の）　長野県北東部を流れる千曲川。下流は信濃川となる。「具」は漢音「ク」、呉音「グ」。『万葉集』での「具」は例外の「与具」を除いて「グ」の音。「知具麻」も「チグマ」。郡名の「筑摩」は倭名鈔に「豆加萬」とある。「知」は「チ」と「ツ」の中間音、「具」は「カ」と「グ」の中間音か。**○左射礼思母**（さざれ石も）「左射礼思」は細かい石。**○伎弥之布美弖婆**（君し踏みてば）「伎弥」は愛しい男子。「弖」は完了の助動詞「つ」の未然形。「婆」は仮定。**○多麻等比呂波牟**（玉と拾はむ）「多麻」は宝玉。「比呂波牟」は拾うことの東国音。「可比乎比里布等」（巻十五・三七〇九）から「ひりふ」が京の言葉。「牟」は意志。

【鑑賞】

信濃の国の相聞歌。四首の中の三首目。千曲川周辺の水辺の歌垣の歌であろう。水辺の歌垣は『詩経』の歌謡にも見られ、年中行事として行われていた。人々は一年の節目となる季節に、川や池に出て禊ぎをして邪気を払い、健康や無事を祈った。この行事は三月三日の上巳の節や七月七日の七夕の節として日本にも受け入れられている。水辺に集まった男女は歌を掛け合い楽しむが、このような習俗は民俗的な風習として存在し、古代日本でも川のほとりに男女が集まり恋歌を歌い合う行事が行われていた。信濃の千曲川の小さな石もあなたが踏んだならば、美しい玉として拾いましょうというのは、川の歌垣で素敵な男子に出逢った女子が、恋の思いを伝える段階の歌である。単なる小石も、愛しい人が踏めば宝石となるという。女子が愛の言葉を発するのは、このような歌垣の場や社交的な場において可能であった。そのような歌垣由来の恋歌は、山歌として女子の愛を訴える歌として流通していたものと思われる。

中麻奈に　3401

中麻奈に　浮き居る船の　漕ぎて去ば　逢ふこと難し　今日にしあらずは

右の四首は、信濃の国の歌。

中麻奈尒　宇伎乎流布祢能　許藝弖奈婆　安布許等可多思　家布尒思安良受波

右四首、信濃國歌。

中麻奈に、浮かんでいる船が、漕ぎ出して行ったなら、もう逢うことも困難です。それゆえに今日という日に逢うことをしなければ。

右の四首は、信濃の国の歌である。

【注釈】

○中麻奈尒（中麻奈に）「中麻奈」は、ナカマナという地名か。諸説ある。全注は中洲の意とする。「浮き居る船の漕ぎて去ば」からすれば船が停泊している川の湊のある地であろう。**○宇伎乎流布祢能**（浮き居る船の）停泊している船をいう。**○許藝弖奈婆**（漕ぎて去ば）「弖奈婆」は「〜ていなば」の約音。「婆」は仮定。**○安布許等可多思**（逢ふこと難し）「安布」は逢うこと。ここは共寝への誘い。「可多思」は困難。**○家布尒思安良受波**（今日にしあらずは）「家布」は今日。「思」は強め。今日の今でなけれぱの意。**〇右四首　信濃國歌**　信濃は長野県の旧国名。倭名鈔（巻五）に「国府在筑摩郡」とある。東山道に属す。

【鑑賞】

信濃の国の相聞歌。四首の中の四首目。「中麻奈に浮き居る船」とは川船であろうが、その船に乗って男子は何処か遠くへと旅に出るのであろう。「浮き居る船の漕ぎて去ば」はそのことをいうものと思われ、船が漕ぎ出したら逢うのは困難だという。ただここには違和感がある。それは、「逢ふこと難し今日にしあらずは」に表れている。船が出たら逢うことが困難だから今日逢おうとは、おそらく女子への脅迫であろう。男子の目的は共寝をすることにあり、「漕ぎて去ば」とは、ここでは別れの譬えである。これは旅の歌ではなく、河辺の歌垣の歌である。男子は川船の出航を譬えとして、その船が漕ぎ出して行ったならもう逢うことが困難であるから、こうして逢った時に共寝をしようと誘ったのである。歌垣での共寝を勧誘する歌である。

日の暮れに　3402

日（ひ）の暮（ぐ）れに　宇須比（うすひ）の山（やま）を　越（こ）ゆる日（ひ）は　背（せ）なのが袖（そで）も　清（さや）に振（ふ）らしつ

比能具礼尓　宇須比乃夜麻乎　古由流日波　勢奈能我素侶母　佐夜尓布良思都

夕暮れとなって、宇須比の山を、越える日に、愛しい人が袖を、はっきりと振られたことです。

【注釈】

○比能具礼尓（日の暮れに）　日暮れは日が薄いことから、次の「宇須比」を導く枕詞。「具」は「ぐ」の音。**○宇須比乃夜麻乎**（宇須比の山を）　群馬県と長野県との境の山の碓氷峠。碓氷は上野国の郡名。倭名鈔（巻五）に「碓井宇須比」とある。**○古由流日波**（越ゆる日は）　碓氷峠を越える日をいう。**○勢奈能我素侶母**（背なのが袖も）　「勢奈」は背なで愛しい男子。「素侶」は袖。**○佐夜尓布良思都**（清に振らしつ）　「佐夜」は鮮明な様。「布良思」は「振る」の敬語。「都」は完了。

【鑑賞】

上野の国の相聞歌。二十二首の中の一首目。少しばかり理解の難しい歌である。愛しい男子は、旅に出たのであろう。碓氷の山を越える時に男子の振った袖がはっきりと見えたという。ただ、「日の暮れ」を実景とすれば振った袖が見えるはずはないであろうから、女子が近傍まで見送りに来たとも考えられる。しかし、この歌の雰囲気からはそのように感じられない。袖が見えたというのは、あくまでも愛の力である。このような歌を成立させているのは、防人の問答歌からも推測出来る。「安之我良のみ坂に立して袖振らば家なる妹は清に見もかも」（巻二十・四四二三）、「色深く背なが衣は染めましをみ坂たばらばま清かに見む」（同・四四二四）の掛け合い歌からみると、峠で振った袖がはっきりと見えるのは、愛の力によるものである。当該の歌では碓氷の山を越える日に「清に振らしつ」というように過去形であるのは、山歌として歌うからである。歌垣が終わって別れる時の山歌であれば、歌の時制も実景も無関係となり、愛の力を確かめることが主旨の別れ歌となる。

あが恋は

3403

あが恋(こひ)は　現実(まさか)も愛(かな)し　草枕(くさまくら)　多胡(たご)の入野(いりの)の　奥(おく)も愛(かな)しも

安我古非波　麻左香毛可奈思　久佐麻久良　多胡能伊利野乃　於久母可奈思母

わたしの恋は、現実もこうして愛しいことだ。草を枕の、多胡の入野の奥のように、将来もずっと愛しいことだ。

【注釈】
○安我古非波（あが恋は）聞き手に関心を持たせる恋の宣言の言葉。**○麻左香毛可奈思**（現実も愛し）「麻左香」は今現在。「毛」はそれ以外にもの意。「可奈思」は愛しい意。東国語特有の言葉。既出三三五一番歌。**○久佐麻久良**（草枕）草を枕の旅から、通常は「旅」を導く枕詞。万葉考は「冠辞のみならず旅の様をいふめり」という。ここは旅に音の近い次の「多胡」を導く語で『万葉集』では唯一の例外。**○多胡能伊利野乃**（多胡の入野の）「多胡」は上野の国の郡名。倭名鈔（巻五）に「多胡胡音如呉」とある。『続日本紀』和銅四年（七一一）三月条に「上野国甘良郡織裳・韓級・矢田・大家・緑野郡武美・片郡山等六郷別置多胡郡」とある。群馬県高崎市吉井に建郡を記念した多胡碑がある。「伊利野」は両脇に林が続いて奥が狭まっている野。**○於久母可奈思母**（奥も愛しも）「於久」は入野の奥。そこから将来へ転換。「可奈思」は愛しい意。前出。

【鑑賞】
上野の国の相聞歌。二十二首の中の二首目。「多胡の入野」が歌われるのは、そこが野の歌垣の場だからであろう。歌垣の季節が来ると、山でも川でも野でも海浜でも、大勢の人々が各地で開かれる歌垣の会場を目指して行列をつくる。みんなは徒歩で行くから、その道々でさまざまな山歌が歌われる。この歌はその時の道沿いの歌で、歌垣の本番に向けての喉馴らしの歌である。しかし、この段階で男女の歌掛けが始まることもある。歌の掛け合いは、相手とのバランスが必要であるから、上手な歌い手に歌い掛けるには、こちらもそれなりの声と技とが必要である。それぞれが相手にとって不足ないことを、喉馴らしの段階で確認することが出来る。この歌はそのような喉馴らしに適切な山歌である。「あが恋は現実も愛し」といい「多胡の入野の奥も愛しも」という独詠的な愛の歌が、遠くから美しい声で聞こえて来れば、聞く者は心を躍らせることになろう。それに応じて美しい歌が返って来れば、歌垣の会場で歌仲間となる。もとは歌垣由来の歌であり、熱い思いを不特定多数の相手に歌い掛けた歌である。

可美都気努 3404

可美都気努(かみつけの) 安蘇(あそ)の真麻群(まそむら) 掻(か)き抱(むだ)き 寝(ぬ)れど飽(あ)かぬを 何(あ)どか吾(あ)がせむ

可美都氣努 安蕪能麻素武良 可伎武太伎 奴礼抒安加奴乎 安抒加安我世牟

可美都気努の、安蘇の真麻の束を、掻き抱いて、寝るけれど飽き足りないものを、どうしたらわたしは良いのか。

【注釈】

○可美都氣努(可美都気努)「可美都氣努」は上つ毛野。群馬県の旧国名。毛野の国を上下に分割。『旧事本紀』の「下毛野国造」条に孝徳朝に毛野の国を上と下に分割したとある。**○安蕪能麻素武良**(安蘇の真麻群)安蘇は栃木県佐野市・安蘇郡の地。倭名鈔(巻五)の下野の国に「安蘇」とある。群馬と栃木との境にあり、かつては上野の郡であった。「麻素」は真麻で立派な麻。大麻・苧麻などの類。繊維は麻糸。「武良」は刈り取った麻の一つの群がり。束をいう。**○可伎武太伎**(掻き抱き)「可伎」は掻き取ること。「武太伎」は抱き抱えること。麻を一抱えに束ね愛しい子に見立てて抱きつくこと。**○奴礼抒安加奴乎**(寝れど飽かぬを)「奴礼」は寝ること。「抒」は逆接。「安加奴」は飽き足りないこと。**○安抒加安我世牟**(何どか吾がせむ)「安抒」はどのように。「加」は疑問。「安我世牟」は我はいかにしようの意。

【鑑賞】

上野の国の相聞歌。二十二首の中の三首目。各地において麻は重要な基幹産業である。麻から織った布は女子たちが川に晒して漂白する。そうした布は人頭税の材として供出された。麻の刈り取りも集団の重労働であり、村人がこぞって行っていた。そのような集団労働の場では、さまざまな山歌が歌われて労働の辛さを癒したのである。なかでも、恋歌は労働の歌として楽しまれた。「安蘇の真麻群搔き抱き寝れど飽かぬを」とは、麻を刈り取って一抱えの束を運ぶ時の歌として適していた。麻の束を愛しい女子に見立てて抱えて寝るのだが、それでは満足は出来ずに「何どか吾がせむ」と大騒ぎして戯れている。集団の労働の場では、このような戯れの歌が好まれたのである。

可美都気努　3405

可美都気努　乎度の多抒里が　川路にも　児らは逢はなも　一人のみして
　或る本の歌に曰く、可美都気乃　乎野の多抒里が　逢は道にも　背なは逢はなも　見る人無しに

可美都氣努　乎度能多抒里我　可波治尓毛　兒良波安波奈毛　比等理能未思弖
　或本歌曰、可美都氣乃　乎野乃多抒里我　安波治尓母　世奈波安波奈母　美流比登奈思尓

可美都気努の、乎度の多抒里の、川路にあってでも、可愛いあの子に逢わないものかなあ。彼女が一人でいて。

或る本の歌にいうには、「可美都気乃の、平野の多抒里の、人が出逢う道にでも、あの人に逢えないかなあ。見る人も無くして」とある。

【注釈】

○可美都氣努（可美都気努）上つ毛野。既出三四〇四番歌。**○平度能多抒里我**（平度の多抒里が）「平度」は「或本」の歌では平野。「多抒里」は未詳。小野の道を辿っての意であろう。**○可波治介毛**（川路にも）川沿いの道をいうか。**○兒良波安波奈毛**（児らは逢はなも）「兒良」は愛しい女子。「安波奈毛」は逢わないかなあの意。「奈毛」は誂え。**○比等理能未思弖**（一人のみして）ただ独り居るところでの意。**○或本歌曰**『万葉集』編纂資料の一に見える歌。**○可美都氣乃**（可美都気乃）上つ毛野。前出。**○平野乃多抒里我**（平野の多抒里が）「平野」は小野か。その道を辿っての意か。**○安波治介母**（逢は道にも）「安波治」は人々が出逢う道か。本文歌からすれば川路。川路と逢路を楽しんでいるか。**○世奈波安波奈母**（背なは逢はなも）「世奈」は背なで愛しい男子。「安波奈母」は「逢はなむ」で逢わないかなあの意。「奈母」は誂え。**○美流比登奈思介**（見る人無しに）「美流比登」は二人の密会を見る人。「奈思介」は無いままにの意。

【鑑賞】

上野の国の相聞歌。二十二首の中の四首目。上野の平度の多抒里が詠まれるのは、そこが歌垣の場だからであろう。「川路にも」からすれば、川の歌垣が想定される。その川路で可愛い子に逢わないものかなあとは、女子を物色している様子である。しかも、彼女が一人でいてとは、他人の目を恐れてである。「一人のみして」という背後には、その女子と架空の密会を想定していることによる。女子に仲間がいても、「一人のみして」といえば、一人であるとする女子が名乗りを上げることになる。この歌は歌垣の場で可愛い子を誘う歌であろう。「或本」の歌は女子の歌である。「平度の多抒里」が「平野の多抒里」へ、「川路」が「逢は路」へ、「児ら」が「背な」へと変化しているのは、男子の立場と女子の立場とで共有されていることを示す。このような歌が歌垣での誘い歌として男女に歌われていたのである。

可美都気野　3406

可美都気野（かみつけの）　左野（さの）の茎立（くくた）ち　折（を）りはやし　あれは待（ま）たむゑ　今年来（ことしこ）ずとも

可美都氣野　左野乃九久多知　乎里波夜志　安礼波麻多牟恵　許登之許受登母

可美都気野の、左野の草の茎が伸び立ったのを、たくさん折り取って、わたしは何時までも待ちましょう。今年は来ないとしても。

【注釈】

○可美都氣野（可美都気野）　上つ毛野をいう。既出三四〇四番歌。**○左野乃九久多知**（左野の茎立ち）　「左野」は群馬県高崎市東南の佐野。上信電鉄佐野の渡し駅の周囲に上佐野・下佐野・佐野窪などの地名がある。「九久多知」は「茎立ち」の東国音。植物の茎が伸びること。**○乎里波夜志**（折りはやし）　「乎里」は折ること。「波夜志」は万葉考に「物を栄あらする事」とある。巻十六に「申し賞さね」（三八八五）「時と賞すも」（三八八六）とあり、料理を作ることへと展開する注釈が多い。これは対象を小さく刻み数を多くする意であろう。そうして時間を掛けて待つことから次の「麻多牟」を導く。本巻に「恋ひしけば来ませわが背子垣つ柳末摘み枯らしわれ立ち待たむ」（三四五五）とある待つ女の態度に類す。**○安礼波麻多牟恵**（あれは待たむゑ）　我は待つこと。「恵」は詠嘆。○**許登之許受登母**（今年来ずとも）「許登之」は今年。「許受」は来ないこと。「登母」は「〜だとしても」。底本は「コズ」に「ミ」を左傍書し「弥ィ」を頭書。

【鑑賞】

上野の国の相聞歌。二十二首の中の五首目。上野の佐野で行われた野の歌垣の歌であろう。歌垣は大も小もあり、大きな年中行事の歌垣でなければ、一年の内に何度も行われていた。労働はこの歌垣と一対であり、年間の作業の始まりから収穫までに人々が集まり歌掛けを楽しんでいた。小さいのは仕事の最中や休憩の合間に仲間が集まれば行われ、市では臨時の歌垣が開かれる。「可美都気野左野の茎立ち折りはやしあれは待たむゑ」とは、女子の歌であろう。草の茎を折り取っては、何時までも待ちましょうという。愛しい人への愛の告白であるが、女子の歌であれば男子を誘う歌となる。愛しい男子に心を許したことを歌い、男子の反応を待つのである。「折りはやし」に諸説あるが、本巻には「末摘み枯らしわれ立ち待たむ」（三四五五）があり、「折りはやし」も「末摘み枯らし」も何時までも待つことの意志表示である。女子による挑発である。

可美都気努　3407

可美都気努（かみつけの）　まぐはし窓（まど）に　朝日指し（あさひさし）　まぎらはしもな　ありつつ見（み）れば

可美都氣努　麻具波思麻度尓　安佐日左指　麻伎良波之母奈　安利都追見礼婆

可美都気努の、麗しい山の窓に、朝日が指して、本当に美しく輝くことだ。その輝きを見続けていると。

【注釈】

○可美都氣努（可美都気努）「可美都氣努」は上つ毛野。既出三四〇四番歌。**○麻具波思麻度尓**（まぐはし窓に）諸説ある。万葉考は「真桑島てふ川島など有て、その潮瀬を門といふならん」という。「真細し」とすれば、麗しいこと。「麻度」は山稜の「まど」のことか。仙覚抄は美しい窓とする。**○安佐日左指**（朝日指し）「安佐日」は朝の日光。「左指」は指して輝かすこと。**○麻伎良波之母奈**（まぎらはしもな）「麻伎良波之」は区別が困難なこと。「奈良山の峰尚霧らふうべしこそ」（巻十・二三一六）の「峰尚霧らふ」は峰がなお美しく輝き合うことである。「母奈」は詠嘆。山の輝きから愛しい人の輝きへ転換。**○安利都追見礼婆**（ありつつ見れば）そのように見続けていること。「婆」は確定条件。

【鑑賞】

上野の国の相聞歌。二十二首の中の六首目。少し分かり難い歌である。それは「まぐはし窓に朝日指し」にある。「まぐはし」とは「ま細し」であろう。「ま細し」は「ここをしも　ま細しみかも」（巻十三・三二三四）のように、美しいという意味である。「細し」は詳密で美しい様をいう。「窓」は、朝日が指して美しい場所を指すと思われる。いわば、モルゲンロート現象（朝の太陽が山の峰を赤く染めること）である。そのことからすれば、早朝に朝日が山並みの一部に差し込み、美しいと思われたのはその山の姿である。山と山の間を山の窓とみたのである。朝日が山並みに差し込み美しい意とすれば、「まぎらはしもなありつつ見れば」へと容易に接続する。「まぎらはし」とは、朝日に輝く美しい山並みと愛しい人とが重なり紛れることであり、それはどんなに見続けていても輝くように美しい人だという意になる。歌垣で出逢った相手を、朝日に輝いているようだと褒めて引き寄せる讃美の歌であろう。

尓比多山―3408

尓比多山　嶺には着かなな　吾によそり　端なる児らし　あやに愛しも

尓比多夜麻　祢尓波都可奈那　和尓余曽利　波之奈流兒良師　安夜尓可奈思母

尓比多山の、嶺が他に着かず孤立しているように、わたしと噂されて、端っこにいるあの子は、なんとも可愛いなあ。

【注釈】
○尓比多夜麻（尓比多山）「尓比多」は新田。上野の国の郡名。倭名鈔（巻五）に「新田尓布太」とある。群馬県太田市金山町北方の二三五メートルほどの金山。金山城址に新田義貞を祭る新田神社がある。**○祢尓波都可奈那**（嶺には着かなな）「祢」は山の峰。「都可奈那」は他の山と離れて独立していること。「奈那」は否定の東国語。**○和尓余曽利**（吾によそり）「和」は我。「余曽利」は寄せることで、男女の関係が噂されること。**○波之奈流兒良師**（端なる児らし）「波之」は端っこ。「奈流」は「〜にある」。噂を気にして仲間に入れないで端にいる女子をいう。**○安夜尓可奈思母**（あやに愛しも）「安夜尓」は「ああ何とも」の感動詞。「加奈思」は既出三三五一番歌。「母」は詠嘆。

【鑑賞】
上野の国の相聞歌。二十二首の中の七首目。新田山の山麓の歌垣の歌であろう。新田山は嶺が孤立していて、他の山とは関係がない山なのだという。その様子が「嶺には着かなな」であるが、そこから連想されたのが「寝にはつかなな」である。つまり、寝てはいないということである。寝てはいないのに自分との噂によって、仲間に入れないで独り恥じらっている女子がいる。「端なる児らし」とは、そのような女子の様子をいうのであろう。しかし、男子はそうした女子の様子が「あやに愛しも」なのだという。恥じらい深く、おしとやかな可愛い女子への関心である。これは歌垣の場でそのような女子を探し求める歌である。

伊香保ろに　3409

伊香保ろに　天雲い継ぎ　かのまづく　人とおたはふ　率寝しめとら

伊香保呂介　安麻久母伊都藝　可奴麻豆久　比等登於多波布　伊射祢志米刀羅

伊香保の嶺に、天雲が次々と立ち上るように、次から次へと、他人が囃し立てる。さあ二人を共寝させようとしてさ。

【注釈】

○伊香保呂介（伊香保ろに）　伊香保は群馬県渋川市の地。温泉で有名。「呂」は親愛の語。**○安麻久母伊都藝**（天雲い継ぎ）「安麻久母」は空を覆う雲。「伊都藝」は続いて湧き上がる様。「伊」は接頭語。**○可奴麻豆久**（かのまづく）語義未詳。諸説ある。万葉考は「今も可奴万の苧とて麻を出す所有」という。文脈から雲が次々と立つことから次々と続く意か。**○比等登於多波布**（人とおたはふ）「於多波布」は騒ぎ立てること。本巻に「人そおたはふ」（三五一八）とある。万葉考は「そのくものひとつにつゞけるを、吾と妹と心ひとつぞとひとにいはる丶に譬ふ」という。二人の仲を騒がしく囃し立てるのである。**○伊射祢志米刀羅**（率寝しめとら）「伊射」は誘いの語。「祢志米」は寝せしめる意。「刀羅」は万葉考は「ねしめてあらんのてあの約言」とする。「〜させようぜ」の意か。

【鑑賞】

上野の国の相聞歌。二十二首の中の八首目。歌語が一部不明のために、全体の理解は困難である。「伊香保ろに天雲い継ぎかのまづく」とは、伊香保の山に天雲が掛かり続けている意と理解出来るが、「かのまづく」の意味は不明である。この歌と類似した本巻の「岩の上にい懸かる雲のかのまづく人そおたはふ率寝しめとら」（三五一八）と重ねて考えると、前半は雲が掛かり湧き上がることであろう。それが前提となって「人とおたはふ」があることから、雲が湧き立つように人の噂も湧き立っているの意と思われる。他人の噂をして囃し立てているのであろう。囃し立てている理由は、「率寝しめ」にある。噂の男女を共寝させようというのである。「とら」も意味不明であるが、囃し立てている後に来るとすれば、それを強めて肯定する辞であろう。このような集団的な騒がしさの歌が歌われるのは歌垣の場であろう。

伊香保ろの　3410

伊香保（いかほ）ろの　蘇比（そひ）の榛原（はりはら）　ねもころに　奥（おく）をなかねそ　現在（まさか）しよかば

伊香保呂能　蘓比乃波里波良　祢毛己呂尒　於久乎奈加祢曽　麻左可思余加婆

伊香保の、蘇比の榛原の、榛の根が細かいように、こまごまと将来を心配しないでね。現在が良いのであれば。

【注釈】

○伊香保呂能（伊香保ろの）　群馬県渋川市の山。既出三四〇九番歌。**○蘇比乃波里波良**（蘇比の榛原）「蘇比」は地名か。諸説ある。「波里波良」は榛の群生する原。榛はハンノキ。染料などに用いる。「神楽歌」に「榛に　衣は染めむ　雨ふれど（本）　雨降れど　移ろひがたし　深く染めてば（末）」とあり、榛染めの仕事歌としてあったか。萩説もある。**○祢毛己呂介**（ねもころに）「祢」は根。根が詳密であることから懇ろの意。**○於久乎奈加祢曽**（奥をなかねそ）「於久」は奥で今後のこと。「加祢」は兼ね備えること。今と将来をいう。「曽」は「奈」と呼応して禁止。**○麻左可思余加婆**（現在しよかば）「麻左可」は現在。本巻に「麻左香毛可奈思」（三四〇三）とある。「余加婆」は良くあればの意で仮定。

【鑑賞】

上野の国の相聞歌。二十二首の中の九首目。「伊香保ろの蘇比の榛原」とは、男女の密会の場であろう。榛は薪や染料などの材であるから、共同作業が想定され、その作業に歌われる榛原での密会を歌う山歌と考えられる。榛を素材としてその根が細かいように、こまごまと将来のことは考えないのが良いという説得である。将来が心配なのは、二人の恋に何らの保証もないからである。親にも話せず、人の噂に上ることも恐ろしい。相手から将来への希望がないという訴えがあったのである。将来への心配は、女子の常の嘆きであろう。それに対する慰めが、今が幸せならそれで良いではないかというのである。本当に愛しているなら、今が大切なのだという説得であり刹那的な恋の選択である。「現在しよかば」は男子の常の説得であり、共寝を優先することの説得である。歌垣で女子の気持ちを確かめて共寝に誘う歌である。

多胡の嶺に 3411

多胡の嶺に 寄せ綱延へて 寄すれども あに悔しづし その顔良きに

多胡能祢尓 与西都奈波倍弖 与須礼騰毛 阿尓久夜斯豆之 曽能可抱与吉尓

多胡の嶺に、寄せ綱を結わえ延ばして、引き寄せるけれど、ああ悔しいことだよ。その顔をいいことにしてさ。

【注釈】

○多胡能祢尓（多胡の嶺に） 多胡は上野の国の郡名。既出三四〇三番歌。「祢」は嶺。**○与西都奈波倍弖**（寄せ綱延へて） 引き寄せるための綱を掛けること。「出雲国風土記」の国引き神話にみえる。**○与須礼騰毛**（寄すれども） 「与須礼」は引き寄せること。「騰毛」は逆接。**○阿尓久夜斯豆之**（あに悔しづし） 語義に諸説ある。万葉考は「引にひけども、敢悪く鎮りゐてよらぬなり」という。「阿尓」は「あや」で感動の「ああ」、「久夜斯」は悔しいこと、「豆之」は悔しさを強調する語か。**○曽能可抱与吉尓**（その顔良きに） 「曽能可抱」は相手とする女子の顔をいう。「与吉尓」は良いことにしての意。

【鑑賞】

上野の国の相聞歌。二十二首の中の十首目。言い寄っても好意を見せない女子を批難する歌垣の歌である。「多胡の嶺に寄せ綱延へて寄す」とは、初めから大袈裟である。そのくらいに相手の女子が手強いのである。出雲には島に綱を付けて引き寄せるという神話があるが、そうした類の伝説がこの地にもあったか。それは偉大な神の力によりなされることであるが、そのような神の力量を発揮しても女子の心は寄らないのである。その理由は「その顔良き」にある。女子は美人であることを自慢していて、この男子では不釣り合いだということによる。つまり、鼻にも掛けないのである。それに対する怒りと悪口の歌である。これは歌垣で言い寄ってもお高く止まっている女子を、何とか歌に引き込むための男子による戦略の歌である。そこまでいわれれば恥じらいが出るから、ともかく相手をすることになる。歌垣を離れても女子を口説く山歌として歌われていたと思われる。

賀美都家野　3412

賀美都家野(かみつけの)　久路保(くろほ)の嶺(ね)ろの　葛葉(くずは)がた　愛(かな)しけ児(こ)らに　いや離(ざか)り来(く)も

賀美都家野　久路保乃祢呂乃　久受葉我多　可奈師家兒良尒　伊夜射可里久母

賀美都家野の、久路保の山の、葛葉が遠く延びる蔓のように、愛しいあの子に、いよいよ遠く離れ来たことよ。

【注釈】

○賀美都家野（賀美都家野）「賀美都家野」は上つ毛野。既出三四〇四番歌。**○久路保乃祢呂乃**（久路保の嶺ろの）群馬県渋川市にある赤城山の総称。赤城神社の北に小黒檜山・黒檜山の名や東南に黒保根の地名が残る。**○久受葉我多**（葛葉がた）「久受葉」は万葉考に「葛葉蔓なり」という。葛はマメ科の蔓性植物。茎は綱や布などの材、根は食糧や解熱の材。下の「射可里久母」に接続。**○可奈師家兒良尒**（愛しけ児らに）「可奈師家」は愛しい意。既出三三五一番歌。**○伊夜射可里久母**（いや離り来も）「伊夜」

はいよいよもって。「射可里」は、遠ざかること。「久母」は来たことへの詠嘆。

【鑑賞】

上野の国の相聞歌。二十二首の中の十一首目。「賀美都家野久路保の嶺ろの葛葉」が取り上げられるのは、この山の近傍で歌垣が行われているからであろう。葛の葉が先へと延びて行くのを譬喩として、愛しい子から遠く別れ来たことをいう。旅の別れ歌としても、妻問いの夜明けの歌としても理解可能であるが、歌垣の終わりの別離の歌に由来するものである。大きな歌垣では、愛を誓約した男女は次の機会に出逢うことを約束して、別れ歌を歌い交わした。その別れの辛さを相手に届くばかりの大きな声で歌いながら帰り行く。「愛しけ児らにいや離り来も」とは、その別れの嘆きである。柿本人麿も妻との別れに「此の道の　八十隈毎に　万たび　顧み為れど　弥遠に　里は放りぬ　益高に　山も越え来ぬ」（巻二・一三一）といって嘆いている。歌垣の別れ歌は山歌として流通していた。

刀祢河の
3413

刀祢河（とねがは）の　川瀬（かはせ）も知（し）らず　ただ渡（わた）り　波（なみ）に逢（あ）ふのす　逢（あ）へる君（きみ）かも

刀祢河泊乃　可波世毛思良受　多太和多里　奈美尒安布能須　安敝流伎美可母

刀祢河の、川瀬の深さも知らずに、直接に渡り、大波に逢ったように、お逢いした素敵なあなたですね。

【注釈】

〇刀祢河泊乃（刀祢河の）群馬・栃木・埼玉・茨城・千葉を流れ銚子で太平洋に注ぐ利根川。**〇可波世毛思良受**（川瀬も知らず）川瀬の深浅も知らないこと。**〇多太和多里**（ただ渡り）「多太」は直接に。「和多里」は川瀬を渡ること。**〇奈美介安布能須**（波に逢ふのす）「奈美介安布」は川波に出逢ったこと。「能須」は「なす」の東国音で「〜の如く」。**〇安敝流伎美可母**（逢へる君かも）出逢った素敵な男子の意。「可母」は詠嘆。

【鑑賞】

上野の国の相聞歌。二十二首の中の十二首目。「刀祢河の川瀬も知らずただ渡り波に逢ふのす」までを譬喩や序とする説が多い。しかし、これは利根川での歌垣の歌である。中国古代歌謡の『詩経』には、川の歌垣がしばしば見られる。水辺の歌垣は、季節の変わり目に人々が川などの水辺に出掛けて禊ぎをする習俗と重なっていることによる。そこは男女の恋歌の場となり、多くの恋の掛け合いが行われた（マーセル・グラネー『支那古代の祭礼と歌謡』）。三月の上巳の祭りは、それを引き継ぐものである。特に川の歌垣は、渡河という歌のテーマを形成した。渡河とは男女が河を挟んで歌い合い、意気投合すれば女子が河を渡って男子の元へ走るという、駆け落ちのことである。古代中国ではそれが七夕の渡河伝説へと展開するが、もともとは水辺の恋の物語りである。この歌で利根川の川瀬も知らずに直接に渡ったというのは譬喩であり、その背景には水辺の恋が意識されていよう。この歌の場合は、川波が突然に襲い来て驚くようにという譬喩である。その譬喩の主旨は、それほどの驚きに価する男子に出逢ったという感動にある。歌垣では相手を褒めて歌い合う讃美という方法があり、これはその歌である。高波に遇ったような驚きに価する素敵な男子といわれれば、男子もその気になる。讃美という歌は相手をこちらの歌に導くための挑発の歌である。

伊香保ろの
3414

伊香保ろの　夜左可の井手に　立つ虹の　現ろまでも　さ寝をさ寝てば

伊香保呂能　夜左可能為提介　多都努自能　安良波路萬代母　佐祢乎佐祢弖婆

伊香保の、夜左可の井手に、立つ虹が、はっきりと顕れるまで、寝ていられるなら寝ていたいものだ。

【注釈】
○伊香保呂能（伊香保ろの）　群馬県渋川市の地。既出三四〇九番歌。「呂」は親愛。**○夜左可能為提介**（夜左可の井手に）「夜左可」は地名であろう。万葉考は「やさかは其水の落る所の名」という。全注は八尺の高い堰塞という。「為提」は井手で用水を塞き止めている所。井堰。**○多都努自能**（立つ虹の）「多都」は立ち顕れること。「努自」は虹の東国音。「努」は呉音 **nu**。「ヌ」と「ノ」の中間音。**○安良波路萬代母**（現ろまでも）「安良波路」は顕れ出ること。「萬代」は **man dai** の反切的用法。**○佐祢乎佐祢弖婆**（さ寝をさ寝てば）寝ていられるなら寝ていたいものだの意。「佐」は接頭語。「祢」は寝ること。「乎」は間投助詞で対象に対しての承認。「佐祢」は寝る事への強調。「弖」は完了。「婆」は仮定で下に「良いのになあ」と続く。密会の男子の希望。

【鑑賞】
上野の国の相聞歌。二十二首の中の十三首目。伊香保の夜左可の井手とは、高い井堰のことであろう。その水辺の歌垣の歌である。雨が上がった後に、井堰の方にうっすらと虹が立った。その虹がやがてはっきりと顕れるまでの間、ずっと一緒に寝ていたいという。そのような発想は、本巻にみる「児毛知山若蝦手の黄変まで寝もとわは思ふ汝は何どか思ふ」（三四九四）と類想する。黄葉がはっきりと色付くまで一緒に寝たいと思うが、お前はどうかというのである。「寝る」ことを盛んに口にするのは東歌の特徴である。「寝る」といえば、みんなが興奮し喜ぶからである。しかも、そこには何の屈託もなく生々しく寝ることが表現される。それだけ刺激的な言葉である。「寝る」ことを歌う巻毎の恋歌の傾向を歌数の割合の多い順に見ると、巻十四が三十九首（一六・三％）、巻十三が十二首（九・四％）、巻十一が二十八首（五・六％）、巻十二が二十一首（五・四％）、巻四が十三首（四・二％）、巻二が五首（三・三％）となり、あとは零から二％台となる。他巻の寝る歌は上品であるが、東歌の寝る歌が生々しいのは、これが歌垣専用語だからであろう。この歌でも、虹がはっきり現れるまで寝ていたいと露骨である。それはそれほど長い時間ではない。短い時間でも寝ていたいという切なる願いである。この歌はやがて歌垣を離れて、労働や宴会などで歌う山歌として成立していたのであろう。

可美都気努　3415

可美都気努（かみつけの）　伊可保（いかほ）の沼（ぬま）に　植（う）ゑ小水葱（こなぎ）　かく恋（こ）ひむとや　種求（たねもと）めけむ

可美都氣努　伊可保乃奴麻尓　宇恵古奈伎　可久古非牟等夜　多祢物得米家武

可美都気努の、伊可保の沼に、植えた小水葱のような女子に、こんなにも恋焦がれようと、種を求めたのであろうか。

【注釈】

○可美都氣努（可美都気努）「可美都氣努」は上つ毛野をいう。既出三四〇四番歌。**○伊可保乃奴麻尓**（伊可保の沼に）「伊可保」は伊香保。既出三四〇九番歌。**○宇恵古奈伎**（植ゑ小水葱）植えた水葱。「古」は接頭語。「奈伎」は水葱でアオイ科の植物。「春日の里の殖ゑ子水葱」（巻三・四〇七）とある。花を染料とした。「伎」は呉音「ギ」。**○可久古非牟等夜**（かく恋ひむとや）「可久」はかくの如く。「古非」は恋。「等」は格助詞。「夜」は係助詞で「～ということ」の意。**○多祢物得米家武**（種求めけむ）「多祢」は水葱の種。「物得米」は求めること。「家武」は過去に対する推量。

【鑑賞】

上野の国の相聞歌。二十二首の中の十四首目。上野の伊香保の沼での労働の山歌である。小水葱を植えるというから、沼で栽培をしていたのである。それが成長することで恋の思いも成長したというのは、可愛い子を恋の対象として大切に育てたという意味である。しかし、その恋が成長するうちに、手に負えないほどの恋の苦しみに陥った。「かく恋ひむとや種求めけむ」とは、そんな恋を育てたことへの後悔であるが、これは相手の女子が素敵であることを宣言する褒め歌である。伊香保の沼に植えた小水葱の収穫に歌われた労働の歌であろう。労働の歌は本巻に多く「安思我良の波祜祢の山に粟蒔きて実とはなれるを逢はなくも怪し」（三三六四）などとある。これもこの地の山歌として流通していた歌である。

可美都気努　3416

可美都気努（かみつけの）　可保夜（かほや）が沼（ぬま）の　いはゐ蔓（つら）　引（ひ）かばぬれつつ　吾（あ）をな絶（た）えそね

可美都氣努　可保夜我奴麻能　伊波為都良　比可波奴礼都追　安乎奈多要曽祢

可美都気努の、可保夜が沼の、いはい蔓が、引き抜いたらするすると続くように、わたしとの仲を絶やさないでね。

【注釈】

○可美都氣努（可美都気努）「可美都氣努」は上つ毛野をいう。既出三四〇四番歌。**○可保夜我奴麻能**（可保夜が沼の）「可保夜」は地名。所在未詳。**○伊波為都良**（いはゐ蔓）植物だが未詳。「都良」は蔓の東国音。**○比可波奴礼都追**（引かばぬれつつ）「比可波」は引いたならば。「波」は仮定。「奴礼」は解ける意。ぬるぬると解けて続いて来ること。「都追」は継続。**○安乎奈多要曽祢**（吾をな絶えそね）「安乎」は私との関係をの意。「奈」は禁止。「多要」は絶えること。「曽祢」は「奈」と呼応して禁止に誂えの接続。

【鑑賞】

上野の国の相聞歌。二十二首の中の十五首目。四句目までが序。「可美都気努可保夜が沼」を引き合いに出すのは、ここが水辺の歌垣の場だからである。その可保夜が沼には「いはゐ蔓」がたくさん生えていて、引き抜くと寄ってくる。それを素材として「引かばぬれつつ吾をな絶えそね」と訴える。蔓の寄ることから関係が寄ることへと転換し、恋の関係を訴える方法である。恋人たちにとって絶えることがもっとも不安なことである。本巻には「伊利麻路の於保屋が原のいはゐ葛引かばぬるぬるわにな絶えそね」（三三七八）という類歌がある。地名を変えて歌われる流通性の高い恋歌である。歌垣に由来しながら、二人の関係を絶やさないことを訴える山歌である。

可美都気努 3417

可美都気努（かみつけの） 伊奈良の沼の（いならのぬまの） 大藺草（おほゐぐさ） 外に見しよは（よそにみしよは） 今こそ勝れ（いまこそまされ） 〔柿本朝臣人麿の歌集に出づ（かきもとのあそみひとまろのかしふにいづ）〕

可美都氣努　伊奈良能奴麻乃　於保為具左　与曽尒見之欲波　伊麻許曽麻左礼〔柿本朝臣人麿歌集出也〕

可美都気努の、伊奈良の沼の、大藺草ではないが、かつて外から見ていた時よりも、今こそ勝っているよ。〔柿本朝臣人麿の歌集に出る〕

【注釈】

○可美都氣努（可美都気努）「可美都氣努」は上つ毛野をいう。既出三四〇四番歌。**○伊奈良能奴麻乃**（伊奈良の沼の）「伊奈良」は地名。旧伊奈良村があり合併して板倉町となる。この地かともされる。「奴麻」は沼。**○於保為具左**（大藺草）「於保為具左」は太藺（フトヰ）。倭名鈔（巻二十）に「玉篇に藺という。音は吝。和名は為。弁色立成に鷺尻刺という。莞に似て細く堅い。席にするのによい」とあり「莞に似」るという。同じく「唐韻にいう。莞。音は完。一に音は丸。漢語抄にいう。於保井。席とするのによい」とある。太藺はカヤツリグサ科。イグサ科と異なる。湿地に生え茎は一メートルを越える。筵などの材。**○与曽尒見之欲波**（外に見しよは）「与曽」は外。「見之」は見ていたこと。「欲波」は「～よりは」。**○伊麻許曽麻左礼**（今こそ勝れ）「伊麻」は今において。「許曽」は強め。「麻左礼」は勝ること。「礼」は上の「許曽」の結び。**○柿本朝臣人麿歌集出也**「柿本朝臣人麿歌集」は柿本人麿の作品および人麿が蒐集した歌の集と思われ、『万葉集』では編纂の重要な資料として位置づけられている。歌数は数え方にもよるが、長歌二首、短歌三三三首、旋頭歌三十五首の三七〇首が収められている。人麿歌集の歌には「淡海の海沈く白玉知らずして恋ひせしよりは今こそ益れ」（巻十一・二四四五）とあり、「外に見しよは今こそ勝れ」との類似をいうのであろう。

【鑑賞】

上野の国の相聞歌。二十二首の中の十六首目。上野の伊奈良の沼の大藺草が詠まれるのは、ここが大藺草の産地だからである。大藺草は筵の材として珍重され、植え付けから刈り取りまでは集団の労働の中にあった。畳の材の藺草とは異なり、太藺と呼ばれる植物である。「大藺草外に見しよは」とは、大藺草に関心を示さずに遠くから見ていた時よりもの意である。大藺草は成長して美しい様子を見せ始めたのである。それが恋歌へと転換されると、幼かった女子が成長して美しい少女へと変身したことに驚き、恋の心が芽生えたというのである。大藺草の収穫の時に歌われた労働の歌で、山歌として歌われていたのであろう。この歌に類似するとして柿本人麿歌集に出るという歌は、淡海の底に沈む白玉を知らずにいて、恋した今こそあなたは勝っているという内容である。琵琶湖のほとりでの歌垣の歌で、相手を褒めて挑発する方法である。当該の歌も同じように成立したものと思われる。

可美都気努｜3418

可美都気努（かみつけの）　佐野田の苗の（さのたのなへの）　群苗に（むらなへに）　事は定めつ（ことはさだめつ）　今は如何にせも（いまはいかにせも）

可美都氣努　佐野田能奈倍能　武良奈倍尓　許登波佐太米都　伊麻波伊可尓世母

可美都気努の、佐野田の苗の、群れの苗に占って、事を定めた。さて今はどのようにしたらよいものか。

【注釈】

○可美都氣努（可美都気努）「可美都氣努」は上つ毛野をいう。既出三四〇四番歌。**○佐野田能奈倍能**（佐野田の苗の）佐野は高崎市南部に佐野窪の地があり、また烏川に佐野の渡し駅がある。その一帯に広がる田。**○武良奈倍尓**（群苗に）「武良奈倍」は群がっている苗。苗代に生え育った苗をいう。『日本書紀』（巻二）に「時に神吾田鹿葦津姫は卜によって田を定め、号づけて狭名田という」とある。万葉考は「苗代は所々に一むれづゝ作るものなれば、群苗といひて、それをうらなへにいひかけつ」という。○**許登波佐太米都**（事は定めつ）「許登」は物事。「佐太米」は決定。占いの決定により決意したこと。○**伊麻波伊可尓世母**（今は如何にせも）「伊麻」は今をもって。「伊可尓世母」は如何にすべきかの意。

【鑑賞】

上野の国の相聞歌。二十二首の中の十七首目。「可美都気努佐野田の苗」というのは、佐野田の田植えの労働の時の歌だからである。田植えは手植えであるから、何日もかけて行われたであろう。そのために、村中の人たちが総出で行う共同作業である。幾日も腰を曲げたまま行う田植えは重労働であり、そこに求められたのが山歌の掛け合いである。田植え歌が独自にあるのは、重労働に見合うものとしてである。田植え歌は基本は神事歌謡として歌われるが、労働そのものの中に歌われるのは小歌系統の恋歌であった。恋歌には辛さを癒す力があるからである。この歌では「群苗に事は定めつ」という。苗の束を取ってその本数で可否を決める占いであろう。公的な占ではなく足卜のような単純な占いである。それが可と出たという。つまり、愛しい人と結ばれるという判定である。その判定に決意を固めたのだと喜ぶのであるが、さて、これからどのようにしたら良いのかと戸惑う。占いの結果は可であるが、恋の方法を知らないというのであろう。そのような笑いの中に田植えが行われていた。

伊可保せよ　3419

伊可保せよ　中泣かししも　思ひとろ　隅こそしつと　忘れせなふも

伊可保世欲　奈可中次下　於毛比度路　久麻許曽之都等　和須礼西奈布母

伊可保ではね、心の中では泣いていたのだよ。あなたを思うことは深く、それを隠してはいたけれど、忘れることなどしないよ。

【注釈】

○伊可保世欲（伊香保せよ）「伊可保」は群馬県伊香保の地。既出三四〇九番歌。「世欲」は強調の語か。**○奈可中次下**（中泣かししも）語義未詳。「奈可中」は心の中で泣くことか。「下」は強意か。万葉考は「二の句の中次下の三字此巻の書体にあらず、又仮字とせんも、他の仮字の体に違へり、然れば必字の誤且落たる字も有べし、四の句もまた言をなさず、故に手を付べからぬ歌なり、正しき本を得ん人よむべし、かゝる事みだりに心をやりとかんとする時は、私に落めり、或説もあれど皆いまだしき心もていへれば、論にたらず」という。底本は「ナカシケニ」。**○於毛比度路**（思ひとろ）「度路」は語義未詳。「度」は漢音の「ト」で訓む。深い心のことか。**○久麻許曽之都等**（隅こそしつと）語義未詳。「久麻」は隠すことか。「之都等」は、したことをいうか。**○和須礼西奈布母**（忘れせなふも）「西」はすること。「奈布」は東国語の否定。本巻に「背ろに逢はなふよ」（三三七五）とある。忘れないことをいうか。

【鑑賞】

上野の国の相聞歌。二十二首の中の十八首目。辛うじて理解可能な五句目の「和須礼西奈布母」が「忘れることはしないよ」の意であれば、何を忘れないのかということになる。それは「於毛比度路」にあろう。「度路」は不明であるが、「於毛比」は思いであろう。「度路」は川の深いのを瀞というから、ここは思いの深さをいうか。そこから、相手への深い思いは忘れないということになる。その忘れないことの情況が、その他の難語である。「伊可保世欲」はおそらく「伊香保ではね」という程度の意であろう。二人は伊香保で出逢ったというのが情況の一つ目である。それでどうしたのかというのが「奈可中次下」である。「奈可」は道の途中か、心の中かということになる。ここは恋に係わる心の中であろう。続く「中次」は泣いたことをいうと思われる。「下」は強めであれば、心の中では泣いたというのが情況の二つ目である。次の「久麻許曽之都等」は、忘れないということの次の情況であろう。「久麻」が「隈」であれば曲がり角や、隠れていることを意味する。ここは隠れていることであろう。それが情況の三つ目である。上の繋がりからは、心の中に隠している意と理解される。そのようであれば、心には深く思っているというのが主旨となり、相手への思いやりの歌となる。

可美都気努　3420

可美都気努(かみつけの)　佐野(さの)の舟橋(ふなはし)　取(と)り離(はな)し　親(おや)は離(さ)くれど　わは離(さ)かるがへ

可美都氣努　佐野乃布奈波之　登里波奈之　於也波左久礼騰　和波左可流賀倍

可美都気努の、佐野の舟橋を、取り外すかのように、親は二人の仲を離すけれど、わたしは離れることなどありましょうか。

【注釈】

○可美都氣努（可美都気努）「可美都氣努」は上つ毛野をいう。既出三四〇四番歌。**○佐野乃布奈波之**（佐野の舟橋）「佐野」は既出三四一八番歌。「布奈波之」は舟を幾つも繋いで板を敷いた簡易な橋。**○登里波奈之**（取り離し）舟橋は何時でも取り外しが出来る。舟橋から男女の仲へ転換。**○於也波左久礼騰**（親は離くれど）「於也」は女子の母親。娘には親の認めない婚姻は不可能。「左久礼」は離すこと。親が二人の仲を引き離す意。「騰」は逆接。**○和波左可流賀倍**（わは離かるがへ）「和波」は我は。「左可流」は離れる意。「賀倍」は反語。本巻に「わが愛妻人は離くれど朝貌の年さへこごと吾は離かるがへ」（三五〇二）とある。

【鑑賞】

上野の国の相聞歌。二十二首の中の十九首目。「可美都気努佐野の舟橋」が詠まれるのは、ここが橋詰の歌垣の場だからであろう。水辺の歌垣に属するもので、橋の袂での歌垣は「小集楽」（巻十六・三八〇八）と呼ばれた。ここは佐野の舟橋のほとりの小集楽である。それゆえに、舟橋が素材となる。舟橋は舟を繋いで板を渡した簡略な橋であるから、それは何時でも取り外しが可能である。そこまでが序である。序により展開する主旨は親が二人を取り離しても、わたしは離れないということにある。女子の立場であれば、愛しい男子とは別れないことの訴えである。しかし、男子のことを母親に打ち明けると、母親は舟橋を取り壊すように、二人の仲を容易に取り壊すことへの懼れがある。そうであっても離れないという誓いである。男子の立場であれば、女子の親に露見して叱責を受けても離れないという誓約となる。歌垣には誓約の歌が多くあり、それだけに強い意志が働いている。

伊香保嶺に　3421

伊香保嶺(いかほね)に　雷(かみ)な鳴(な)りそね　わが上(へ)には　故(ゆゑ)はなけども　児(こ)らによりてそ

伊香保祢尓　可未奈那里曽祢　和我倍尓波　由恵波奈家杼母　兒良尓与里弖曽

伊香保の山に、雷よ鳴るな。わたしの身の上には、支障は無いが、愛しいあの子に問題があるのだから。

【注釈】

○伊香保祢尓（伊香保嶺に）伊香保は群馬県渋川市の地。既出三四〇九番歌。「祢」は嶺。榛名山をいうか。**○可未奈那里曽祢**（雷な鳴りそね）神鳴りよ鳴るなの意。「可未」は雷鳴。倭名鈔（巻一）の「雷公」に「一云　奈流加美」とある。「那里」は鳴ること。「曽祢」は「奈」と呼応して禁止に誂えの接続。**○和我倍尓波**（わが上には）「和我倍」は我が身の上にはの意。**○由恵波奈家杼母**（故はなけども）「由恵」は特別な理由。「奈家杼母」は無いけれどの意で逆接。雷に恐れる理由はないこと。**○兒良尓与里弖曽**（児らによりてそ）「兒良」は愛しい女子。「与里弖」はそれに原因があること。愛しい子が雷の音に驚くことをいう。「曽」は強意。

【鑑賞】

上野の国の相聞歌。二十二首の中の二十首目。伊香保の山には雷がよく鳴るのである。夏の雷は、途轍もない猛威を奮う。それは自分に支障はないが、愛しい子が恐れるから鳴るなというのが主旨である。これは村の共同作業の時に激しい雷鳴が発生し、女子たちが驚き騒ぐのを面白がって歌う歌であろう。男子は雷鳴などに驚くことはないのだと強がり、むしろ女子たちが驚き畏れることに気遣いを示す。一人の愛しい女子を対象としているようであるが、女子が一人でも複数でも、このように歌うことで男子の力量が発揮される。いわば、男子たちが女子の前で歌う雷除けの歌である。

伊可保風(いかほかぜ)　吹く日吹(ひふ)かぬ日(ひ)　有(あ)りと言(い)へど　あが恋(こひ)のみし　時無(ときな)かりけり

伊可保可是　布久日布加奴日　安里登伊倍杼　安我古非能未思　等伎奈可里家利

伊可保風は、吹く日も吹かない日も、有るというけれど、わたしの恋ばかりは、時など無いことであるよ。

【注釈】

○伊可保可是（伊可保風）伊可保は伊香保。既出三四〇九番歌。明日香風のように、伊香保に吹く風をいう。**○布久日布加奴日**（吹く日吹かぬ日）風が吹く日も吹かない日もの意。常に吹くことはないこと。**○安里登伊倍杼**（有りと言へど）「安里」は有ること。「伊倍杼」は「言うが」で逆接。**○安我古非能未思**（あが恋のみし）わが恋ばかりはの意。「思」は強意。**○等伎奈可里家利**（時無かりけり）常時であることをいう。

【鑑賞】

上野の国の相聞歌。二十二首の中の二十一首目。伊香保の風ですら吹く日も吹かない日もあるというのは、伊香保風でも常ではないことをいうためである。伊香保風がそのようであるのは当然であるから、それを云々するのは別の考えによる。伊香保風はいい加減な風であり、それに対して我が恋は時など無いというのが主旨である。愛しい人への思いが日々あるということの力説である。けっして気ままな恋ではなく、毎日のように恋続けているのだという口説き文句である。

可美都気努　3423

可美都気努（かみつけの）　伊可抱（いかほ）の嶺（ね）ろに　降（ふ）ろ雪（よき）の　行（ゆ）き過（す）ぎかてぬ　妹（いも）が家（いへ）の辺（あた）り

右（みぎ）の廿二首（にじふにしゅ）は、上野（かみつけの）の国（くに）の歌（うた）。

可美都氣努　伊可抱乃祢呂尓　布路与伎能　遊吉須宜可提奴　伊毛賀伊敝乃安多里

右廿二首、上野國歌。

可美都気努の、伊可抱の山に、頻りに降る雪ではないが、行き過ぎることが出来ない。愛しの子の家の辺りで。

右の二十二首は、上野の国の歌である。

【注釈】

○可美都氣努（可美都気努）「可美都氣努」は上つ毛野。既出三四〇四番歌。**○伊可抱乃祢呂尓**（伊可抱の嶺ろに）「伊可抱」は群馬県伊香保。既出三四〇九番歌。「祢」は嶺。「呂」は親愛語。榛名山をいうか。**○布路与伎能**（降ろ雪の）「布路」は降るの東国音。「路」は漢音「ロ」、呉音「ル」。「ロ」と「ル」の中間音か。「与伎」は雪の東国音。「与」は漢音・呉音とも「ヨ」。ただ集韻はyuの音。「ユ」と「ヨ」との中間音か。次の「遊吉」を導く。底本は「フルユキノ」。万葉考は「フロユキノ」。**○遊吉須宜可提奴**（行き過ぎかてぬ）「遊吉」は行くこと。「遊」は呉音「ユ」。雪から行きに転換。「須宜」は通り過ぎること。「可提」は出来ないこと。〇**伊毛賀伊敝乃安多里**（妹が家の辺り）「伊毛」は妹で愛しい女子。その家の辺りをいう。「安多里」は周辺。〇**右廾二首、上野國歌**　以上の二十二首は上野の国の歌。倭名鈔（巻五）に「国府在群馬郡」とある。東山道に属す。

【鑑賞】

上野の国の相聞歌。二十二首の中の二十二首目。「可美都気努伊可抱の嶺ろに降ろ雪」とは、冬に見る伊香保の風土である。このような雪の時期に行われるのは、稲春きなどの屋内労働であろう。稲春きは集団で行われていて、そこではさまざまな稲春き歌が歌われていたと思われる。本巻に「稲春けば皹るあが手を今宵もか殿の若子が取りて嘆かむ」（三四五九）とあるのは、稲春き歌である。もちろん、稲春きの歌が稲を舂いている労働を詠むとは限らない。もっとも好まれたのは、恋歌であった。恋歌であるのは、辛い労働を癒す力が恋歌にあったからである。伊香保の嶺に降る雪のように「行き過ぎかてぬ妹が家の辺り」でも、稲春きの労働の歌としては十分に適切である。

之母都家野　3424

之母都家野(しもつけの)　美可母の山(みかものやま)の　小楢(こなら)のす　まぐはし児(こ)ろは　誰(た)が笥(け)か持(も)たむ

之母都家野　美可母乃夜麻能　許奈良能須　麻具波思兒呂波　多賀家可母多牟

之母都家野の、美可母の山の、小楢のような、その美しい子は、誰の食器を持つのだろうか。

【注釈】

○之母都家野（之母都家野）「之母都家野」は下つ毛野。栃木県の旧国名。三四〇四番歌参照。**○美可母乃夜麻能**（美可母の山の）栃木県の両毛線足利駅と大平下駅との中程にある三毳山。二二九メートル。三鴨山とも書かれる。**○許奈良能須**（小楢のす）「許奈良」は小楢。ブナ科の木。樹皮は染料。「能須」は「～なす」の東国音。**○麻具波思兒呂波**（まぐはし児ろは）「麻具波思」は真細し。繊細で美しいこと。「常陸国風土記」に「行方郡」を「行細国」というとある。本巻に「可美都気努まぐはし窓に」（三四〇七）とある。「児呂」は愛しい子。**○多賀家可母多牟**（誰が笥か持たむ）「多賀」は誰。「家」は笥で食器。「母多牟」は持つのかの意。古義に「大神真潮、誰笥歟将持なり、巻二に、家にあれば笥にもる飯を、とよめる笥なり、さて笥を持とは、やがて妻となることをいふべければ、誰妻とかならましといはむがごとし、と云へり」とある。

【鑑賞】

下野の国の相聞歌。二首の中の一首目。下野の三毳の山の山麓の歌垣の歌である。小楢は染料に使う材であるから、馴染みがある。それで小楢のような可愛い子という繋がりであるが、これは小楢の実をいうのであろう。小楢の実は細長く可愛いドングリである。それゆえに「まぐはし児ろ」が導かれている。そのように形容された女子は、いったい誰の笥を持つのだろうかという。あの子は誰の妻となり、誰のお茶碗にご飯を盛ってあげるのかという意である。それをみんなで囃し立てるのであろう。男子にはそれぞれ思い人がいて、その思い人は容易に手に入らない。その気持ちが「誰が笥か持たむ」に現れている。歌垣で可愛い子に向かって男子たちが囃し立てる歌であるが、それは山歌となって歌われていたのであろう。

志母都家努　3425

志母都家努（しもつけの）　安素の河原よ（あそのかはらよ）　石踏まず（いしふまず）　空ゆと来ぬよ（そらゆときぬよ）　汝が心告れ（ながこころのれ）

右の二首は、下野の国の歌。

志母都家努　安素乃河泊良欲　伊之布麻受　蘓良由登伎奴与　奈我己許呂能礼

右二首、下野國歌。

志母都家努の、安素の河原から、石も踏まずに、空から行こうと飛んで来たよ。だからおまえの心を教えてよ。

右の二首は、下野の国の歌である。

【注釈】

○**志母都家努**（志母都家努）「志母都家努」は下つ毛野。栃木県の旧国名。三四〇四番歌参照。底本は「家」の下に○符あり「努」を右傍書。○**安素乃河泊良欲**（安素の河原よ）「安素」は安蘇。栃木県佐野市・安蘇郡の地。両毛線佐野駅近辺。本巻に「可美都気努安蘇の真麻群」（三四〇四）ともあり、安蘇は上野にも近く下野に属す地域もあったか。「河泊良」は佐野市を流れる秋山川の河原。「欲」は「〜より」。○**伊之布麻受**（石踏まず）「伊之」は道の石ころ。「布麻受」は踏むことも無くの意。底本は「伊之布麻受」の「努」を朱で消す。○**蘓良由登伎奴与**（空ゆと来ぬよ）「蘓良由」は空から。空を飛んで急いでの意。「伎奴」は急ぎ来たこと。「与」は詠嘆。相手へ恩着せの言い回し。○**奈我己許呂能礼**（汝が心告れ）「奈我己許呂」は汝の心中。「能礼」は告るで教えること。○**右二首、下野國歌**　以上の二首は下野の国の歌であること。倭名鈔（巻五）に「国府在都加郡」とある。東山道に属す。

【鑑賞】

下野の国の相聞歌。二首の中の二首目。下野の安蘇の河原とは、水辺の歌垣の場である。安蘇の河原から空を飛んで、急いでお前さんの所へと飛んで来たのだという。少し分かり難いが、彼女がいるのは安蘇の河原の歌垣の場である。歌垣の歌は自由に場を変換させるから矛盾ではない。安蘇の河原は彼女の家の辺りという設定であろう。むしろ、なぜ空を飛んでまで急いで来たのかにある。それは、愛しい女子が他の男子から口説かれていて、女子の心は揺れているということが前提である。それゆえに、居ても立っても居られなくなり、河原の石を踏んだか踏まなかったか知られない思いで、女子の元に駆けつけたというのであろう。「空ゆと来ぬよ」には、男子の慌てふためく心が表されている。その狼狽ぶりで、女子の心を動かそうという作戦である。「汝が心告れ」とは、歌垣で女子に問い掛ける常套句である。

安比豆嶺の 3426

安比豆嶺(あひづね)の 国(くに)をさ遠(とほ)み 逢(あ)はなはば 偲(しの)ひにせもと 紐結(ひもむす)ばさね

安比豆祢能 久尒乎佐抒抱美 安波奈波婆 斯努比尒勢毛等 比毛牟須婆佐祢

安比豆嶺の隔てる、故郷を遠く離れているので、逢うこともなくなったら、思い出にするために、さあ一緒に紐を結んで下さい。

【注釈】

○安比豆祢能（安比豆嶺の） 福島県会津の地。倭名鈔（巻五）に「会津阿比豆」とある。「祢」は嶺。会津に連なる山々をいう。○

久尒乎佐杼抱美（国をさ遠み）故郷が遠いので。「久尒」は生まれた故郷。「佐」は接頭語。「〜を〜み」は「〜が〜なので」の意。「久尒乎」を受けて原因を表す。**○安波奈波婆**（逢はなはば）逢うこともないならば。「奈波」は打消しの東国語。「婆」は仮定。**○斯努比尒勢毛等**（偲ひにせもと）「斯努比」は偲ぶこと。「勢毛」は「せよ」の東国音。**○比毛牟須婆佐祢**（紐結ばさね）「比毛」は男女の愛の約束の紐。上と下がある。既出三三六一番歌。「牟須婆佐祢」は結んで下さいの意。「佐」は尊敬。「祢」は希求。

【鑑賞】

陸奥の国の相聞歌。三首の中の一首目。歌垣での別れ歌であるが妻問いの別れ歌としている。女子は国を異にして遠くに住むのであろう。当然のことながら通うのは難儀であり、女子も待つのは難儀である。会津嶺の見える故郷を遠く離れている所へ帰ると、次に逢えるまでどのように思えば良いのか。そこで女子が提案したのは、愛の紐を結んでもらうことである。「偲ひにせもと紐結ばさね」という表現が女子の口から出た願いであれば、妻問いの歌としては適切である。この紐は上紐ではなく、下着の中に結ぶ下紐である。それだけにエロチックであり、聞く者は囃し立てる。ただ、これは妻問いの別れ歌のように歌う歌垣の別れ歌であり、それが山歌として宴会などのお開きに、またコンパニオンが客人を送る別れ歌として歌われていたと思われる。

筑紫なる　3427

筑紫(つくし)なる　匂(にほ)ふ児故(こゆゑ)に　美知能久(みちのく)の　可刀利少女(かとりをとめ)の　結(ゆ)ひし紐(ひも)解く

筑紫奈留　尒抱布児由恵尒　美知能久乃　可刀利乎登女乃　由比思比毛等久

筑紫の土地の、とても美しい女の子であったので、美知能久の、可刀利の少女が、結んでくれた紐を解くことだよ。

【注釈】

○筑紫奈留（筑紫なる）「筑紫」は九州の地。「奈留」は「〜にある」の約音。**○尓抱布兒由恵尓**（匂ふ児故に）「尓抱布」は美しく光り輝くこと。「兒」は女子。「由恵」は原因。匂う女子が原因とする言い回し。**○美知能久乃**（美知能久の）陸奥をいう。畿内から見て東方の道の奥の意。青森・岩手・秋田・山形・宮城・新潟・福島などの地をいう。**○可刀利乎登女乃**（可刀利少女の）「可刀利」は地名と思われるが所在未詳。「乎登女」は少女。陸奥の美しい少女でおそらく伝説の女子。**○由比思比毛等久**（結ひし紐解く）「由比思」は結んだこと。「比毛」は既出三三六一番歌。「等久」は解くことで共寝をいう。

【鑑賞】

陸奥の国の相聞歌。三首の中の二首目。陸奥から筑紫へ出掛けるのは特別なことであり、防人として出かけたのであろうか。その男子が任を終えて無事に帰国した。出立時に村中の者が集まり送別の宴を開いて、無事の帰国を祈ったことであろう。男子を愛しく思う女子がいれば、愛の紐を結び合って泣きの別れをしたはずである。その男子が無事に帰国すれば、また村を挙げての帰国祝いの酒宴となる。歌も踊りも加わって賑やかな帰国祝いが行われ、道中の出来事や筑紫での珍しい土産話に花が咲く。みんなはそれを楽しみにしている。その期待に応じたのが、筑紫の美しい女子との共寝の話である。「筑紫なる匂ふ児故に」とは聞く者を羨ませる言い回しであり、「故に」には筑紫の美しい女子が原因であって、自分の責任ではないという言い訳がある。可刀利少女とは、陸奥の伝説上の美しい女子であろう。歌垣があると可愛い子を可刀利少女と呼んでいたものと思われる。筑紫の匂ふ児と対比して、筑紫の匂ふ児に心が奪われて紐を解いたというのである。そのような話を信じる者はいないが、聞く者の心を乱すには十分であった。

安太多良の　3428

安太多良の　嶺に臥す鹿猪の　有りつつも　あれは到らむ　寝処な去りそね

右の三首は、陸奥の国の歌。

安太多良乃　祢介布須思之能　安里都々毛　安礼波伊多良牟　祢度奈佐利曽祢

右三首、陸奥國歌。

安太多良の、山に臥している鹿のように、あの子が臥している所に、わたしは急いで行こう。寝床を離れるなよ。

右の三首は、陸奥の国の歌である。

【注釈】

○安太多良乃（安太多良の）「安太多良」は福島県北部の安達太良山。真弓で有名。底本行間注文に「於根御生温泉アリ深山也アタヽラ」とある。**○祢介布須思之能**（嶺に臥す鹿猪の）「祢」は嶺。「布須」は臥す。「思之」は鹿や猪。動物の肉の代表であることから鹿猪で「しし」と訓。**○安里都々毛**（有りつつも）そのようにあり続けること。**○安礼波伊多良牟**（あれは到らむ）「安礼」は我。「伊多良牟」は到るだろうこと。鹿猪の寝床から女子の寝床へ転換。**○祢度奈佐利曽祢**（寝処な去りそね）寝床を去らないで欲しいの意。「祢度」は寝る処。「奈」は禁止。「佐利」は離れて何処かへ行くこと。「曽祢」は「奈」と呼応して禁止と誂え。

○右三首、**陸奥國歌**　陸奥の国は倭名鈔（巻五）に「国府在宮城郡」とある。また郡名として白川・磐瀬・会津・耶麻・安積・安達・信夫・刈田・柴田・名取・菊多・磐城・標葉・行方・宇多・伊具・亘理・宮城・黒川・賀美・色麻・玉造・志太・栗原・江刺・胆沢・長岡・新田・小田・遠田・気仙・牡鹿・登米・桃生・大沼と見える。東山道に属す。

【鑑賞】

陸奥の国の相聞歌。三首の中の三首目。安達太良の山には鹿や猪が多く、それらは常に寝床を同じくする習性がある。そこから寝床にある女子を導いて、これから訪れるので寝たまま床を去るなという。みんなの囃し立てる話題であるが、そんなことを使者に伝えさせることは考え難い。ここが歌垣の場であれば理解可能である。相手の女子との掛け合いの流れに、この男子の歌がある。女子は訪れない男子に対して恨み、閨の哀しみを述べたのであろう。その哀しみに同情した男子が、これから出掛けるということになったのである。しかし、男子がそれに加上したのは、床の中で男子を思い嘆いている様である。それほどまでに女子は男子を愛しく思い、寝床の中で恋に乱れているというのである。これは男子が作り上げた作戦であり、女子がそれほどの恋心に乱れているならば、男子としてはやむなく訪れるのだという戦略である。

iii 譬喩歌（三四二九～三四三七）

譬喩（ひゆ）の謌（うた）

等保都安布美　3429

等保都安布美（とほつあふみ）　伊奈佐細江（いなさほそえ）の　澪標（みをつくし）　あれを頼（たの）めて　あさましものを

右の一首は、遠江の国の歌。

譬喩謌

等保都安布美 伊奈佐保曽江乃 水乎都久思 安礼乎多能米弖 安佐麻之物能乎

右一首、遠江國歌。

等保都安布美の、伊奈佐細江の、澪標ではないけれど、わたしを頼みとさせておきながら、呆れ果てたものですよ。

右の一首は、遠江の国の歌である。

【注釈】

○譬喩謌 他に託して真意を伝える詠法。勘国歌の中の九首を載せる。譬喩歌は『万葉集』の基本分類である三大部立の相聞歌に内在するものであるが、東歌では譬喩歌として別の分類目を立てている。このような分類は他の巻にも見えることから、相聞という分類の一般性を離れて譬喩を歌の表現法として理解したことが窺われる。これが譬喩法による表現であるという編纂者の詩学的な意識に基づくものであり、歌が内在する譬喩の表現とは別の問題である。この譬喩法には直喩や隠喩などの方法があり、その表現の技巧が評価されたものと思われる。**○等保都安布美**（等保都安布美） 遠つ淡海のことで遠江をいう。都に近い琵琶湖の近江に対して遠くにある淡海による。静岡県の浜名湖のこと。**○伊奈佐保曽江乃**（伊奈佐細江の） 浜松市の引佐の地。浜名湖の東北。倭名鈔（巻五）に「引佐伊奈佐」とある。**○水乎都久思**（澪標） 「水乎」は水脈。「水乎都久思」は澪標。船に水路を示す頼りとなる杭。澪標から身を尽くすことへ転換。**○安礼乎多能米弖**（あれを頼めて） わたしを頼みにさせての意。**○安佐麻之物能乎**（あさましものを） あきれ果てるものであることよ。万葉考は「吾をば深く思ひたのませて、我に浅き心の人なりけるものをと、男のうとく成て後女の悔いたるなり」という。頼みとさせて裏切ったことへの怒り。「物能乎」は形式名詞「物」に助詞「乎」の接続で、「そういうものであることよ」の意。**○右一首、遠江國歌**　遠江の国は静岡県西半分の旧国名。倭名鈔（巻五）に「国府在豊田」とある。東海道に属す。

【鑑賞】

遠江の国の譬喩歌。一首を収める。引佐細江の歌垣の歌である。ここでの譬喩は前半の「澪標」にあり、澪標から「身を尽くす」ことへと転換される序詞形式の譬喩である。引佐細江には船の行き来を示す澪標が並んでいる。それを素材として、澪標ではないけれど身を尽くしたのだという訴えである。あれほど身を尽くしたのに、相手は不実だというのが主旨である。素敵な言葉に心打たれて頼りとした相手なので、身も心も尽くしたのであろう。「あさましものを」には、相当な怒りが込められている。不実な相手は男子であろう。口説きが上手だったので心がほだされたのだが、結果は惨めだった。そのようにして不実な男子を作り上げて相手を責め、男子の心を引き出そうという作戦の歌である。

斯太の浦を　3430

斯太の浦を　朝漕ぐ船は　由無しに　漕ぐらめかもよ　由こさるらめ

右の一首は、駿河の国の歌。

斯太能宇良乎　阿佐許求布祢波　与志奈之尓　許求良米可母与　余志許佐流良米

右一首　駿河國歌。

斯太の浦を、朝早くに漕ぎ出す船は、何の理由も無しに、漕ぐものでしょうか。ちゃんと理由があるから漕ぎ出すのでしょう。

右の一首は、駿河の国の歌である。

【注釈】

○斯太能宇良乎（斯太の浦を）　静岡県焼津市の志太の浦。倭名鈔（巻五）に「志太」とある。藤枝駅の北に「志太」の地名があり駿河湾に近い。**○阿佐許求布祢波**（朝漕ぐ船は）　夜明けに漕ぎ行く船。人はまだ寝ているか労働前の時刻を指す。**○与志奈之尒**（由無しに）「与志」は理由。「与志奈之」は理由もなくの意。**○許求良米可母与**（漕ぐらめかもよ）　漕ぐことなどあろうかの意で反語。「良米可母」は「らめやも」の東国語。**○余志許佐流良米**（由こさるらめ）「余志許佐流良米」は「よしこそあるらめ」。「余志」は由で理由。ちゃんと訳があるのだろうの意。**○右一首、駿河國歌**　駿河の国は静岡県西半分の旧国名。倭名鈔（巻五）に「国府在阿部郡」とある。東海道に属す。

【鑑賞】

駿河の国の譬喩歌。一首を収める。なぜそんなに朝早く出航するのかということが話題である。それには理由があるのだという、当然の理屈が述べられる。しかし、相手にはその当然の理屈が通じていないのであろう。もちろんそれは譬喩であり、本旨はこのように心を尽くして思っているのに、その理由が分かってもらえないということへの不満である。相手は鈍感なのである。そこに歌い手の苛立ちがあり、それを早朝の船に託したのがこの歌の主意であろう。心を尽くして思っているのに、その理解が届かないことを責めている歌垣の歌である。

阿之我里の　3431

阿之我里の　安伎奈の山に　引こ舟の　後引かしもよ　ここば児がたに

阿之我里乃　安伎奈乃夜麻尒　比古布祢乃　斯利比可志母與　許己波故賀多尒

阿之我里の、安伎奈の山で、引き下ろす小舟のように、思いが後に引かれることだよ。こんなにもひどくあの子のために。

【注釈】
○阿之我里乃（阿之我里の） 相模の国の郡名の足柄をいう。足柄は既出三三六一番歌。「阿之我里」は東国音。**○安伎奈乃夜麻尒**（安伎奈の山に） 所在未詳。足柄山中の山。**○比古布祢乃**（引こ舟の） 「比古」は引くこと。「布祢」は足柄特産の舟。本巻に「安之我良小船」（三三六七）とある。山中で造った舟を山下の川へと引き下ろす作業をいうのであろう。**○斯利比可志母與**（後引かしもよ） 後を引くこと。舟を川に下ろす作業がハラハラすること。船から愛しい人へ転換。「母」は係助詞。「與」は感動詞。底本は「母」に「女ィ」を頭書。**○許己波故賀多尒**（ここば児がたに） 「許己波」はこんなにもひどいこと。「故賀多尒」は「児が為に」であの児のためにの意。万葉考は「此許へは来がたげなり」という。

【鑑賞】
相模の国の譬喩歌。三首の中の一首目。足柄の安伎奈の山に引く舟とは、山中で舟を造り下の川まで引き下ろす舟のことである。船大工が大切に作り上げた舟であるから、引き下ろす者たちも慎重に慎重を期す。それを見ている者も、心配しながら見守っているのである。そのことは譬喩である。舟を川に引き下ろす時のように心が惹きつけられ、ハラハラしているのは可愛い女子が原因である。そのように心を惹きつける女子を求める時の歌垣の歌である。

阿之賀利の　3432

阿之賀利の　わを可鶏山の　可頭の木の　わをかづさねも　かづさかづとも

阿之賀利乃　和乎可鶏夜麻能　可頭乃木能　和乎可豆佐祢母　可豆佐可受等母

阿之賀利の、われを心に懸けるという可鶏山の、可頭の木ではないが、わたしに責任を取って欲しいというのか。責任を取るには取るが。

【注釈】

〇阿之賀利乃（阿之賀利の）「阿之賀利」は足柄。相模の国の郡名。既出三三六一番歌。**〇和乎可鶏夜麻能**（わを可鶏山の）「和乎」は我を。「可鶏夜麻」は所在未詳。我を何かに掛けるという繋がり。次の「可頭」を導く。**〇可頭乃木能**（可頭の木の）可頭はいかなる木か未詳。万葉考は「穀か又外に有か問べし」という。次の「可豆」へ転換。**〇和乎可豆佐祢母**（わをかづさねも）「可豆」は未詳。万葉考は「人のむすめをぬすむ事」という。「被く」こととすれば責任を取る意か。「佐祢」は「名告沙根」（巻一・一）の「沙根」と同じとすれば「〜して欲しい」の意。**〇可豆佐可受等母**（かづさかづとも）語義未詳。責任を取るには取るがの意か。

【鑑賞】

相模の国の譬喩歌。三首の中の二首目。少し分かり難い。「可頭乃木」が何を譬喩しているのか未詳だからである。「可頭」を主意とするための言葉遊び。被く意とすれば、何らかの責任を取る意となる。「可頭乃木」にはそのような意味があるのだろう。そうであれば「阿之賀利のわを可鶏山」から我を心に懸けるという、男女の関係が示される。男子の口説きに靡いて心を寄せたのだが、男子は不実だったのである。それで可頭の木ではないが、責任を取ってよと女子から訴えられたのであろう。そのことによって男子が答えたのが「責任は取ることは取るよ」といった、煮え切らない返事なのである。歌い手はすでに逃げ腰であり、そこからさらに女子の追及が始まるはずである。

薪樵る 3433

薪樵る　可麻久良山の　木垂る木を　待つと汝が言はば　恋ひつつやあらむ

右の三首は、相模の国の歌。

多伎木許流　可麻久良夜麻能　許太流木乎　麻都等奈我伊波婆　古非都追夜安良牟

右三首、相模國歌。

薪を樵る鎌の、その可麻久良山の、繁った木を松だといって、待つとお前がいうのであれば、このように恋いつつ苦しんでいようか。

右の三首は、相模の国の歌である。

【注釈】

○**多伎木許流**（薪樵る）「多伎木」は燃料となる薪。「許流」は伐る。木を伐ることから次の「可麻」を導く枕詞。○**可麻久良夜麻能**（可麻久良山の）相模の国の鎌倉郡にある山。倭名鈔（巻五）に「鎌倉加末久良」とある。「夜麻」は近辺の山。○**許太流木乎**（木垂る木を）「許太流」は茂っている様。木を松として次の「待つ」を導く。○**麻都等奈我伊波婆**（待つと汝が言はば）「麻都」は松と待つの双関語。松から待つへ転換。「奈」は汝。「伊波婆」はいうのであれば。「婆」は仮定。○**古非都追夜安良牟**（恋ひつつやあらむ）「古非都追」は恋続けること。「夜」は反語。「安良牟」は今もそうだろうことへの推量。○**右三首、相模國歌**　相模の国は神奈川県の旧国名。『古事記』景行天皇条に「佐賀牟」とあり「さがむ」。倭名鈔（巻五）に「国府在大住郡」とある。東海道に属す。

【鑑賞】

相模の国の譬喩歌。三首の中の三首目。「薪樵る可麻久良山」からみると、薪を樵る鎌を導くのみではなく、この鎌倉山は村人たちが利用する薪を取ることが許された入会地の山であろう。村では日程を合わせて、燃料の薪を伐り取る作業がある。そのような時に歌われた山歌であろう。繁った木の中には松の木があり、松といえば「待つ」を連想させ、松の木ではないが愛しい女子が「待っている」と言ってくれれば苦しい思いはしないのだと訴える。薪取りの作業に歌われた歌である。

可美都家野　3434

可美都家野（かみつけの）　安蘇山葛（あそやまつづら）　野（の）を広（ひろ）み　延（は）ひにしものを　何（あぜ）か絶（た）えせむ

可美都家野　安蕪夜麻都豆良　野乎比呂美　波比尒思物能乎　安是加多延世武

可美都家野の、安蘇山の葛は、野が広いので、何処までも蔓は延びたものを、どうして絶えてしまおうか。

【注釈】

○可美都家野（可美都家野）「可美都家野」は上つ毛野。群馬県の旧国名。既出三四〇四番歌。**○安蕪夜麻都豆良**（安蘇山葛）「安蕪」は倭名鈔（巻五）の下野の国に「安蘇」とある。群馬と栃木との境にあり、かつては上野の郡。「都豆良」は葛などの蔓性植物。**○野乎比呂美**（野を広み）野原が広いのでの意。「〜を〜み」は「〜が〜なので」。**○波比尒思物能乎**（延ひにしものを）蔓が這い延びる様。「物能乎」は形式名詞「物」に助詞「乎」の接続で「そうしたものであるものを」の意。**○安是加多延世武**（何か絶えせむ）「安是」は「なぜ」の東国音。「加」は疑問。「多延世武」は絶えるだろうこと。

【鑑賞】

上野の国の譬喩歌。三首の中の一首目。上野の安蘇山の麓での葛引きの時の労働の歌であろう。葛は茎が何処までも延びて繊維は強く綱や葛布の重要な材となる。さらに根は葛根であり葛粉を取り食糧とし、葛根湯として風邪薬に用いられる。そのように葛は生活に欠かせない貴重な植物である。葛は山の木々を枯らすほどに繁茂するから、材料としては幾ら取っても惜しむことはない。しかし、茎を綱にするのも繊維にするのも重労働である。さらに葛根を掘り起こすのは女子の手では無理と思われるから、この作業は村を挙げての労働であったと思われる。そのような労働の時に、広い野に葛の茎が何処までも延びているのを譬喩として、それをわが恋心へと転換させた。女子とは長く交際し、もう二人は絶えることはないという宣言である。葛引きや葛掘りの時に歌われた山歌であろう。

伊可保ろの　3435

伊可保ろの(いかほ)　蘇比の榛原(そひのはりはら)　わが衣に(きぬ)　春きよらしもよ(つ)　一重と思へば(ひたへおも)

伊可保呂乃　蕪比乃波里波良　和我吉奴介　都伎与良之母与　比多敝登於毛敝婆

伊可保の、蘇比の榛原よ。私の衣に、舂いて榛染めにするのが良いなあ。単衣の衣のように一重の心だと思うと。

【注釈】

○伊可保呂乃（伊可保ろの）　群馬県渋川市伊香保の地。既出三四〇九番歌。「呂」は親愛。**○蕪比乃波里波良**（蘇比の榛原）「蕪比」は地名か。諸説ある。「波里波良」は榛の群生する原。カバノキ科の樹木。樹皮と実は染料の材。「真榛もち揩れる衣の」（巻七・一一五六）とある。本巻に「伊香保ろの蘇比の榛原」（三四一〇）と見える。**○和我吉奴介**（わが衣に）　わたしの衣にの意。**○都伎与良之母与**（舂きよらしもよ）「都伎」は舂くこと。舂き染めをいう。「与良之」は宜しの東国音。「母」「与」は感動。底本は「母」に「メ」を左傍書し「女ィ」を頭書。**○比多敝登於毛敝婆**（一重と思へば）「比多敝」は一重の東国音。一重は夏用の単衣。「於毛敝婆」は思うので。「婆」は確定条件。一重の衣から一重の心へ転換。

【鑑賞】

上野の国の譬喩歌。三首の中の二首目。伊香保の蘇比の榛原であるのは、ここが歌垣の場だからであろう。榛原であるから、すぐに榛染めが取り上げられる。榛の実は染色に用いるので、そこから衣の染めを導いて、榛を舂いて榛染めの衣が良いのだという。それを譬喩としてそのような衣を染めて着せてくれる、愛しい人を求めている。しかも、一重の衣が良いという。その理由は衣の一重から心の一重を導くためである。一重の心とは、二心がないという意味である。そんな女子がいいなあと声高に歌っている男子の歌である。歌垣の中で思いを訴えて相手を求める歌である。

白遠ふ　3436

白遠ふ　乎尒比多山の　守る山の　末枯れ為なな　常葉にもがも
右の三首は、上野の国の歌。

志良登保布　乎尒比多夜麻乃　毛流夜麻乃　宇良賀礼勢奈那　登許波尒毛我母
右三首、上野國歌。

白遠う、乎尒比多山の、番人が守る山のように、末枯れはするな。常葉にあって欲しいものだ。
右の三首は、上野の国の歌である。

【注釈】

○志良登保布（白遠ふ）語義未詳。「常陸国風土記」に「風俗諺云、白遠新治之国」とある。次の「乎介比多夜麻」を導く枕詞。**○乎介比多夜麻乃**（乎介比多山の）「乎介比多夜麻」は小新田山。新田山に同じ。既出三四〇八番歌。**○毛流夜麻乃**（守る山の）山守が管理している山をいう。**○宇良賀礼勢奈那**（末枯れ為なな）梢が枯れないであって欲しいの意。「宇良」は「末」で梢。「賀礼」は枯れる意。「勢」は為ですること。「奈」は打消し。「那」は願望。底本は「奈」の下に○符あり「那ナ」を右傍書。**○登許波介毛我母**（常葉にもがも）永遠に緑の葉であること。「毛我母」は終助詞「モガ」に「モ」の接続で願望。**○右三首、上野國歌**　上野の国は群馬県の旧国名。既出三四〇四番歌。

【鑑賞】

上野の国の譬喩歌。三首の中の三首目。小新田山の山麓の歌垣の歌であろう。小新田山は番人がいて山を守っている。番人は一年を通して木々の手入れを行い、木の枝が枯れないように気を配っているのである。その手入れの行き届いた青々とした木々の葉を譬喩として、そのように常葉であって欲しいという。常葉であることは男女双方が望むことであるが、殊のほか女子には常葉であって欲しいと望む。歌垣で愛を誓い合った女子に、いつまでも若々しくあって欲しいと願った祝福の歌である。もっとも、この歌の譬喩については諸説あり一概に定め難いが、「末枯れ為なな」という言い方は、目下や仲間に相応しいものであり、主人や親への祝福とするのは不適切であろう。「末枯れ」というのは、ある程度こなした言い回しであり、愛しい女子への請求ならば適切である。

美知乃久の

3437

美知乃久の　安太多良真弓　弾き置きて　反らしめ来なば　弦はかめかも
　右の一首は、陸奥の国の歌。

　美知乃久能　安太多良末由美　波自伎於伎弖　西良思馬伎那婆　都良波可馬可毛
　　右一首、陸奥國歌。

美知乃久の、安太多良の真弓を、引くのを途中でやめて、弦を外したままに反らして来たならば、あとで弦を張ることが出来ようか。
　右の一首は、陸奥の国の歌である。

【注釈】
○美知乃久能（美知乃久の）　道の奥地をいう。既出三四二八番歌。**○安太多良末由美**（安太多良真弓）　福島県北部にある安達太良山。「末由美」は真弓。そこで作られる立派な弓をいう。**○波自伎於伎弖**（弾き置きて）「波自伎」は弓を引くこと。「於伎弖」は中止して放置すること。男女の関係の中断をいう。**○西良思馬伎那婆**（反らしめきなば）「西良思馬」は弦を外して弓を反らすこと。「西」は漢音「セイ」による。「伎那婆」は中止して来たならばで仮定。底本は「サラシメ」。万葉考は「セラシメ」。**○都良波可馬可毛**（弦はかめかも）　弓弦を張ることが出来ようかなあ。「都良」は弓弦。「波可」は弓弦を張ること。「馬」は推量。「可毛」は疑問に詠嘆の接続。男女の関係の継続への希望をいう。**○右一首、陸奥國歌**　陸奥は都からみて道の奥地をいう。既出三四二八番歌。

【鑑賞】

陸奥の国の譬喩歌。一首を収める。陸奥の安達太良の弓は全国に轟く名品である。「陸奥の吾田多良真弓糸はけて引かばか人の吾を事成さむ」（巻七・一三二九）と歌われている。名産である理由は真弓の弾力にある。安達太良真弓の弾力は、弓弦を容易に引くことが困難なほど強力なのである。それが名産の理由であるが、その立派な弓を手に入れて、途中で放置し弓弦を取り外しておくと、後に弓弦を張るのは困難となる。そのようにいう主意は、互いに愛を育んでおきながら、途中で休止をすれば修復は困難だということである。おそらく、相手がこの恋に休息を求めたのであろう。女子ならば噂が立って母親から追及されたことが考えられ、男子ならば熱意が冷めたことが考えられる。いずれかが休息を願い出たことに対して、相手はそれに反対なのである。それを安達太良真弓をもって譬喩とした。

Ⅱ　未勘国歌

ⅰ　雑歌（三四三八～三四五四）

雑謌

都武賀野に　3438

都武賀野に　鈴が音聞こゆ　可牟思太の　殿の仲子　鳥猟すらしも

或る本の歌に曰く、美都我野に。又曰く、若子し。

雑　謌

都武賀野尓　須受我於等伎許由　可牟思太能　等能乃奈可知師　登我里須良思母

或本歌曰、美都我野尓。又曰、和久胡思。

都武賀野に、鈴の鳴る音が聞こえる。可牟思太の、殿の若様が、鳥猟をしているらしいよ。

或る本の歌にいうには、「美都我野に」とある。又いうには、「若子が」とある。

【注釈】

○雑謌 ここから未勘国の雑歌十七首を収録する。雑歌は『万葉集』の基本とする三大部立の一であり、相聞や挽歌に属さない歌である。雑歌の性質は祭祀・儀礼などの晴の歌に由来するが、東歌の雑歌は小歌系として歌われていたもので、基本は歌垣や労働や宴会などに対応した歌であったと思われる。村には集団労働の場や、客人を迎えての宴会の場があり、村の祭りもある。あるいは川辺での洗濯も村の女子たちの集まる場である。そのような場で歌われた山歌が未勘国の雑歌であろう。**○都武賀野尓**（都武賀野に） 所在未詳。**○須受我於等伎許由**（鈴が音聞こゆ） 「須受」は鷹に付けた鈴。尾羽の中央の羽に付ける。「あが大黒に（大黒は蒼鷹の名なり） 白塗りの 鈴取り付けて」（巻十七・四〇一一）とある。「於等」は鈴の音。「伎許由」は聞こえて来ること。**○可牟思太能**（可牟思太の） 地名と思われるが所在未詳。**○等能乃奈可知師**（殿の仲子） 「等能」は御殿。「奈可知師」は中ち子で兄弟の中の子。地方豪族の家の若様であろう。長男以外は自由な遊び人ということによるか。**○登我里須良思母**（鳥猟すらしも） 「登我里」は鷹を用いた猟。「須」は尊敬。**○或本歌曰** 『万葉集』編纂資料の一本に載る歌。**○美都我野尓**（美都我野に） 美都我野という伝え。**○又曰** 『万葉集』編纂資料の一本に載る歌の別伝。**○和久胡思**（若子し） 若子だという伝え。若子は地方豪族の家の若様。

【鑑賞】

未勘国の雑歌。「都武賀野に鈴が音聞こゆ」といえば、また可牟思太の殿の仲子さんの鳥猟だろうと、女子たちが騒ぐことになる。騒いでみても若様がこちらを振り向くことは無いが、颯爽とした出で立ちの若様は女子たちの憧れである。本巻の「稲舂けば皹るあが手を今宵もか殿の若子が取りて嘆かむ」（三四五九）も、そのような憧れの君である。しかし、それが憧れであっても女子たちには過酷な労働の最中である。若様の気楽な鳥狩りの遊びと、過酷な労働との間にこの歌が存在する。この歌はそのような若様を夢想して憧れの君のように歌う、労働の調子を上げる歌であろう。この歌には「或本」の歌として地名を異にする部分と、仲子を若子とする歌い方があったという。女子たちの集団労働の山歌として流通していたのであろう。

鈴が音の 3439

鈴が音の　早馬駅家の　堤井の　水を給へな　妹が直手よ

須受我祢乃　波由馬宇馬夜能　都追美井乃　美都乎多麻倍奈　伊毛我多太手欲

駅鈴の音がする、早馬駅家の、そこの堤井の、冷たい水を下さいな。可愛いあなたの手ずからでね。

【注釈】

○須受我祢乃（鈴が音の）公的使者の馬に付ける駅鈴の音。次の「波由馬」を導く。**○波由馬宇馬夜能**（早馬駅家の）「波由馬」は早馬。官馬をいう。「宇馬夜」は駅。「養老令」の「給駅伝馬条」に「駅伝馬を与えるのに、みな鈴、伝符、剋の数による。事が速やかならば一日十駅以上。事が緩やかならば八駅。還る日に事緩やかならば六駅以下。親王及一位は駅鈴十剋、伝符三十剋」とある。底本は「ハイマ」に「由ィ同」を左傍書。万葉考は「ハユマ」。**○都追美井乃**（堤井の）自然の湧水を利用した井戸。堤に囲まれているのであろう。以上は第三者的歌い方。**○美都乎多麻倍奈**（水を給へな）水を下さいの意。「多麻倍」は給え。「奈」は願望。**○伊毛我多太手欲**（妹が直手よ）「妹」は可愛い子。「多太手」は手から直接にの意。「欲」は「〜より」。

【鑑賞】

未勘国の雑歌。官の馬が鈴を鳴らして通る公道の駅には、付設の井戸がある。堤井は村の女子たちが集まり、洗濯や水汲みで賑わう所であり、村の集会所のような役割を果たしていた。そこに官馬の早馬が鈴を鳴らして駆けて来て、堤井に馬を止めて水を所望するのである。そこまでは、良くあることである。ここから先は女子たちの創作である。それが「妹が直手よ」である。官の人といえば、立派な人である。その人が水を所望すれば差し上げる。しかし、女子たちは「可愛いあなたの手から直接に」といったといって、仲間たちと大騒ぎをしている。「鈴が音の早馬駅家」という表現は、女子側からの言い方である。女子たちが水を汲み洗濯をしている間に歌う山歌である。

この河に　3440

この河に　朝菜洗ふ児　汝れもあれも　よちをそ持てる　いで児賜りに〔一に云く、汝もあれも〕

許乃河泊尓　安佐菜安良布兒　奈礼毛安礼毛　余知乎曽母弖流　伊弖兒多婆里尓〔一云、麻之毛安礼母〕

この河で、朝菜を洗う可愛い人よ、あなたもわたしも、同じ年頃の子を持っている。さあ、その子を頂きたいものです。〔一に云うには、「あなたもわたしも」とある〕。

【注釈】

○許乃河泊尓（この河に）「許乃河泊」はこの川にあっての意。**○安佐菜安良布兒**（朝菜洗ふ児）「安佐菜」は朝食用の菜。「安良布兒」は洗っている女子。**○奈礼毛安礼毛**（汝れもあれも）「奈礼」は汝。「安礼」は我。**○余知乎曽母弖流**（よちをそ持てる）「余知」は同じ年頃の子。「余知古良等　手多豆佐波利提」（巻五・八〇四）とある。「曽」は強め。「母弖流」は持っていること。

「余知」に諸説ある。**〇伊侶兒多婆里尓**（いで児賜りに）　さあその子を賜りたいの意。「伊侶」は人を誘う語。さあさあ。「兒」は可愛い子。「多婆里」は賜り。「尓」は希求。古義は「其女子吾に賜れ、吾男子のよき配なれば、あはせてむぞ、と云るなるべし」という。これは「余知」が主ではなく人妻を誘う言い回し。**〇一云**　『万葉集』編纂資料の一。**〇麻之毛安礼母**（汝もあれも）「麻之」は「いまし」で汝の意。「安礼」は我。汝と我と共にあろうの意。

【鑑賞】

未勘国の雑歌。「余知乎曽母弖流」の意味が不明であるために、全体の理解が及ばない。朝菜を洗っている女子に、二人は「余知」を持っているので、その子を賜りたいということであろう。「余知」を同年齢の子と取れば、そんな子を賜りたいというのは余りにも突飛であるし、意味も理解し難い。それゆえに「余知」を隠語と取る理解もある。女子が河で洗い物をする場面は、求愛されることを表す一つの型であろう。『古事記』の雄略天皇条に、美和河で衣を洗っている容姿佳麗な童女に出逢い求婚をした話がある。また、「河上に洗ふ若菜の流れ来て妹があたりの瀬にこそ寄らめ」（巻十一・二八三八）なども、そのような雰囲気の中にある歌である。朝菜を洗う女子は、求婚の対象となる何かがあるのか、あるいは川の中で衣の裾をたくし上げて白い足を出して菜を洗う女子にエロスを感じているのか。あなたの余知を頂きたいというから、相手は子持ちの人妻ということになる。おそらく、官などの領地の野菜の収穫の時に村中の集団労働があり、女子たちは川で菜を洗う作業をしていて、その姿に男たちが歌った山歌であろう。「余知」を欲しいというのはその母も欲しいという意であり、「一云」には子どももあなたも欲しいとある。これは人妻への恋の変形であろう。宴会では酒肴の菜が出れば、コンパニオンに歌い掛けた戯れ歌ともなろう。

ま遠くの　雲居に見ゆる　妹が家に　何時か到らむ　歩めあが駒

柿本朝臣人麿の歌集に曰く、遠くして。又曰く、歩め黒駒。

麻等保久能　久毛為尓見由流　伊毛我敝尓　伊都可伊多良武　安由賣安我古麻

柿本朝臣人麿歌集曰、等保久之弖。又曰、安由賣久路古麻。

あのように遠くの、雲の遥かに見える、愛しの子の家に、やがては到ろう。さあ早く歩けわが駒よ。

柿本朝臣人麿の歌集にいうには、「遠くにあって」とある。又いうには、「歩め黒駒よ」とある。

【注釈】

○麻等保久能（ま遠くの）「麻」は本当にの意の接頭語。「等保久」は遠いこと。「伊毛我敝」を導く。**○久毛為尓見由流**（雲居に見ゆる）「久毛為」は雲の掛かる所。「見由流」は見えること。**○伊毛我敝尓**（妹が家に）女子の家をいう。「我敝尓」は「が家に」の意。**○伊都可伊多良武**（何時か到らむ）「伊都可」はやがて。「伊多良武」はやがて到るだろうことへの現在推量。**○安由賣安我古麻**（歩めあが駒）「安由賣」は歩むの命令。「安我古麻」はわが駒。**○柿本朝臣人麿歌集曰**『万葉集』編纂資料の一。「柿本朝臣人麿歌集」は既出三四一七番歌。**○等保久之弖**（遠くして）遠くにあって。**○又曰**　柿本朝臣人麿歌集の歌の別伝。**○安由賣久路古麻**（歩め黒駒）急ぎ行け黒駒よの意。歌集では「遠く有りて雲居に見ゆる妹が家に早く至らむ歩め黒駒」（巻七・一二七一）とある。

【鑑賞】

未勘国の雑歌。妻問いの歌である。雲居遥かに妻はいるという。その妻のもとに早く至ろうと、馬に早足で急ぐことを命じる。この男子は遠妻を得たが、妻問いに難儀しているのである。柿本朝臣人麿歌集に載る歌が東歌に異伝として伝えられているのは、都の官人が東国に伝えたことによる。東国には都からの官人たちが国庁や郡の役所にいて、都の文化を伝えていたはずである。また数多くの都人たちが、所用で都と東国を往来していた。そのような都人と東国人たちとの交流は多かったであろうし、宴会などでは都の歌と東国の歌とが交流していたはずである。都人なら柿本人麿の歌を幾つも諳んじていたであろう。巻十五にはそのような状況がみえる。この歌もそうした交流の中に生じた歌である。その交流の中で変化したのが、「遠くして」が「ま遠くの」へ、「歩め黒駒」が「歩めあが駒」となった。その差は大きくなく、ほぼそのままに歌い継がれていた。

安豆麻路の　3442

安豆麻路（あづまぢ）の　手児（てご）の呼坂（よびさか）　越（こ）えがねて　山（やま）にか寝（ね）むも　宿（やど）りは無（な）しに

安豆麻治乃　手兒乃欲妣左賀　古要我祢弖　夜麻尓可祢牟毛　夜杼里波奈之尓

安豆麻の路の、手児の呼坂で、越え行くことが出来ずに、こんな山に寝るのだろうか。宿るところも無いのに。

【注釈】

○安豆麻治乃（安豆麻路の）東国の主要街道。旅の歌とすれば東山道か。**○手兒乃欲妣左賀**（手児の呼坂）「手児」は愛しい女子。「欲妣左賀」は呼坂で、愛しい女子と別れこの峠に到り女子の名を呼んだことを原因として名づけられた坂の名。本来の坂の名とは別に女子への愛しさのあまり名を呼んだので、手児の呼坂と俗称された伝説的な坂であろう。ここが故郷との最後の別れの山となり、ここから先は他国である。本巻の三四七七番歌にも見える。**〇古要我祢弖**（越えがねて）「古要」は越えること。「我祢弖」は「かねて」で出来かねること。**〇夜麻尒可祢牟毛**（山にか寝むも）この山に寝ようかの意。「毛」は推量の助動詞「む」の東国方言。女子への強い思いによる。**〇夜杼里波奈之尒**（宿りは無しに）「夜杼里」は宿泊施設。「奈之尒」は無いのにの意。

【鑑賞】

未勘国の雑歌。東路の手児の呼坂とは、愛しい女子を残して越えるのに困難な坂のことである。その山を越えると故郷との別れとなる。本巻にも「安都麻道の手児の呼坂越えて去なば」（三四七七）と歌われている。この坂が険阻であることから越え難いのであろうが、旅人には別の理由があった。それはこの坂の名が「手児の呼坂」であることによる。その意味は「愛しい子の名を呼ぶという呼坂」にある。この坂で愛しい子の名を呼ぶ理由は、ここが愛しい子の家を望み見る最後の別れの場所であったことによろう。実際は女子の名を呼ぶことはないであろうが、そのような坂として伝説化されたのである。旅人たちはこの坂の麓の旅宿の宴会で「手児の呼坂越えがねて山にか寝むも」と歌っていた。旅人たちの間に歌われていた山歌であろう。

うらも無く　3443

うらも無（な）く　わが行（ゆ）く道（みち）に　青柳（あをやぎ）の　張（は）りて立（た）てれば　物思（ものも）ひ出（づ）つも

宇良毛奈久　和我由久美知尒　安乎夜宜乃　波里弖多弖礼波　物能毛比豆都母

なんの物思いも無くして、わたしが進み行く道に、青柳が、細い枝を張って立っているので、あの子への物思いが湧き出したことよ。

【注釈】

○宇良毛奈久（うらも無く） 物思いの無い様。「宇良」は裏で表から見えない心をいう。**○和我由久美知介**（わが行く道に） わたしが進み行く道にの意。風光を心楽しみながらの旅路をいう。**○安乎夜宜乃**（青柳の） 青々として茂る柳をいう。季節は早春。**○波里弖多弖礼波**（張りて立てれば）「波里」は枝を長く張っていること。「多弖礼波」は立っているのでの意。「波」は確定条件。**○物能毛比豆都母**（物思ひ出つも）「物能毛比」は物思い。「豆都」は「出でつ」の約音。底本は「弖」に「ツ」を左傍書し「豆ッ」を頭書。柳から物思いを引き出すのは、柳の芽生える門前で愛しい女子や家族と別れたことによる。楊柳は別離を表す木で中国詩に「折楊柳」がある。

【鑑賞】

未勘国の雑歌。何の憂いもなく旅の道中を楽しみ進んできたが、青柳が細い枝を張って立っているのを見て物思いをしたという。この旅人に物思いをさせたのは、芽吹いたばかりの若々しく美しい青柳である。柳が物思いをさせるというのは、一つの知識に基づいている。中国の「折楊柳」の詩は餞宴に詠まれる送別の詩であるが、その詩によれば、「春風はものさびしく、行く者は古くなり来る者は新しい。苦しい心は今日だけではない。柳を折ろうよ。憂いは腹の中に満ちて、つらい思いは数えられない」という内容である。友は送別の宴で柳の枝を折って頭に飾り、舞いながらこんな歌を歌ったのである。この旅人は路傍の柳を見たことで、友との別れを思い出し、「青柳の張りて立てれば物思ひ出つも」と口ずさんだ。東国への旅の途次での宴の時の歌であろう。都人の歌が東国にも流伝していたものと思われる。

伎波都久の　3444

伎波都久の　岡の茎韮　われ摘めど　籠にも満たなふ　背なと摘まさね

伎波都久乃　乎加能久君美良　和礼都賣杼　故尒毛乃多奈布　西奈等都麻佐祢

伎波都久の、岡に生える茎韮を、わたしは摘むのだけれど、少しも籠に満たないの。それなら愛しい人と摘みなさいよ。

【注釈】

○伎波都久乃（伎波都久の）　地名だが未詳。**○乎加能久君美良**（岡の茎韮）「乎加」は岡辺。「久君」は茎の東国音。「美良」は韮の東国音。韮はネギ科の食用植物。倭名鈔（巻十七）の「薤」に「本草に云う。薤、味辛く苦く無毒。和名於保美良」、同「韮」に「本草に云う。韮、和名古美良。味辛く酸い」とある。**○和礼都賣杼**（われ摘めど）わたしは摘むがの意。「抒」は逆接。春の若菜摘みの行事をいう。**○故尒毛乃多奈布**（籠にも満たなふ）「故」は籠。「乃多奈布」は満たないことをいう東国語。万葉考は「乃」を「美」の誤とする。「奈布」は否定の助動詞「なふ」の未然形の東国語。**○西奈等都麻佐祢**（背なと摘まさね）いい人と摘みなさいよ。「西奈」は背なで妹と一対となる男子。「等」は共に。「都麻佐」は「摘む」の尊敬。「祢」は完了の助動詞「ぬ」の命令形。

【鑑賞】

未勘国の雑歌。伎波都久の岡に茎韮が生えている。茎韮は春菜であり、春菜が出ると春である。雄略天皇は「籠もよ　み籠もち　ふ串もよ　みふ串持ち　此の岳に　菜採ます児　家聞かな　名告らさね」（巻一・一）と歌い、春菜を摘む女子に求婚をしていた。中国の古詩の『詩経』にも「春の日はうらうらと、春菜を摘む人は野に満ちる。娘心は悲しく、姫様の嫁ぐ頃にお嫁に行きたい」とある。春菜摘みの季節は、また恋の季節でもあった。女子たちは籠と掘串を持って野に出掛け、春菜を摘む。その時に歌うのがこの山歌である。仲間たちと春菜を摘むが、籠に満たないのだという。そのような女子に「背なと摘まさね」と応じる女子がいる。一首の中に歌い手と応じ手とがいるのは、自己完結の歌い方であるが、春菜摘みが恋の雑踏の中にあり、そこは歌の掛け合う歌垣の場であったからである。その時の雰囲気が一首の中に紛れ込んでいる。

水門の　3445

水門（みなと）の　葦（あし）が中（なか）なる　玉小菅（たまこすげ）　刈（か）り来（こ）わが背子（せこ）　床（とこ）の隔（へだ）しに

美奈刀能也　安之我奈可那流　多麻古須氣　可利己和我西古　等許乃敝太思尒

水門の、葦の中に生えてる、あのきれいな小菅をね、それを刈り取って来てあなた。寝床の隔てのためにね。

【注釈】

○美奈刀能也（水門の）「美奈刀」は水の処の意で船着き場。「也」は元暦校本などには無い。感動を表す置き字として「伊布可思美為也」（巻十二・三二〇六）のようにある。底本は「美奈刀安之能」の「安之能」を消して「能也」を左傍書。**〇安之我奈可那流**（葦が中なる）「安之」は葦。イネ科の湿地性植物。簾などの材。「奈可那流」は中にあること。**〇多麻古須氣**（玉小菅）美しい小菅。カヤツリグサ科の植物。葦に似て小さい。**〇可利己和我西古**（刈り来わが背子）「可利己」は刈り取って来い。「和我西古」は我が背子で愛しい男子。**〇等許乃敝太思尓**（床の隔しに）「等許」は寝床。「敝太思」は万葉考に「床の中隔をいふ」とある。「隔て」の東国音。人目を隠すための仕切りの意。『古事記』の歌謡に「多遅比野に寝むと知りせば立薦も持ちて来ましもの寝むと知りせば」（七五番歌謡）とある。

【鑑賞】

未勘国の雑歌。水辺の歌垣の歌である。湊の近くに葦がたくさん生えていて、その中には美しい小菅も生えている。その小菅を男子に刈り取って来いという。そう命じたのは、女子である。その理由は、小菅を床の隔てにするからだという。小菅を床の隔てとするのは、これから二人で野合の共寝をするからである。それは風よけにもなり、他人の目を避けることも出来る。女子の口からこのようなことが出るのは、ここがそれを許容する歌垣の場だからである。歌垣では女子も積極的に共寝を誘う。それは愛の成就の場面であり、幸福な時への誘いである。聞く者は羞じらいつつも騒ぎ立てていたはずである。水辺の歌垣の定番であったと思われ、古代歌謡以来の山歌として歌われていたのであろう。

妹なろが　3446

妹（いも）なろが　つかふ川津（かはづ）の　ささら荻（をぎ）　葦（あし）と人言（ひとごと）　語（かた）りよらしも

伊毛奈呂我　都可布河泊豆乃　佐左良乎疑　安志等比登其等　加多理与良斯毛

あの可愛い子が、何時も傍にいる渡り場の、そこに生えるささら荻。それは葦だと人が噂で、話しているようだよ。

【注釈】

○伊毛奈呂我（妹なろが）「伊毛」は妹で愛しい女子。「奈」「呂」は親愛を表す接尾語。**○都可布河泊豆乃**（つかふ川津の）「都可布」は「付く」に接尾語「ふ」の接続か。万葉考は「吾と妹と行ちがふ河津といふなり」という。「辺付かふ」と同じとすれば、何時もそこに出掛けている意。「河伯豆」は川辺の洗い場。**○佐左良乎疑**（ささら荻）「佐左良」は「さざれ」と同じく細かいこと。「乎疑」は荻。イネ科の湿地性植物。葦に似る。「荻」から次の「安志」を導く。**○安志等比登其等**（葦と人言）「安志」は葦。「悪し」へ転換。「等」は「〜という」の意。「比登其等」は人言で人の噂。荻なのに葦だということ。いい加減なことを指す。**○加多理与良斯毛**（語りよらしも）「加多理」は語り合うこと。「与良斯」は寄り合っていること。「毛」は詠嘆。

【鑑賞】

未勘国の雑歌。「妹なろがつかふ川津」とは、女子たちが集まり水仕事をする渡し場のことである。そこで洗い物をしている女子たちは、恋の話題で盛り上がる。そこに男子たちも集まり、やがて歌の掛け合いの場となる。この川津の周辺には荻が生えていて、その荻を葦だと人はいうという。荻なのに葦だというのは、他人がいい加減なことをいっていることを指す。そのように他人は愛しい女子のことを「悪し」だと噂しているというのである。巧みに言い回した表現であり、愛しい女子を擁護する歌であるが、これは水辺の水仕事をしている女子への誘い歌である。

草陰の
3447

草陰の　安努な行かむと　墾し道　阿努は行かずて　荒草立ちぬ

久佐可氣乃　安努奈由可武等　波里之美知　阿努波由加受弖　阿良久佐太知奴

草が繁り荒れた、安努へ行こうとして、切り開いた道なのに、阿努へは行かないので、また雑草が茂ったことだ。

【注釈】
○久佐可氣乃（草陰の）「久佐可氣」は草の陰となる所。荒れていることから、次の「安」を導く枕詞。「草陰の荒藺の埼の」（巻十二・三一九二）とある。**○安努奈由可武等**（安努な行かむと）「安努」は地名だが未詳。「奈」は「〜に」の意。「由可武」は行こう。「等」は「〜といって」。**○波里之美知**（墾し道）切り開いた道をいう。「波里」は開墾。**○阿努波由加受弖**（阿努は行かずて）阿努には行かないで。**○阿良久佐太知奴**（荒草立ちぬ）「阿良久佐」は伸び放題の雑草。「太知奴」は生えたこと。

【鑑賞】
未勘国の雑歌。安努へ行こうと開いた道だというのは、主体が「我」であるから個人的に開いた妻問いの道である。そこが草陰であるのは、人目に付かない所という意である。つまり、忍び逢いのために人目に付かない道を密かに開いたのである。せいぜい笹や雑草を刈り取った程度の道である。そのような道だから、獣道のようなものである。人も通らず、手入れもしなければ直ぐに荒れ地に戻る。せっかく開いた道も、通うこともなくまた荒れたというのは、道を開いたものの逢い引きも出来なくなったということであろう。二人の間に問題が生じたからである。そのことを安努への荒れた道で表している。恋が成就しながらも障害があり、通うことが困難となった男子の嘆きを訴えた歌垣の歌である。

花散らふ　3448

花散らふ　この向つ嶺の　乎那の嶺の　土につくまで　君が齢もがも

波奈治良布　己能牟可都乎乃　乎那能乎能　比自介都久麻提　伎美我与母賀母

花が散り乱れる、この向かいの山の、乎那の嶺が、やがて土につくほど平になるまで、あなたの齢があって欲しい。

【注釈】

○波奈治良布（花散らふ）「波奈」は特定される必要の無い花。「治良布」は散り乱れる様。**○己能牟可都乎乃**（この向つ嶺の）「己能」は此の方の。「牟可都乎」は向かいの嶺。**○乎那能乎能**（乎那の嶺の）「乎那」は地名だが未詳。諸説ある。「乎」は「乎呂」に同じく嶺。**○比自介都久麻提**（土につくまで）「比自」は土。「都久麻提」は山が次第に崩れて平になる長い時間をいう。仙覚抄は「ヒチニツクマテトハ、海中ノ洲ヲ、ヒシトイフ」という。**○伎美我与母賀母**（君が齢もがも）「伎美」は愛しい男子。または主人。「与」は年齢。命をいう。「母賀母」は終助詞「もが」に終助詞「も」の接続で願望。

【鑑賞】

未勘国の雑歌。何処の土地にも祝賀の歌がある。小石が大きく育つように、岩に苔が生すようにあって欲しいというのも祝賀の気持ちである。愛する者たちが持つ気持ちも、それと同様である。むしろ、この方がより真剣であるように思われる。天地が崩れるまで、日月の輝きが消え失せるまで愛し合うということも愛する者たちの誓いである。「花散らふこの向つ嶺の乎那の嶺」とは、乎那山の山麓での歌垣を示している。その乎那山が長い時間の末に崩れて平らな土地となるまで、それまで長生きして欲しいという。愛する者へ贈る最高の言葉である。乎那の地に歌垣由来の祝賀の歌が山歌として歌われていた。

白栲の　3449

白栲(しろたへ)の　衣(ころも)の袖(そで)を　麻久良我(まくらが)よ　海人(あま)漕(こ)ぎ来見(くみ)ゆ　波立(なみた)つなゆめ

思路多倍乃　許呂母能素伎乎　麻久良我欲　安麻許伎久見由　奈美多都奈由米

白栲の、衣の袖を枕とする、その麻久良我から、海人の舟が漕ぎ来るのが見える。波よ立つなよ。

【注釈】

○思路多倍乃（白栲の）「思路多倍」は白い栲の布。次の「許呂母」を導く枕詞。**○許呂母能素伎乎**（衣の袖を）以上二句は衣服の袖を枕にすることから、次の「麻久良」を導く。**○麻久良我欲**（麻久良我よ）枕から麻久良我の地を導く。茨城県古河周辺の地。本巻に「麻久良我乃許我能和多利」（三五五五）とある。「欲」は「〜より」。**○安麻許伎久見由**（海人漕ぎ来見ゆ）「安麻」

は海人。漁労従事者。「許伎久」は漕いで来ること。「見由」は自然と見えること。**○奈美多都奈由米**（波立つなゆめ）　波よ立つな。「奈」は禁止。「由米」は「決して」の意で強い禁止。

【鑑賞】

末勘国の雑歌。波よ立つなという、良く見られる歌に過ぎない。そのことを導くために「白栲の衣の袖を麻久良我よ」という。愛しい人の袖を枕として巻く、その麻久良我だという遊びである。歌の本旨がこのような洒落をいうことにあったのだとすれば、それほど意味ある歌ではない。「三諸の其の山並に児等が手を巻向山は継ぎの宜しも」（巻七・一〇九三）ならば主旨は分明である。この歌ではその後に導かれる「波立つなゆめ」が本旨であろうから、旅にある作者の不安の投影とも考えられる。しかし、この歌の本意は「海人漕ぎ来見ゆ」にあると思われ、それは海人少女のことであろう。その少女と袖を巻く麻久良我だというのであれば、海辺の歌垣の歌として理解出来る。

乎久佐男と　3450

乎久佐男（をぐさを）と　乎具佐受家男（をぐさずけを）と　潮船（しほふね）の　並（なら）べて見（み）れば　乎具佐勝（をぐさか）ちめり

乎久佐乎等　乎具佐受家乎等　斯抱布祢乃　那良敝弖美礼婆　乎具佐可知馬利

乎久佐男と、乎具佐受家男と、潮に浮かぶ船のように、並べて見ると、乎具佐男の方が勝っているようだよ。

【注釈】

○乎久佐乎等（乎久佐男と）「乎久佐」は地名か。後ろの「乎」は男子の意。万葉考は「をくさてふ所の男」という。**○乎具佐受家乎等**（乎具佐受家男と）「乎具佐」は「乎久佐」に同じ。「受家」は「助」。長男以外の家の手伝いをする男子をいうか。「乎」は前出。**○斯抱布祢乃**（潮船の）「斯抱」は潮。「布祢」は船。湊に並べ置くことから、次の「那良敝」を導く枕詞。**○那良敝弖美礼婆**（並べて見れば）二人の男子を比較対照してみること。「婆」は確定条件。美男子コンテストをしている。**○乎具佐可知馬利**（乎具佐勝ちめり）「乎具佐」は「乎久佐乎」を指す。「可知」は勝つこと。「馬利」は推量の助動詞で「〜のように見える」の意。底本は「リ」に「チ」を左傍書し、「利」に「知」を頭書。

【鑑賞】

未勘国の雑歌。「潮船の並べて見れば」からみると、海浜の歌垣の場であろう。歌垣に女子たちが集まり、賑やかに男子の品定めをしているのである。その最終選考で対象となったのが、乎久佐男と乎具佐受家男の二人の男子である。この名前がどのようなものかよく分からないが、土地固有に呼ばれる男子の呼び方なのであろう。その二人を海に浮かんでいる二つの舟のように、二人を並べて品定めをして乎具佐男の方が勝っているようだとはしゃいでいる。女子が集まれば男子の品定めをするのが相場なのである。

左奈都良の　3451

左奈都良の　岡に粟蒔き　愛しきが　駒はたぐとも　わはそと追はじ

左奈都良能　乎可尓安波麻伎　可奈之伎我　古麻波多具等毛　和波素登毛波自

左奈都良の、岡辺に粟を蒔いて、愛しいあの人の、馬が食べたとしても、わたしはシッシッと追うことはしないよ。

【注釈】

○**左奈都良能**（左奈都良の）　地名だが所在未詳。○**乎可尓安波麻伎**（岡に粟蒔き）「乎可」は岡辺。「安波」は粟でイネ科の植物。農民の主要食。「麻伎」は蒔くこと。○**可奈之伎我**（愛しきが）　愛しい人がの意。既出三三五一番歌。○**古麻波多具等毛**（駒はたぐとも）「古麻」は駒。「多具等毛」は食べるともの意で仮定。『日本書紀』の歌謡に「米だにも食げて（多礙底）通らせ」（一〇七番歌謡）とある。○**和波素登毛波自**（わはそと追はじ）「和波」は我は。「素」は馬を追う声。戯訓表記に「喚犬追馬」とある「追馬」は「そ」の音。「登」は「とも」。「毛波自」は「も追はじ」の約音。追い払うことはしないの意。

【鑑賞】

未勘国の雑歌。左奈都良の岡に粟を蒔いたのは女子である。それがようやく育ち、刈り入れを迎えた時の労働の歌である。「粟」は「逢ふ」の双関語であるから、粟が提示されているのは、粟の収穫と愛しい人と逢うことが重ねられている。本巻に「安思我良の波祜祢の山に粟蒔きて実とはなれるを逢はなくも怪し」（三三六四）とある。ここでは、愛しい男子が馬で妻問いに来たのである。その折に大切に育てた粟を馬が食べようとするが、それでも追い払わないのだという。馬を通して男子を愛しく思う方法である。もとは箱根の山に蒔いた粟の歌のように歌垣由来の歌であろうが、粟の刈り入れをしながら歌い楽しむ、山歌として成立している。

おもしろき　3452

おもしろき　野をばな焼きそ　古草に　新草交じり　生ひば生ふるがに

於毛思路伎　野乎婆奈夜吉曽　布流久左尓　仁比久佐麻自利　於非波於布流我尓

愛着のある、この野を焼かないでちょうだい。古草に、新しい草が交じり、生い育ち生い伸びるだろうから。

【注釈】

〇**於毛思路伎**（おもしろき）　心が引かれること。特別な思いに発する。〇**野乎婆奈夜吉曽**（野をばな焼きそ）　野を焼くな。「乎婆」は格助詞「を」に係助詞「は」の接続で対象を強く示す。「奈」は禁止。「夜吉」は焼くこと。「曽」は「奈」と呼応する禁止句。〇**布流久左尓**（古草に）　枯れ草をいう。〇**仁比久佐麻自利**（新草交じり）　新しく萌え出た草が交じること。〇**於非波於布流我尓**（生ひば生ふるがに）　「於非波」は生えるならば。「於布流」は生えること。「我尓」は「ガネ」の東国音で理由を表し「〜することだろうから」の意。

【鑑賞】

未勘国の雑歌。「おもしろき」とは特別に愛着のある物への関心をいうから、「おもしろき野」とはこの野を愛着の対象としている。その愛着が古草と新草とが交じることなのだという。春は野焼きの季節だから野を焼くことは当然であるが、古草に新草が交じることを愛着の対象とするのは、どのような美学に基づくのか。おそらく、古草も新草も交じり生い茂って欲しいのは、そこが密会の場所だからであろう。「佐保河の涯のつかさの少歴木な刈りそね　在りつつも春し来たらば立ち隠るがね」（巻四・五二九）では、密会の場所の柴を刈るなという。春の野焼きの山歌として歌われていたのであろう。

風の音の
3453

風の音の 遠きわぎ妹が 着せし衣 手本のくだり 紕ひ来にけり

可是能等能 登抱吉和伎母賀 吉西斯伎奴 多母登乃久太利 麻欲比伎尓家利

風の音が遠いように、遠くにある愛しい子が、着せてくれた衣の、袖の縫い目が、ほつれて来たことよ。

【注釈】

○可是能等能（風の音の）「可是」は風。「能等能」は「の音の」の約音。次の「登抱吉」を導く枕詞。**○登抱吉和伎母賀**（遠きわぎ妹が）遠くある愛しい女子の意。「和伎母」は吾妹。**○吉西斯伎奴**（着せし衣）着せた服をいう。「吉西斯」は着せてくれたこと。「伎奴」は服。**○多母登乃久太利**（手本のくだり）袖の縫い目をいう。「多母登」は手本で袖。「久太利」は手本の縦の縫い目。**○麻欲比伎尓家利**（紕ひ来にけり）ほつれたこと。「麻欲比」は縫い目のほつれ。「伎尓家利」は来たこと。

【鑑賞】

未勘国の雑歌。万葉考は防人の歌とする。旅に出た者が歌う山歌である。長い旅にあれば服は馴れ汚れて、それを洗う妻がいないと嘆くのを通例とするが、この歌は服のほつれによって旅の辛さを表している。服のほつれは妻が心を込めて縫い直してくれるものであるから、ただちに旅の苦しい思いが伝わることになる。むしろ、それを通して家に残した妻を思う歌である。旅人はそのような経験の中から、「遠きわぎ妹が着せし衣」を定型として、「手本のくだり紐ひ来にけり」が容易に口に出ることになる。旅の途次の宿りの歌遊びで、故郷を思う山歌として歌われていたのであろう。窪田評釈は「京の官人の東国で詠んだ歌」という。

庭に立つ　3454

庭（には）に立（た）つ　麻手小衾（あさでこぶすま）　今宵（こよひ）だに　夫寄（つまよ）し来（こ）せね　麻手小衾（あさでこぶすま）

尒波尒多都　安佐提古夫須麻　許余比太尒　都麻余之許西祢　安佐提古夫須麻

庭に生い立つ、麻で造った手作りの夜着の衾なの。せめて今宵だけでも、あの人を寄せて下さい。麻の手作りの夜着を用意したのですから。

【注釈】

○尒波尒多都（庭に立つ）「尒波」は庭で平坦な場所。農家の家ならば農事をする仕事場。「多都」は植えてあること。**○安佐提古夫須麻**（麻手小衾）「安佐提」は麻製の布。「古夫須麻」は小衾で寝る時に被る夜着。**○許余比太尒**（今宵だに）「許余比」は今夜。「太尒」は最少限の期待。**○都麻余之許西祢**（夫寄し来せね）「都麻」は男女兼用。ここは夫。「余之」は妻問いに来ること。「許西」は「〜して欲しい」の意。「阿利己世奴加毛」（巻五・八一六）とある。「祢」は希求。**○安佐提古夫須麻**（麻手小衾）前出。二句目の繰り返しで主旨を強調。

【鑑賞】

未勘国の雑歌。庭に植えた麻を刈り取って糸に紡ぎ、その布を織って衾を作る。これは衾を作る作業行程である。女子は冬を迎える前に夜具の制作に取り掛かる。訪れる夫の分も家族の全員の分も作るから、主婦には大仕事である。そのように夜具を作ることがこの歌の主意であるが、衾に素材を求めたのは別の意味がある。麻を織って衾を作るというのは、「衾を作って夜床を用意しますから、せめて今夜だけでも愛しい人よ訪れて」というのが主旨である。女子は男子の訪れを常に願うから、女子の気持ちが込められているが、これは仲間たちが集まり衾を作る作業に歌う山歌である。

ii―相聞（三四五五〜三五六六）

相　聞

恋ひしけば　3455

恋ひしけば　来ませわが背子　垣つ柳　末摘み枯らし　われ立ち待たむ

相　聞

古非思家婆　伎麻世和我勢古　可伎都楊疑　宇礼都美可良思　和礼多知麻多牟

そんなに恋しいというのであれば、いらっしゃいあなた。垣の柳の、若枝の葉を摘み枯らして、わたしはここに立って待ちましょうから。

【注釈】

○相聞　未勘国の相聞の歌。相聞は『万葉集』の三大部立の一で雑歌や挽歌に属さない歌。地名が不明であることにより未勘国の歌とされるが、勘国歌の相聞と同じく恋歌である。これらの恋歌の多くは歌垣に由来するものであり、山歌として流通していた歌であろう。再び歌垣の場で歌われたり、宴会や労働の時にも歌われていた。一一二首を収録する。**○古非思家婆**（恋ひしけば）そんなに恋しいならばの意。「古非思家」は「恋し」の未然形。「婆」は仮定。**○伎麻世和我勢古**（来ませわが背子）「伎麻世」は来るの尊敬。「和我勢古」は吾背子で愛しい男子。**○可伎都楊疑**（垣つ柳）門前に植えてある柳をいう。**○宇礼都美可良思**（末摘み枯らし）「宇礼」は垂れた柳の枝の先。「都美」は摘むこと。「可良思」は葉を毟り摘んで無くすこと。**○和礼多知麻多牟**（われ立ち待たむ）わたしは待ちましょうの意。女子の挑発。

【鑑賞】

未勘国の相聞の歌。女子が愛しい男子に対して柳の葉を毟りながら、ここで何時までも待つのだという。女子がかくして男子を待つというのは、愛を訴えることであるよりも、男子を誘惑するための挑発である。その前提となるのが「恋ひしけば」にある。女子にとって誘惑の言葉を口にするのは日常のことではない。そのような淫らな行為は、歌垣において可能である。「垣つ柳末摘み枯らしわれ立ち待たむ」と言われれば、心動かない男子はいない。その誘惑に導かれて女子の前に男子たちが集まり掛け合いが始まる。それはやがて遊芸の専門の女子たちの山歌として、宴席で客人に対して歌われることになる。

空蟬の
3456

空蟬の　八十言の上は　繁くとも　抗ひかねて　あを言なすな

宇都世美能　夜蘓許登乃敝波　思氣久等母　安良蘓比可祢弖　安乎許登奈須那

この世の、多くの人の噂が、どんなに頻りであっても、噂に抗い負けて、わたしの名を決して言わないで下さい。

【注釈】

○宇都世美能（空蟬の）「宇都」は現実、「世美」は「〜の身」。現実の世の人から次の「許登」を導く枕詞。「許登」は人言。**○夜蘓許登乃敝波**（八十言の上は）「夜蘓許登」は多くの他人の噂。「敝」は上。底本は「ヨソコトノヘ」。代匠記（精）は「ヤソコトノヘ」。**○思氣久等母**（繁くとも）「思氣久」は繁くあること。「等母」は仮定。**○安良蘓比可祢弖**（抗ひかねて）「安良蘓比」は他人の噂に抗うこと。「可祢弖」は出来かねること。**○安乎許登奈須那**（あを言なすな）「安」は我。「許登奈須」は言葉とすること。「那」は禁止。わたしの名を口にするなの意。

【鑑賞】

未勘国の相聞の歌。恋は他人に知られないのが肝要である。しかし、やがて二人の間には噂が立つことになる。このような恋の展開は恋歌の基本形であり、人の噂は恋を深めるための大切な鍵語である。世間の冷たい噂に二人は身を寄せて、さらに固い愛を誓い合うのだが、そうではあっても世間は無情である。「空蟬の」を冒頭にいうのは、世間の無情をいうためである。世間はあの手この手で恋の真相を探り、恋人たちはそれを否定しながらも堪えられない事態も生じて、つい相手の名前をいうことになる。それが恋の終わりを告げることは、恋人たちの経験事項であった。それゆえ「吾が名告らすな」（巻四・五九〇）の定型句を生む。ともかく世間の噂に抗うのであるが、「抗ひかねて」

口走ることになる。歌垣で男女に共用される歌である。

うち日刺す　3457

うち日刺す　宮のわが背は　夜麻登女の　膝巻くごとに　あを忘らすな

宇知日佐須　美夜能和我世波　夜麻登女乃　比射麻久其登尒　安乎和須良須奈

明るい日が照り指す、宮に上るわたしの愛しい人は、夜麻登の雅な子の、膝を巻くごとに、わたしのことはお忘れにならないでね。

【注釈】
〇宇知日佐須（うち日刺す）　日が燦々と差すことから、次の「美夜」を導く枕詞。**〇美夜能和我世波**（宮のわが背は）「美夜」は天皇の住む宮。ここは都。「和我世」は愛しい男子。公用で都に出掛けるのであろう。**〇夜麻登女乃**（夜麻登女の）　大和の都の雅な女子をいう。**〇比射麻久其登尒**（膝巻くごとに）「比射麻久」は膝を巻くこと。共寝をいう。「手を巻く」が一般的表現だが「膝巻く」はエロスをもって笑いとする言い回し。「其登尒」はそのたび毎にの意。**〇安乎和須良須奈**（あを忘らすな）「安乎」は我を。「和須良須」は忘れることへの尊敬。「奈」は禁止。

【鑑賞】
末勘国の相聞の歌。東国からも大和に公用で出掛ける旅がある。そのことが決まって都へ出掛けるとなると、一方には羨む声があり、一方には不安の声がある。村中で送別の宴が盛大に行われ、旅に出る男子たちをいじめ廻すのが年配のおばさんたちである。都なんぞへ行けば、美しい女子に目がくらむだろうと先手を打つ。大和の女子とふしだらなことはするなというのではない。むしろ、大和の女子を抱いた時に、必ずわたしを忘れないでちょうだいよというお願いである。そこに余裕があるのは、これがおばさんたちの技だからである。男子が美しい大和女を抱くなどと誰も思っていないのを承知の上である。

汝背の子や　3458

汝背(なせ)の子(こ)や　等里(とり)の岡道(をかぢ)し　中(なか)だをれ　あを音(ね)し泣(な)くよ　息衝(いくづ)くまでに

奈勢能古夜　等里乃乎加耻志　奈可太乎礼　安乎祢思奈久与　伊久豆君麻弖尓

あなた愛しい人よ、等里の岡辺の道の、途中で心が折れて、わたしは声を上げて泣くことです。溜息を衝いて苦しくなるまでに。

【注釈】
〇奈勢能古夜（汝背の子や）「奈勢」は汝背で愛しい男子。「古」はその男子。「夜」は「〜よ」。愛しい人であるところのその男子よの意。**〇等里乃乎加耻志**（等里の岡道し）「等里」は地名だが所在未詳。「平加耻」は岡辺の道。**〇奈可太乎礼**（中だをれ）諸説ある。万葉考は「路のたわめるならんを、男の中絶て来ぬにたとふ」という。「奈可」は岡辺の道の半ばでの意であろう。「太乎礼」は折れることの強めか。次句から道の途中で心が折れた意と思われる。**〇安乎祢思奈久与**（あを音し泣くよ）声を上げて泣くことだ。「安」は我。「乎」は間投助詞。「祢思」は声を上げること。「奈久」は泣くこと。「与」は詠嘆。**〇伊久豆君麻弖尒**（息衝くまでに）「伊久豆君」は「息づく」の東国音。溜息をはき続けること。「麻弖尒」は行為が継続して及ぶ地点。

【鑑賞】

未勘国の相聞の歌。「汝背の子や」という表現は、「愛しくて愛しくて堪らないあなた」という、愛の陶酔の極を表す言い方であろう。そのような想いの女子は、「等里の岡道し中だをれ」なのだという。「中だをれ」の意味が取り難く諸説あるが、おそらく、思い詰めた心を堪えて来たものの、等里の岡道でついに心が折れたということであろう。とうとう我慢が出来ずに、なりふり構わず声を上げて泣いたのである。しかも、溜息を衝き苦しくなるまでに泣いたという。『詩経』陳風に「立派な人に出会い、心が痛みどうしよう。寝ても覚めてもなすことなく、涙にくれるばかり」という。それほどまでの愛しい思いと、苦しみを訴えた歌である。歌垣が終わり帰り道で歌っていた別れ歌であろう。

稲舂けば　3459

稲舂けば　皹るあが手を　今宵もか　殿の若子が　取りて嘆かむ

伊祢都氣波　可加流安我手乎　許余比毛可　等能乃和久胡我　等里弖奈氣可武

稲を舂くので、あかぎれとなったわたしの手を、今宵も、この殿の若様が、手に取って嘆かれることだろうか。

【注釈】

○伊袮都氣波（稲春けば）「伊袮」は稲。「都氣波」は舂くのでの意。「波」は確定条件。**○可加流安我手乎**（皹るあが手を）「可加流」は皹。あかぎれの手をいう。「安我手」はわが手。**○許余比毛可**（今宵もか）「許余比」は今夜。「毛」は昨夜も今夜もの意。「可」は疑問。**○等能乃和久胡我**（殿の若子が）「等能」は御殿。「和久胡」は若子。若様をいう。**○等里弖奈氣可武**（取りて嘆かむ）「等里弖」は皹の手を取っての意。「奈氣可武」は嘆くことだろう。

【鑑賞】

未勘国の相聞の歌。冬には刈り入れた稲の米舂きが待っている。米舂きは官に拠出するものや豪族の家のものであり、村中の女子たちが駆り出されて勤しむことになる。そのような時に歌われる山歌である。「稲舂けば皹るあが手」とは、稲を舂くと手はひび割れて皹に痛む手である。それは稲舂きをする女子の手の実態である。冬の寒い時期であるから、手は皹となり痛さに堪えながら稲を舂く。そのような時に「今宵もか殿の若子が取りて嘆かむ」という。この殿の若様が今夜も皹の手を取って嘆いてくれるというのである。それは空想であるが、そのように歌うことで稲舂きの辛さが癒されることになる。山歌として歌われていた稲舂きの歌であり、このような労働の歌は、本巻に「多麻河に晒す手作りさらさらに何そこの児のここだ愛しき」（三三七三）とあり、これは布晒の歌である。

誰そこの　3460

誰（たれ）そこの　屋（や）の戸（と）押（お）そぶる　新嘗（にふなみ）に　わが背（せ）を遣（や）りて　斎（いは）ふこの戸（と）を

多礼曽許能　屋能戸於曽夫流　尓布奈未尓　和我世乎夜里弖　伊波布許能戸乎

どなたでしょうかこの、家の戸を押し揺するのは。新嘗の夜に、愛しの人を外に遣ってまで、神様を祭っているこの戸を。

【注釈】

○多礼曽許能（誰そこの）「多礼」は誰。誰何の言葉。「曽」は強め。「許能」は此処の。**○屋能戸於曽夫流**（屋の戸押そぶる）「屋」は家。「戸」は家の戸。「於曽夫流」は揺すぶること。神の訪れを示唆する。『古事記』の歌謡に「嬢子の　寝すや板戸を　押そぶらひ　我が立たせれば」（二番歌謡）とある。**○尓布奈未尓**（新嘗に）「尓布」は新、「奈未」は嘗めることで新嘗の東国音。収穫した新穀を神に饗して感謝する祭り。和漢音釈に「新嘗会九月中六日。天子被供新穀於神。公事」とある。**○和我世乎夜里弖**（わが背を遣りて）「和我世」は吾背で女子の愛しい男子。「夜里弖」は外に出して。底本は「ワケセヲ」に「カ」を左傍書し「家」に「我」を頭書。**○伊波布許能戸乎**（斎ふこの戸を）「伊波布」は神を招いて祭ること。忌み隠りをして神を待つ。「許能戸」はこの家の戸をの意。

【鑑賞】

未勘国の相聞の歌。新嘗の夜は、家の者を外に出して女子が独り神を祭る。「常陸国風土記」に「昔、神祖の尊が諸郡を巡行して、駿河の国の福慈の岳に到り、日暮れとなって宿りを頼んだところ、新粟の初嘗をしていて家内で物忌みをしているから、今夜は泊めることは出来ない」と断っている。神祖の尊とは祖先の神で、新嘗の夜に訪れて祝福を述べて帰るマレビト（客神）である。そのような新嘗の夜であるから、愛しい男子が訪れて来ても泊めることは出来ない。女子は身を浄めて神の一夜妻となり神の訪れを待っているのだが、そこに戸を叩く者があるという。折口信夫はこれを神の訪れとしている（「古代研究」）。本巻には「鳰鳥の可豆思加早稲を贄すともその愛しきを外に立てめやも」（三三八六）という歌もあり、必ずしも男子の訪れを拒否しているわけではない。もっとも、これは新嘗の習俗ではなく歌の問題である。これが新嘗の夜の歌であれば、村では神の妻を家に残して家の者は他に集まり夜を過ごす。そこでは村人たちの歌掛けが始まる。歌掛けの中では新嘗の夜に訪れて戸を叩くのは、神ではなく密会に訪れた愛しい男子である。

何と言へか　3461

何と言へか　さ寝に逢はなくに　真日暮れて　宵なは来なに　明けぬ時来る

安是登伊敝可　佐宿尒安波奈久尒　真日久礼弖　与比奈波許奈尒　安家奴思太久流

何と言えばいいのかね、寝るころに逢うこともなく、日も暮れて、訪れるべき宵に来ずに、こんな明け方の時に来るとはね。

【注釈】

○安是登伊敝可（何と言へか）「安是」は「なぜ」の東国音。何との意。「伊敝可」は「言えばいいのか」で「いへばか」の約音。**○佐宿尒安波奈久尒**（さ寝に逢はなくに）「佐」は接頭語。「宿」は寝ること。「安波奈久尒」は逢うことが無いことなのにの意。「奈久尒」は「ず」のク語法「なく」に助詞「に」の接続で「無いのに」。**○真日久礼弖**（真日暮れて）「真日」は真昼間。「久礼弖」は夕暮れとなって。男子の訪れる時間をいう。**〇与比奈波許奈尓**（宵なは来なに）「与比奈波」は宵にはの東国音。「許奈尓」は来ないで。「尓」は否定の東国語。男子の訪れる時間。**〇安家奴思太久流**（明けぬ時来る）「安家奴」は夜が明けたこと。「思太」は「時」の東国語。「久流」は来たこと。夜明けは男子の帰る時間。愚かな夫への批難。

【鑑賞】

未勘国の相聞の歌。妻問いの歌であるが、愛しい男子は夕方に来ないで、夜が明けた頃にのこのこと来たことに対する、女子の呆れ気味の歌である。「何と言へか」は呆れた時の声であり、「何と間抜けなお人か」といった意が含まれている。そのように呆れているのは、昼の内から共寝を楽しみに待ち続けていたからである。わざわざ「真日暮れて」といったのは、昼間から夕暮れまで男子との共寝を思い描いていた幸福な時間であったことによる。それを裏切られ呆れた気持ちが、「宵なは来なに」と繰り返しているところにある。男子が来なかったのではなく、「明けぬ時来る」のであり、その間抜けぶりに呆れているのである。男子はとつぜん女子との大切な約束を思い出したのであろう。そこで何としても約束は守ろうと女子のもとへ急ぎ出掛けてはみたが、とうとう夜明けとなってしまった。それでも、それは男子が見せた誠意である。そのようなやり取りが続くことを予想させる歌である。

あしひきの　3462

あしひきの　山沢人（やまさはひと）の　人（ひと）さはに　まなといふ児（こ）が　あやに愛（かな）しさ

安志比奇乃　夜末佐波妣登乃　比登佐波尓　麻奈登伊布兒我　安夜尓可奈思佐

あしひきの、山に住む沢人ではないけれど、人の誰もがみんな、可愛いという子が、ひどく愛しいことよ。

【注釈】

○安志比奇乃（あしひきの）語義未詳。山を導く枕詞。**○夜末佐波妣登乃**（山沢人の）「夜末佐波」は山の沢。「妣登」は人。山の沢に生活するので沢人と呼ばれたか。次の「比登佐波尒」を導く。「夜末佐波」を反転して楽しんでいる。**○比登佐波尒**（人さはに）「比登佐波」は人が沢山いること。「佐波」は沢山から数多へ転換。「比登」は世間の人。ここは野次馬をいう。**○麻奈登伊布兒我**（まなといふ児が）可愛いと噂されている女子が。「麻奈」は真愛。「登」は「という」の意。「伊布兒」は噂されている子。**○安夜尒可奈思佐**（あやに愛しさ）「安夜」は感動の語。「可奈思」は愛しい意。既出三三五一番歌。「佐」はその状態を表す接尾語。

【鑑賞】

未勘国の相聞の歌。山の水辺の歌垣の歌である。水辺には沢で生活する人たちが住んでいて、それを「山沢人」と呼んでいるのであろう。「山沢人」の「沢」から沢山の意の「さは」を導いて、たくさんの人らが「あの子は可愛いね」と褒めているというのである。「まな」とは、本巻に「相模道の余呂伎の浜の真砂なす児らは愛しく思はるるかも」（三三七二）とある「真砂」が愛子へと転換されるように、可愛い子の意である。つまり、多くの人は彼女を可愛いといって褒めているのである。男子はそんな女子への憧れを持っているか、女子と親愛なのであろう。歌垣の歌であれば、「まな」といわれている女子を探す誘いの歌となる。

ま遠くの　3463

ま遠くの　野にも逢はなむ　心無く　里のみ中に　逢へる背なかも

麻等保久能　野尓毛安波奈牟　己許呂奈久　佐刀乃美奈可尓　安敝流世奈可母

ここからは遠くの人目の無い、野にでも逢いたいものを。何の配慮もなく、町の真ん中で、逢ったあなたでしたよ。

【注釈】

○**麻等保久能**（ま遠くの）「麻等保久」はちょっと遠くの意。○**野尓毛安波奈牟**（野にも逢はなむ）「野尓毛」は野にあってでも。「安波奈牟」は逢って欲しいこと。「奈牟」は希求。野は密会の場所。○**己許呂奈久**（心無く）「己許呂」は心。「奈久」は無いこと。配慮の無いこと。○**佐刀乃美奈可尓**（里のみ中に）「佐刀」は人里。「美奈可」は真ん中。人の多い町の真ん中での逢会をいう。○**安敝流世奈可母**（逢へる背なかも）逢うこととなった男子をいう。「可母」は無神経な相手への詠嘆。

【鑑賞】

未勘国の相聞の歌。密会の歌である。「ま遠くの野にも逢はなむ」とは、里から遠く離れた野で逢うことである。それが女子の希望であった。そのような所で逢おうとするのは、密会への期待である。密会は人目を避けた場所が選ばれるから、人里を離れた野を希望したのである。しかし、人目の多い里中で逢ったのだという。女子からいえば、それは「心無く」である。いわば、無神経なのである。しかし、男子には女友だちという程度の扱いであるから、里中で逢うことも支障は無い。期待に反した空振りへの女子の怨みである。

人言の 3464

人言（ひとごと）の　繁（しげ）きによりて　まを薦（こも）の　同（おや）じ枕（まくら）は　吾（わ）は巻（ま）かじやも

比登其登乃　之氣吉尒余里弖　麻乎其母能　於夜自麻久良波　和波麻可自夜毛

人の噂が、盛んであるからといって、大事な薦編みの、この同じ枕を、わたしは枕としないことなどあろうか。

【注釈】

〇**比登其登乃**（人言の）　人のする噂をいう。恋の障害。それにより恋心が燃える。〇**之氣吉尒余里弖**（繁きによりて）「之氣吉」は頻りなこと。ここは騒がしい意。「尒余里弖」はそのことに因って。〇**麻乎其母能**（まを薦の）「麻」「乎」は接頭語。「其母」は薦。イネ科の湿地性植物。枕や筵の材。〇**於夜自麻久良波**（同じ枕は）「於夜自」は同じの東国音。「麻久良」は枕。枕を一つに共寝することをいう。〇**和波麻可自夜毛**（吾は巻かじやも）「和波」は我は。「麻可自」は巻くことがないこと。「自」は打ち消し。「夜毛」は反語。

【鑑賞】

未勘国の相聞の歌。恋には人言や人目が付きものであり、それを理由として逢うか逢わないか、寝るか寝ないかの駆け引きが行われる。人の噂がひどいからといって、寝ないわけはないと言い切るのがこの男子である。「まを薦の同じ枕」とは、一つの薦の枕を二人で共にすることであるから、共寝をすることである。人の噂がひどいことを前提に、それゆえに共寝の強い意志が表されている。その強い意志は女子への強い愛の宣言であるから、相手の女子への口説きとなる。東歌の愛の表現が「寝る」ことを鍵語とするのは、かなり刺激的な言葉であるが、そのような言葉は歌垣に由来するものである。

巨麻錦　3465

巨麻錦（こまにしき）　紐解き放けて（ひもときさけて）　寝（ぬ）るがへに　何（あ）ど為（せ）ろとかも　あやに愛（かな）しき

巨麻尓思吉　比毛登伎佐氣弖　奴流我倍尓　安抒世呂登可母　安夜尓可奈之伎

巨麻錦の、きれいな紐を解き放けて、共寝をするがその上に、どうしろというのかなあ。ひどく愛しいことだよ。

【注釈】

〇巨麻尓思吉（巨麻錦）「巨麻」は朝鮮半島の高麗。武蔵に多くの渡来人が入植した。埼玉に高麗神社がある。「尓思吉」は高麗製の錦の織物から、次の「比毛」を導く。**〇比毛登伎佐氣弖**（紐解き放けて）「比毛」は男女が愛を約束して結ぶ下紐。既出三三六一番歌。**〇奴流我倍尓**（寝るがへに）「奴流」は寝る。「倍尓」はその上に。**〇安抒世呂登可母**（何ど為ろとかも）「安抒世呂登」は、何をどうしろとの意。「可母」は疑問に詠嘆の接続。**〇安夜尓可奈之伎**（あやに愛しき）「安夜尓」は堪えられない感動の語。「可奈之伎」は愛しいこと。既出三三五一番歌。

【鑑賞】

未勘国の相聞の歌。高麗錦の紐とは、高価な高麗織りの錦の紐のことである。愛を約束した女子が編んでくれた愛の紐であるが、それは実態であるよりも、この地の名産が高麗錦の織物であることからの発想であろう。高麗錦の紐をいうことで、歌に華やかなエロチシズムをもたらしている。愛の紐は女子が結んでくれた下紐（同心結びの紐）であろうから、それを解くことは女子との共寝を意味する。そのことによって男子の幸福は得られるが、しかし、この男子は「寝るがへに何ど為ろとかも」とたたみかける。寝ても寝てもそれでも女子が愛しくて、この上にどうしろというのかという訴えである。歌垣での共寝の歓喜の歌であり、共寝の極地をいう熱愛の歌である。そうした愛の歓喜を訴える歌は、本巻に「可美都気努安蘇の真麻群搔き抱き寝れど飽かぬを何どか吾がせむ」（三四〇四）という戯れとしてもみえる。

ま愛しみ　3466

ま愛（かな）しみ　寝（ぬ）れば言（こと）に出（づ）　さ寝（ね）なへば　心（こころ）の緒（を）ろに　乗（の）りて愛（かな）しも

麻可奈思美　奴礼婆許登尓豆　佐祢奈敝波　己許呂乃緒呂尓　能里弖可奈思母

愛しさのあまり、寝ると他人の噂に出てしまう。寝なければ、心の中に、いつまでも乗りかかって愛しくてたまらないことよ。

【注釈】

○麻可奈思美（ま愛しみ）「麻」は真実。「可奈思美」は愛しいと思う東国語。既出三三五一番歌。**○奴礼婆許登尒豆**（寝れば言に出）「奴礼」は寝ること。「婆」は仮定。「許登」は人の噂。「尒豆」は「〜に出づ」で噂に出ること。**○佐祢奈敝波**（さ寝なへば）「佐」は接頭語。「祢奈敝」は寝ないこと。「敝」は否定の東国語。「波」は仮定。**○己許呂乃緒呂尒**（心の緒ろに）心の中をいう。「緒」は心を繋ぐ紐。**○能里弖可奈思母**（乗りて愛しも）「能里弖」は心に乗り懸かること。「可奈思」は前出。「母」は詠嘆。

【鑑賞】

未勘国の相聞の歌。愛しいあまりに女子と寝るが、その思いは周囲にお構いなしになるから、他人に気取られ噂となり逢うことが困難となる。だからといって愛しい女子と寝ないでいると、辛い思いが心を占有して夜も寝られない。この二律背反の中に、男子の揺れる心がある。いっそのこと噂となってでも寝ようという意志があれば、それはそれで一つの判断であるが、それが女子の親にでも露見すると大変な目に遇う。その覚悟も度胸もなければ、共寝は不可能である。東歌の「寝る」とは愛することと同意であるから、そこにたどり着くことが愛の証である。それが男子の常の悩みだという。

奥山の　3467

奥山（おくやま）の　真木（まき）の板戸（いたど）を　とどとして　わが開（ひら）かむに　入（い）り来（き）て寝（な）さね

於久夜麻能　真木乃伊多度乎　等杼登之弖　和我比良可武尒　伊利伎弖奈左祢

奥山の、真木作りの板戸を、とどと押して、わたしが開きましょうから、入って来て寝なさいな。

【注釈】

○於久夜麻能（奥山の）　奥山から伐り出した木材から次の「真木」を導く。**○真木乃伊多度乎**（真木の板戸を）「真木」は杉や檜などの良材。「伊多度」は板の戸。頑丈に作られた真木製の板戸の家をいう。**○等杼登之弖**（とどとして）「等杼」は戸を押し開く様。頑丈な戸を開くことによる。「登之弖」は「と押し開いて」の意。略解は戸を叩く音とする。**○和我比良可武尒**（わが開かむに）「和我」は我が。「比良可武」は戸を開こうの意。**○伊利伎弖奈左祢**（入り来て寝さね）「伊利伎弖」は入って来ての意。「奈左」は「寝る」の尊敬。「祢」は希求で「〜して下さい」の意。

【鑑賞】

　未勘国の相聞の歌。「奥山の真木の板戸」とは、奥山の真木で作った頑丈な門構えの家のことであるが、それは母親が容易に男子を近づけないことをいう譬喩である。その板戸を「とどとして」とは、女子が力を込めて押し開くことであるが、親の目を避けて男子に逢うことの強い意志でもある。古義が「女の男にいひをしへたる」というように、女子による夜這いの誘いである。その板戸を開けて待つのは、あなただけという。あなたであるなら、頑丈な板戸も開けて待つので、入ってきて一緒に共寝をしましょうというのであり、危険な共寝の誘い歌である。男子がこの誘いに応ずるか否かを見極める言い回しである。これは歌垣での挑発であり、日常のことではない。女子による「寝る」は男子を誘うための戦略なのである。

山鳥の
3468

山鳥（やまどり）の　尾（を）ろの初麻（はつを）に　鏡懸（かがみか）け　唱（とな）ふべみこそ　汝（な）に寄（よ）そりけめ

夜麻抒里乃　乎呂能波都乎尓　可賀美可家　刀奈布倍美許曽　奈尓与曽利鶏米

山鳥の、長い尾のような初麻に、鏡を懸けて祭具とし、呪詞を唱えることであるので、おまえにわが心が寄りつくことだろう。

【注釈】

○夜麻抒里乃（山鳥の）「夜麻抒里」はキジ科の鳥。その尾から、次の「乎呂」を導く。**○乎呂能波都乎尓**（尾ろの初麻に）「乎」は山鳥の尾。「呂」は親愛の接尾語。「能」は「～のような」。「波都乎」は初麻。初めて紡いだ麻糸（を）を木綿として用いた。鳥の尾から麻糸に転換。底本は「能」の下に○符あり「波」を左傍書。**○可賀美可家**（鏡懸け）「可賀美」は鏡。「可家」は懸けること。祭祀行為であろう。**○刀奈布倍美許曽**（唱ふべみこそ）「刀奈布」は唱えること。「倍美」は「～のことであるので」の意。祭祀の呪詞をいうか。**○奈尓与曽利鶏米**（汝に寄そりけめ）「奈尓」は汝に。「与曽利」は心が寄り付くこと。「鶏米」は推量。

【鑑賞】

未勘国の相聞の歌。「山鳥の尾ろの初麻に鏡懸け唱ふべみこそ」とは、神祭りのことであるが、それが目的とするのは「汝に寄そりけめ」にある。神祭りを出したのは、神の威力をもって相手を驚かせるためである。相手は容易に振り向かないのである。振り向かせようとしているのは男子であろう。どのように口説いても首を横に振るので、最後の手段は神頼みとなった。神を祭り女子の心を引き寄せる呪文を唱えて盤石の体勢を取ったので、女子にわが心が寄り付くことだろうというのである。いわば、我が心が女子に憑依するという脅しである。歌垣の中で容易に振り向かない女子への脅しである。

夕占にも　3469

夕占（ゆふけ）にも　今宵（こよひ）と告（の）らろ　わが背（せ）なは　何（あ）ぜそも今宵（こよひ）　よしろ来（き）まさぬ

由布氣介毛　許余比登乃良路　和賀西奈波　阿是曽母許与比　与斯呂伎麻左奴

夕占にあっても、今宵だとお告げがあった、わたしの愛しい人は、なぜに今夜も、訪れて来られないのか。

【注釈】
○由布氣介毛（夕占にも）「由布氣」は夕方に道に出て人の話から吉凶を判断する卜占。「介毛」は夕占以外の占いにもの意。『天保大雑書万歳暦』に「辻占」について「辻占ハ道祖神を心に祈里四辻に立て初て通る人の話し物がたりを聞きて吉凶をトす」とある。**○許余比登乃良路**（今宵と告らろ）「許余比」は今夜。「乃良路」は「告れる」の東国音。占いのお告げをいう。**○和賀西奈波**（わが背なは）「和賀西奈」は我が背なで愛しい男子。**○阿是曽母許与比**（何ぜそも今宵）「阿是」はなぜに。「曽母」は強め。「許与比」はこの宵に。**○与斯呂伎麻左奴**（よしろ来まさぬ）訪れて来られない意。「与斯」は「寄す」の連用形。「呂」は間投助詞。「伎」は来る。「麻左」は尊敬。「奴」は完了。

【鑑賞】
未勘国の相聞の歌。女子は待つことを宿命づけられているから、夜の床を共にするのは、相手の男子次第となる。

男子が定期的に訪れるならば良いが、必ずしもそうはならない。そこで女子は神頼みとなる。日用の占いは簡略であるので、まず夕占や足占などを用いて、来るか来ないかの判断をする。その結果によると、今夜は来るという。それに期待して早くから夕食も、綺麗な床も用意して待っていたが、男子は訪れなかった。占いで来ると出ただけに、冷めた料理を前に女子の悲しみは大きい。『詩経』唐風では「角の枕は鮮やかに、錦の布団は美しい。良人はここにはいない。誰とともに独り夜を明かそう」と嘆いている。不実な男子を怨む閨情の歌である。

相見ては　3470

相見（あひみ）ては　千年（ちとせ）や去（い）ぬる　否（いな）をかも　あれや然思（しかも）ふ　君待（きみま）ちがてに〔柿本朝臣人麿（かきもとのあそみひとまろ）の歌集（かしふ）に出（い）づ〕

安比見弖波　千等世夜伊奴流　伊奈乎加母　安礼也思加毛布　伎美末知我弖尓〔柿本朝臣人麿哥集出也〕

逢ってから、もう千年は過ぎてしまった。いやそうではないのかな。わたしがそう思うだけなのだろうか。あなたの訪れを待ち焦がれて。〔柿本朝臣人麿の歌集に出る〕

【注釈】

〇安比見弖波（相見ては）「安比」は互いに。「見弖波」は共寝をしたこと。**〇千等世夜伊奴流**（千年や去ぬる）「千等世」は千年。「伊奴流」は過ぎ去ったこと。**〇伊奈乎加母**（否をかも）「伊奈」は否定。「乎」は否定を強める間投助詞。「可母」は疑問の「か」に詠嘆の「も」の接続。**〇安礼也思加毛布**（あれや然思ふ）「安礼」は我。「也」は強め。「思加」は「然」。「毛布」は「思ふ」の約音。**○伎美末知我弖尒**（君待ちがてに）「伎美」は愛しい男子。「末知」は待つこと。「我弖尒」は出来かねること。**○柿本朝臣人麿哥集出也**　柿本朝臣人麿の歌集は既出三四一七番歌。歌は巻十一・二五三九番歌に見える。

【鑑賞】

未勘国の相聞の歌。愛する者とは毎日のように一緒にいたいが、妻問い婚によって同居は出来ない。昨夜訪れたのに、翌日の夜にはまた逢いたいと思う。それが恋する男女である。これが密会であるならば、その思いはもっと狂おしいものになろう。あの時に逢ってからもう千年も経たのかというのは、必ずしも大袈裟ではない。「君待ちがてに」というように、逢いたいと思う気持ちがそのようにさせる。しかし、冷静に考えるとそうではないとも思われるという。待つことの堪えがたさに愛の心が錯乱し、そのようにかくも愛しく思うのだという訴えである。歌垣での訴情の歌である。『詩経』の王風に「あそこに行って葛を取ろう。一日見ないと三月も経ったようだ」という嘆きを訴えている。これが柿本人麿の歌集に出るということから、東歌が人麿歌集と接触していることになる。都から来た官人がもたらしたのであろう。東歌には人麿歌集出の歌が幾つか載る。

暫くは——3471

暫(しま)くは　寝(ね)つつもあらむを　夢(いめ)のみに　もとな見(み)えつつ　あを音(ね)し泣(な)くる

思麻良久波　祢都追母安良牟乎　伊米能未尒　母登奈見要都追　安乎祢思奈久流

暫くの間でも、寝ていたいものを。夢ばかりに、頻りに見え続けて、わたしは声を上げて泣くばかりです。

【注釈】
○思麻良久波（暫くは）　少しの間でも。**○祢都追母安良牟乎**（寝つつもあらむを）「祢都追」は寝続けること。「安良牟乎」はあろうものを。愛しい人と少しの間だけでも寝ていたいの意。**○伊米能末尒**（夢のみに）「伊米」は夢。「能末」はそればかり。底本は「末」に「未ィ」を頭書。**○母登奈見要都追**（もとな見えつつ）「母登奈」は意味もなく頻りであること。「見要都追」は見え続けること。**○安乎祢思奈久流**（あを音し泣くる）　わたしは泣くことだの意。「奈久流」は「泣く」の連体形で泣けること。

【鑑賞】

未勘国の相聞の歌。愛する男女にとっては、しばしの間でも一緒に共寝をすることに尽きる。しかし、そのように共寝が出来るのは、女子が親や周囲に認められていることが条件である。そうでなければ、やむなく密会に及ぶこととなる。もちろん、密会は容易でないから、しばしの間も一緒に寝ることは困難である。それゆえに、「夢のみにもとな見えつつ」ということになる。夢の出逢いをいうのは、もう堪えられないという訴えである。歌垣での夢の逢いの歌であり、そのように相手に訴えれば何らかの手立ての歌が返ってくることが期待されている。

人妻と　3472

人妻（ひとづま）と　何（あぜ）かそを言（い）はむ　しからばか　隣（となり）の衣（きぬ）を　借（か）りて着（き）なはも

比登豆麻等　安是可曽乎伊波牟　志可良婆加　刀奈里乃伎奴乎　可里弖伎奈波毛

「人妻なの」と、なぜそんなことをいうのか。そうであるなら、隣の人の服を、借りて着ることはないのですか。

【注釈】

○比登豆麻等（人妻と）「比登豆麻」は他人の奥さん。「等」は「と言う」。女子の言葉を指す。**○安是可曽乎伊波牟**（何かそを言はむ）「安是可」はなぜかの意。「曽乎」はそんなことを。「伊波牟」はいうこと。**○志可良婆加**（しからばか）そういうことであるならばの意。「加」は疑問。**○刀奈里乃伎奴乎**（隣の衣を）隣の人の衣服をいう。**○可里弖伎奈波毛**（借りて着なはも）「可里弖」は借用して。「伎」は着ること。「奈波」は東国語の打ち消し。「毛」は推量「む」の東国音。

【鑑賞】

未勘国の相聞の歌。可愛い女子を口説いたところ、「わたしは人妻なの」という。それでも良いからと口説いても、やはり「人妻ですので」という。そこで業を煮やした男子は、「それなら、隣の人の服を借りて着ないのか」と言って突拍子もない理屈を説いたのである。少し分かり難い理屈であるが、隣の人の服を借りて着るのは、特別な礼服である。それをみんなが持っているものではないから、礼服を持ち合わせている隣の人から借りるのである。古代ではそのような共同生活が普通であったと思われ、必要になると貸し借りをしたのであろう。そのことが人妻を口説く理屈に応用された。歌垣では女子が口説かれた時に相手を探るために「人妻ですから」と断わる方法があり、それで相手がひるめば気のない人として扱われる。このような理屈を立てて迫られた時に、どのようにあしらうかは女子の力量次第である。

左努山に　3473

左努山に　打つや斧音の　遠かども　寝もとか児ろが　面に見えつる

左努夜麻尒　宇都也乎能登乃　等抱可騰母　祢毛等可兒呂賀　於母尒美要都留

左努山に、打つ斧の音のように、遠くに聞こえるけれど、寝ましょうよというのかあの子が、面影に見えることだ。

【注釈】

○左努夜麻尒（左努山に）所在未詳。**○宇都也乎能登乃**（打つや斧音の）「宇都」は打ちつけること。「也」は強め。「乎能登」は「斧音」。**○等抱可騰母**（遠かども）「等抱可」は「遠け」で遠いこと。「騰母」は逆接。底本は「抱」に「テ」を左傍書し「提イ」を頭書。**○祢毛等可兒呂賀**（寝もとか児ろが）「祢毛」は「寝む」で寝ようの意。「等可」は「ということか」の意。「兒呂」は愛しい女子。**○於母尒美要都留**（面に見えつる）「於母」は面影。「美要都留」は見えたことだの意。底本は本文により「オユニミエツル」。万葉考は「オモニミエツル」。

【鑑賞】

未勘国の相聞の歌。杣人が山に入り木の手入れをしていて、斧の音が遠くから聞こえて来る。そのことを前提として遠くに住む愛しい女子を導く。「遠く」であることに敏感であるのは、遠妻を得て難儀をしているからであろう。遠妻は遠距離恋愛であるから初めは良くても、次第に難儀になる。もちろん、女子も待つことに堪えられなくなる。それゆえに、女子は「共寝をしたい」と思っているようなので、こうして面影に見えるのだという理屈を立てたのである。それは男子の勝手な思い込みであるが、愛しい子もそう思っているに違いないというのである。左努山での歌垣で面影の人を探す歌である。

植竹の

3474

植竹（うゑたけ）の　本（もと）さへ響（とよ）み　出（い）でて去（い）なば　何方（いづし）向（む）きてか　妹（いも）が嘆（なげ）かむ

宇恵太氣能　毛登左倍登与美　伊侶弖伊奈婆　伊豆思牟伎弖可　伊毛我奈氣可牟

植竹の、根本さへも揺れ動かすほどに騒ぎ立てて、慌ただしく旅に出て行ったなら、どっちを向いて、愛しい子は嘆くのだろうか。

【注釈】

○宇恵太氣能（植竹の）植えられた竹をいう。**○毛登左倍登与美**（本さへ響み）「毛登」は根本。「左倍」は「〜さえも」。「登与美」は轟き揺れること。竹の根は容易に動かないがそれほど大騒ぎをしていること。**○伊侶弖伊奈婆**（出でて去なば）「伊侶弖」は出発して。「伊奈」は出掛けて行くこと。「婆」は仮定。**○伊豆思牟伎弖可**（何方向きてか）「伊豆思」は「いづち」の東国音。いかなる方向かをいう。「牟伎弖」は向いて。「可」は疑問。**○伊毛我奈氣可牟**（妹が嘆かむ）「伊毛」は妹で愛しい女子。「奈氣可牟」は嘆くだろうこと。「牟」は推量。

【鑑賞】

未勘国の相聞の歌。遠くへと旅立つ時の表現が「植竹の本さへ響み」である。万葉考は防人の歌かとする。たしかに防人には「水鳥の立ちの急ぎに」（巻二十・四三三七）といって出掛けている。防人でなくとも遠くへ旅に出ることになると、家族や仲間たちは大騒ぎする。今生の別れを意味したからである。送別の宴会では賑やかに歌い舞って心を尽くしてくれることから、旅行く者はそれに応え無事に帰ろうと思うのである。植竹の根本さえも揺れ動かすとは、急な出立の騒がしい様子であり、そこで思われるのは、「何方向きてか妹が嘆かむ」である。そのことによってこれは相聞の歌となるが、見送る者を前にした感謝の歌であるのは不審である。この妹とは送別の宴に集った客人たちのことであろう。妹といったのは、男女の別れへと転換させた洒落である。自らの嘆きでないところに、旅に出る男子の気遣いがある。山歌として歌われていた送別の歌であろう。

恋ひつつも　3475

恋ひつつも　居らむとすれど　遊布麻山　隠れし君を　思ひかねつも

古非都追母　乎良牟等須礼抒　遊布麻夜万　可久礼之伎美乎　於母比可祢都母

恋い慕いながらも、我慢して居ようとするのに、遊布麻山の陰に、隠れたあなたを見て、辛い思いに堪えがたいことです。

【注釈】

○**古非都追母**（恋ひつつも）　恋し続けていること。○**乎良牟等須礼抒**（居らむとすれど）「乎良牟」は居ようの意。「須礼抒」はするがの意で逆接。我慢していること。○**遊布麻夜万**（遊布麻山）　所在未詳。木綿山と同じか。「木綿間山越えにし公が念ほゆらくに」（巻十二・三一九一）とある。**○可久礼之伎美乎**（隠れし君を）「可久礼之」は山に隠れてしまったこと。「伎美」は愛しい男子。**○於母比可祢都母**（思ひかねつも）「於母比」は思うこと。「可祢都」は出来かねるの意。「母」は詠嘆。

【鑑賞】

未勘国の相聞の歌。歌垣が終わると、愛の約束をした者もここで記念の形見を交換して別れなければならない。愛の約束は擬似的なことであり、ふたたび逢えるという保証はない。しかし、恋歌を通して愛を誓い合ったことは、これからも心の恋人として思い続けることになる。この歌は遊布麻山での歌垣の歌であろう。二人は悲しい別れをするが、男子はまた逢えるからというので、女子はその気持ちでいようと思うが、男子の姿が遊布麻山に隠れると堪えがたいのだと訴える。男子は山陰に隠れたように歌っているが、時制が合わないのは山歌であることによる。女子はこの山歌を歌い、去りゆく男子を見送っているのである。

うべ児なは　3476

うべ児(こ)なは　わぬに恋(こ)ふなも　立(た)と月(つく)の　のがなへ行(ゆ)けば　恋(こ)ふしかるなも
或(あ)る本(ほん)の歌(うた)の末句(すゑく)に曰(いは)く、のがなへ行(ゆ)けど　吾(わ)のが行(ゆ)のへは

宇倍兒奈波　和奴尓故布奈毛　多刀都久能　努賀奈敝由家婆　故布思可流奈母
或本歌末句曰、奴我奈敝由家抒　和努賀由乃敝波

じつにあの子は、わたしに恋しているのだなあ。月が変わって、日月が流れ行くと、きっと恋しく思うだろうよ。

或る本の歌の末の句にいうには、「流れ行くけれど、わたしが行くことがないので」とある。

【注釈】

〇宇倍兒奈波（うべ児なは）「宇倍」は諾でその通りであること。「兒奈」は「児ら」で可愛い女子。**〇和奴介故布奈毛**（わぬに恋ふなも）「和奴」は我の東国音。「故布奈毛」は「恋ふらむ」の東国音。恋しているだろうこと。「奈毛」は東国語の推量の助詞。底本は「ワヌ」に「ノ」を右傍書。**〇多刀都久能**（立と月の）「多刀」は「立つ」の東国音。「都久」は「月」の東国音。新たな月が来ること。**〇努賀奈敝由家婆**（のがなへ行けば）「努賀奈敝」は「流らへ」の東国音。流れ去ること。「由家」は行くこと。「婆」は確定条件。**〇故布思可流奈母**（恋ふしかるなも）「故布思」は恋しいこと。「可流」は「くある」の約音。「奈」は希求。「母」は詠嘆。**〇或本歌末句曰**『万葉集』編纂資料の一に見える末句をいう。ここは本文歌の下二句。**〇奴我奈敝由家抒**（のがなへ行けど）「奴我奈敝」は「流らへ」の東国音。流れ去ること。「由家」は行くこと。「抒」は逆接。**〇和努賀由乃敝波**（吾のが行のへば）「ワヌガユノヘバ」で「和努」は「吾」、「賀」は「が」、「由」は「行く」、「乃敝波」は「ないので」か。「我が行くことがないので」の意であろう。略解は宣長説として「賀由」は「由賀」の誤とする。

【鑑賞】

未勘国の相聞の歌。「うべ児なはわぬに恋ふなも」とは、男子としての希望である。女子からいかに恋されているかをいうのは、男子の夢だからである。女子に恋焦がれて泣いているのではなく、あくまでも女子が恋しているのだといいたいのである。「立と月ののがなへ行けば恋ふしかるなも」とは男子の轡れであり、そのように慕われている我が身の自慢の歌である。これに「或本歌」が付いていて、「のがなへ行けど吾のが行のへは」だという。「日月が経て行くけれど、わたしが行かないので」ということであれば辻褄があう。訪れることがないので、女子は恋い慕っているだろうという意である。こうしたバリエーションの中にこの歌が存在するのは、これが妻問いの山歌だからである。

安都麻道の　3477

安都麻道の　手児の呼坂　越えて去なば　あれは恋ひむな　後は逢ひぬとも

安都麻道乃　手兒乃欲婢佐可　古要弖伊奈婆　安礼波古非牟奈　能知波安比奴登母

安都麻の道の、手児の呼坂を、越えてあなたが行ったなら、わたしは恋焦がれることでしょうね。後には逢うとしても。

【注釈】

○安都麻道乃（安都麻道の）　東国を通る街道。旅の歌とすれば東山道か。**○手兒乃欲婢佐可**（手児の呼坂）「手兒」は愛しい女子。「欲婢佐可」は呼坂。峠で愛しい女子の名を呼んだことに起因して名づけられた坂の名であろう。故郷との最後の別れをする時に、女子の名を呼んだので手児の呼坂と俗称された、伝説の残る坂の名と思われる。本巻の三四四二番歌にも見える。**○古要弖伊奈婆**（越えて去なば）「古要弖」は越え行きて。「伊奈」は去ること。「婆」は仮定。**○安礼波古非牟奈**（あれは恋ひむな）「安礼波」は我は。「古非牟」はひどく恋すること。「奈」は間投助詞。**○能知波安比奴登母**（後は逢ひぬとも）「能知波」は後には。「安比奴」は逢うこと。「登母」は逆接。

【鑑賞】

未勘国の相聞の歌。東路には手児の呼坂という名の坂がある。「愛しい子の名を呼ぶという呼坂」の意味であり、この坂で女子の名を呼ぶ理由があった。ここが故郷との最後の別れの場所であったことによる。この歌の女子も東路の手児の呼坂を越えたら、愛しい人は異郷へと向かうことになり、最後の別れの坂だと理解している。本巻にも「東路の手児の呼坂越えがねて山にか寝むも宿りは無しに」（三四四二）という男子の歌があり、手児の呼坂を境界として男女が別れを悲しんだ。村人たちによる送別の宴の歌であり、別れを悲しむ女子は隣近所のおばさんたちであろう。

遠しとふ　3478

遠しとふ　故奈の白嶺に　逢ほ時も　逢はのへ時も　汝にこそ寄され

等保斯等布　故奈乃思良祢尒　阿抱思太毛　安波乃敝思太毛　奈尒己曽与佐礼

ここからは遠いという、故奈の白嶺に逢うということではないが、逢う時も、逢わない時も、おまえにこそ心を寄せているのだよ。

【注釈】

○等保斯等布（遠しとふ）「等保斯」は遠いこと。「等布」は「〜という」。**○故奈乃思良祢尒**（故奈の白嶺に）「故奈」は地名だが所在未詳。「思良祢」は白嶺。伝聞として聞く山の名。**○阿抱思太毛**（逢ほ時も）「阿抱」は逢うの東国音。「思太」は時。**○安**

波乃敝思太毛（逢はのへ時も）「安波」は逢うこと。「乃敝」は打消しの「なへ」の東国音。○**奈尒己曽与佐礼**（汝にこそ寄され）「奈」は汝。「与佐礼」は「寄さる」の已然形で「己曽」の結び。

【鑑賞】

未勘国の相聞の歌。「遠しとふ故奈の白嶺に逢ほ時も」の意味が取りにくい。故奈の白嶺はここから遠いと聞いているという意と思われるが、なぜ遠い故奈の白嶺が取り出されたのか不明である。おそらく、相手の女子は自分の住むところが遠い故奈の白嶺の方だと教えたのであろう。そんな遠い故奈の白嶺にあっては、逢うことも難しいであろうから、続いて逢うか逢わないかという話題へ展開しているのだと思われる。歌垣では相手の名前や住所を聞いて歌を始めるが女子は容易に教えない。ここでは、女子の住まいが遠い故奈の白嶺の方面という条件で掛け合いが展開している。とても遠いといえば諦める男子もいるから、その不実を知ることが出来る。しかし、この男子は逢えた時も逢えない時も、心はお前に寄せているのだという誠実さをみせているのである。

安可見山　3479

安可見山(あかみやま)　草根刈(くさねか)り除(そ)け　逢(あ)はすがへ　抗(あらそ)ふ妹(いも)し　あやに愛(かな)しも

安可見夜麻　久左祢可利曽氣　安波須賀倍　安良蘓布伊毛之　安夜尒可奈之毛

安可見山の、草根を刈り除いて、共寝へとようやく誘ったところで、いろいろ抵抗するこの子が、ひどく可愛いことだよ。

【注釈】

○**安可見夜麻**（安可見山）所在未詳。○**久左祢可利曽氣**（草根刈り除け）「久左祢」は草の根っ子。「可利曽氣」は刈り除くこと。共寝の床の用意をいう。○**安波須賀倍**（逢はすがへ）「安波須」は逢うこと。ここは共寝が目的。「賀倍」は「〜が上に」。○**安良蘊布伊毛之**（抗ふ妹し）「安良蘊布」は拒絶すること。女子が共寝を拒むことをいう。○**安夜尒可奈之毛**（あやに愛しも）「安夜尒」は何とも。「可奈之」は愛しいこと。既出三三五一番歌。「毛」は詠嘆。

【鑑賞】

未勘国の相聞の歌。安可見山での歌垣の歌である。「草根刈り除け」とは、男子が共寝をする床を作っていることをいう。そこへ女子を誘ったのである。この草むらへ女子を誘うのも困難であったに違いない。女子は人目を避けてのお話ていどならと従って来たのだが、男子はここで共寝を求めたのである。それで女子は驚いて拒絶を始めたのだが、そんな女子の抵抗する様子が何とも愛しいのだという。男子のこの余裕は、聞く者を楽しませるためである。安可見山の歌垣へ行く時の道沿いで歌う山歌であろう。男子たちは、このような歌を喉馴らしとして大声で歌いながら会場へと向かったのである。それに答える女子があれば掛け合いとなる。

大君の　3480

大君（おほきみ）の　命恐（みことかしこ）み　愛（かな）し妹（いも）が　手枕離（たまくらはな）れ　夜立（よだ）ち来（き）のかも

於保伎美乃　美己等可思古美　可奈之伊毛我　多麻久良波奈礼　欲太知伎努可母

大君の、命令が畏れ多いので、愛しい子の、手枕を離れて、夜立ちをして来たことよ。

【注釈】

○**於保伎美乃**（大君の） 天皇を指す。○**美己等可思古美**（命恐み） 「美己等」は命令。「可思古美」は畏れ慎む意。二句は官命を承けた官人の定型句。それを地方の民に教え込んだことによる言い回し。巻二十の防人歌にも見える。○**可奈之伊毛我**（愛し妹が） 「可奈之」は愛しい意。既出三三五一番歌。「伊毛」は妹で愛しい女子。○**多麻久良波奈礼**（手枕離れ） 「多麻久良」は手を枕に共寝すること。「波奈礼」は共寝を止めて離れること。○**欲太知伎努可母**（夜立ち来のかも） 「欲太知」は夜の旅に出発すること。「伎努」は来たこと。「可母」は詠嘆。「努」は漢音「ド」、呉音「ヌ nu」。「ヌ」と「ノ」の中間音であろう。底本は「キヌカモ」。新訓は「キノカモ」。

【鑑賞】

未勘国の相聞の歌。天皇の命令は絶対であることを「大君の命恐み」というが、命じられた内容をいわずに、「愛し妹が手枕離れ」というところには、いささか天皇の命令への不満の心が含まれている。天皇の命令は謹んで受けるものであるが、その結果として手枕を交わしていた子と別れ来たという不満である。むしろ、本意は後者にあり、天皇の恐ろしい命令と愛しい子との共寝という組み合わせは、東国の人たちの笑いの世界であろう。「大君の命恐み」という言い回しは、国郡の役人の口真似をしたことによる。旅中の歌遊びの歌である。

あり衣の ―― 3481

あり衣の　さゑさゑしづみ　家の妹に　物言はず来にて　思ひ苦しも

柿本朝臣人麿の歌集の中に出づ。上に見ゆること已に記しぬ。

安利伎奴乃　佐恵ゝゝ之豆美　伊敝能伊母尒　毛乃伊波受伎尒弖　於毛比具流之母

柿本朝臣人麿歌集中出、見上已記也。

美しい絹の衣が、さやさやと沈むように、家に残した愛しい子に、物も言わずに出て来て、思いが苦しいことだ。

柿本朝臣人麿の歌集の中に出る。上に見えることは已に記した。

【注釈】

○安利伎奴乃（あり衣の）　絹製の美しい衣。「安利」は美称か。「あり衣のありて後にも逢はざらめやも」（巻十五・三七四一）とある。次の「佐恵ゝゝ」を導く枕詞。**○佐恵ゝゝ之豆美**（さゑさゑしづみ）「佐恵ゝゝ」は「さゐさゐ」の東国音。絹の衣のサラサラという擬音。「之豆美」は沈むこと。女子が閨で衣を脱ぐイメージ。以下の「毛乃伊波受」を示唆。**○伊敝能伊母尒**（家の妹に）「伊敝」は家。「伊母」は妹で愛しい女子。**○毛乃伊波受伎尒弖**（物言はず来にて）「毛乃」は言葉。「伊波受」はいうことなく。「伎尒弖」は来てしまって。愛の言葉を掛けなかったこと。**○於毛比具流之母**（思ひ苦しも）「於毛比」は物思い。「具流之」は苦しい意。「母」は詠嘆。**○柿本朝臣人麿歌集中出**　『万葉集』編纂資料の一。「柿本朝臣人麿歌集」は既出三四一七番歌。**○見上已記也**　すでに巻四・五〇三番歌として記したこと。底本は「説」を朱で消し「記」を右傍書。

【鑑賞】

未勘国の相聞の歌。柿本人麿歌集の中に出る歌であるという。それによれば「球衣のさゐさゐ沈み家の妹に物言はず来にて思ひかねつも」（巻四・五〇三）の歌であることが知られる。球衣とは彼女のナイトガウンであろう。それがさらさらと沈むとは、絹の衣がかすかな音をして夜の床に脱がれる様子を指すものと思われ、夜の衣を脱ぐことの感覚によるイメージであろう。絹の衣を脱ぐ時に音はほとんど聞き取れないはずだが、その音を「さゐさゐ」と聞き取っているのは感覚的なものであり、人麿のエロスの表現である。ここまでは、衣が沈むことから心の沈む様を導く譬喩であるが、それは譬喩以上に夜の愛し合う姿を想起させるものとして表現されている。そのようにして愛した彼女を家に残して来たのだが、彼女に特別な言葉を掛けずに来たことに苛まれるのだという。女子の思いは「恋ひ恋ひて逢へる時だに愛しき言尽くしてよ長くと念はば」（巻四・六六一）にある。愛の言葉は女子にとっていかなる名曲よりも優れた音楽であるのに、そうした愛の言葉を言い尽くさずに男子は出掛けてきたのを悔いる。妻問いの後の夜明けの歌である。人麿歌集の歌に対して、本歌では「球衣」を「あり衣」とし、「思ひかねつも」を「思ひ苦しも」とする。東国に人麿歌集の歌が伝わったのは、都の官人たちによるのであろう。広く山歌として歌われていたものと思われる。

韓衣 3482

韓衣（からころも）　裾（すそ）の交（うちか）へ　合（あ）はねども　奇（け）しき心（こころ）を　あが思（も）はなくに

或（あ）る本（ほん）の歌（うた）に曰（いは）く、韓衣（からころも）　裾（すそ）の交（うちか）ひ　合（あ）はなへば　寝（ね）なへの故（から）に　言痛（ことた）かりつも

可良許呂毛　須蘓乃宇知可倍　安波祢抒毛　家思吉己許呂乎　安我毛波奈久尓

或本歌曰、可良己呂母　須素能宇知可比　阿波奈敝婆　祢奈敝乃可良尓　許等多可利都母

韓衣の、裾の交いが、合わないように逢っていないが、不実な心を、わたしが思っているわけではないのに。

或る本の歌にいうには、「韓衣の、裾の交いが、合わないように逢わないで、共寝もしていないのに、噂ばかりがひどくあることだ」とある。

【注釈】

○可良許呂毛（韓衣）外国製の服をいう。「可良」は韓とも唐とも考えられる。「許呂毛」は衣服。**○須蘓乃宇知可倍**（裾の交へ）「須蘓」は着物の裾。「宇知可倍」は着物の裾の交叉するところ。**○安波祢抒毛**（合はねども）「安波祢」は合わないこと。「抒毛」は逆接。**○家思吉己許呂乎**（奇しき心を）「家思」は「奇し」。不実なこと。「己許呂」は心。**○安我毛波奈久尓**（あが思はなくに）「安我」は我。「毛波奈久尓」は「思はなくに」。「奈久尓」は「ず」のク語法「奈久」に「尓」の接続で「無いことなのに」の意。**○或本歌曰**『万葉集』編纂資料の一に見る歌。**○可良己呂母**（韓衣）前出。**○須素能宇知可比**（裾の交ひ）前出。**○阿波奈敝婆**（合はなへば）合わないので。「奈敝」は打ち消しの東国語。「婆」は確定条件。**○祢奈敝乃可良尓**（寝なへの故に）「祢奈敝」は寝ていないこと。「奈敝」は前出。本巻に「佐祢奈敝波」（三四六六）とある。「可良」は「故」で理由。**○許等多可利都母**（言痛かりつも）「許等多」は「言痛」。「可利」は「くあり」の約音。「都」は完了。「母」は詠嘆。

【鑑賞】

未勘国の相聞の歌。韓衣といえば高級品であろうが、その着物の裾が合わないとは、逢えないことの譬喩である。着物の裾が合わないと、気持ちも落ち着かないのでそれが「奇しき心」を導く。「奇し」とは何かが異常なことをいう。それは、逢うことがないことから生まれた疑念である。相手は不誠実だと批難するのであり、それを否定するの

がこの歌であるが、このように思われるまでにそれなりの経緯があったに違いない。これは歌垣の中での怨みの歌に対して応じた、弁明の歌であると思われる。この歌には「或本」の歌があり、着物の裾が合わないように逢ってはいないのに、噂だけは頻りだと嘆く。「或本」として取り上げたのは、歌詞が類似することによるが、歌の主旨は逢えぬ恋をテーマとした別途の歌であり、いずれも山歌として流行していたのである。

昼解けば 3483

昼解けば　解けなへ紐の　わが背なに　相寄るとかも　夜解け易け

比流等家波　等家奈敝比毛乃　和賀西奈尒　阿比与流等可毛　欲流等家也須家

昼間に解こうとしても、解けない紐が、わたしの愛しい人に、心が寄るというのだろうか、夜になると解け易いことだ。

【注釈】

○比流等家波（昼解けば）「比流」は昼間。「等家波」は解こうとするがの意。「波」は「婆」の略字で逆接。**○等家奈敝比毛乃**（解けなへ紐の）「等家奈敝」は解けないこと。「奈敝」は打消しの東国語。「比毛」は愛の約束の下紐。既出三三六一番歌。「解けなへ」は解けないのではなく解かないのが本意。底本は「等」の下に○符あり「家ケ」を右傍書。**○和賀西奈尒**（わが背なに）「西奈」は背な。愛しい男子の意。**○阿比与流等可毛**（相寄るとかも）「阿比与流」は心が相手に寄ること。「等可」は「というのか」。「毛」は詠嘆。○**欲流等家也滇家**（夜解け易け）「欲流」は夜に。「等家」は解けること。「也滇家」は「易き」の東国音。

【鑑賞】

未勘国の相聞の歌。女子の歌であり、歌の程度としてはかなり踏み込んだ内容である。紐は愛する者が約束として結んだもので、上と下とがある。ここは同心結びによる下紐のことである。愛しい人と夜に逢えば、その紐を解いて共寝となる。それゆえに、この下紐は昼には解かない。「昼解けば解けなへ紐」とはそのことである。それが夜になると心が男子に寄るらしく容易に解けたといって恥じらう。下紐が解けたというような話題は、下着が自然と脱げたといった類のことである。そのようなことが女子の口から話題として出るのは、愛の表現として恋歌に定着していたからである。こうした歌は歌垣の場において可能であり、女子が男子を挑発し誘う方法である。

麻苧らを　3484

麻苧(あさを)らを　麻笥(をけ)にふすさに　績(う)まずとも　明日着(あすき)せさめや　率(いざ)せ小床(をどこ)に

安左乎良乎　遠家尓布滇左尓　宇麻受登毛　安滇伎西佐米也　伊射西乎騰許尓

麻の糸を、桶が一杯になるほどに、紡がなくとも、明日着せるものでもあるまい。さあ床に入ろうよ。

【注釈】

○**安左乎良乎**（麻苧らを）「安左乎」は麻から取って紡いだ糸。大麻や苧麻の類の糸。○**遠家尓布滇左尓**（麻笥にふすさに）「遠家」は紡いだ糸を入れる笥。「布湏左」は「ふっさり」の意。**〇宇麻受登毛**（績まずとも）「宇麻受」は績まなくとも。麻などを糸にして紡ぐことを績むという。**〇安湏伎西佐米也**（明日着せさめや）「安湏」は明日。「伎西佐米」は着させること。糸を紡いで衣を織り服として着せるのは、もう明日のことで良いの意。「也」は否定を伴った疑問。**〇伊射西乎騰許尓**（率せ小床に）いらっしゃい寝床に。「伊射西」は「率す」の命令形。相手を誘う言葉。「乎騰許」は小床で寝床。底本は「イササ」。万葉考は「イザセ」。

【鑑賞】

　未勘国の相聞の歌。女子はせっせと麻を績み、糸を紡いでいる。冬の間に糸を紡いで布を織る必要があるから、毎日のように夜なべが続くことになる。そのような女子の糸紡ぎの近くでは、男子たちも縄を編んだりして夜なべをしていた。村の女子も男子も寄り合って、一緒に夜なべ仕事をしていたと思われる。それであれば、話し相手も得られて辛い仕事も癒される。そのことから、そこは歌掛けの場ともなる。稲春きであれば本巻には「稲舂けば皹るあが手を今宵もか殿の若子が取りて嘆かむ」（三四五九）と歌い、賑やかな笑い声に満ちていた。ここでは女子たちが糸紡ぎに勤しんでいて、その横手から男子たちの歌が掛けられていたのであろう。糸紡ぎなど急ぐことではないから、それは明日にでもして「さあ、この床に入ろうよ」という。愛の表現は、集団の歌掛けの場では戯れであったのである。

釼大刀　3485

釼大刀（つるぎたち）　身（み）に副（そ）ふ妹（いも）を　とり見（み）がね　哭（ね）をそ泣（な）きつる　手児（てご）にあらなくに

都流伎多知　身尓素布伊母乎　等里見我祢　哭乎曽奈伎都流　手兒尓安良奈久尓

剣や大刀を、何時も身に副うようなそんな愛しい子を、大切に世話をせずに失って、声を上げて泣いたことだ。あんな可愛い子が他にいるわけではないのに。

【注釈】

○**都流伎多知**（剱大刀） 剣や大刀をいう。身に付けることから、次の「身」を導く枕詞。○**身尓素布伊母乎**（身に副ふ妹を） 愛しい女子を身近に副わせていること。○**等里見我祢**（とり見がね）「等里見」は面倒を見ること。「我祢」は「かね」の東国音で出来ないこと。○**哭乎曽奈伎都流**（哭をそ泣きつる）「哭」は声を上げて泣くこと。「乎曽」は強め。「奈伎」は泣くこと。「都流」は完了。○**手兒尓安良奈久尓**（手児にあらなくに）「手兒」は可愛い女子をいう東国語。「安良奈久尓」は「有」に「ず」のク語法「なく」に助詞「に」の接続で「有るわけではないのに」の意。

【鑑賞】

未勘国の相聞の歌。恋の始まりには、女子を大切に扱い愛の言葉を何度も掛けていたのであろう。剣や大刀を何時も身に付けるように、身の傍にいる女子は男子を幸福にしたのである。その愛しい子を失ったのだと嘆くのは、推測すれば時が経つと次第に馴れてぞんざいになったのだろう。それゆえに、女子から逢うことを断られたのである。何時までも身近にあると思っていた男子には、晴天の霹靂であったに違いない。「あんなに良い子だったのに」と悔しがっても始まらない。それは自身のせいであり、あとは声を上げて泣くばかりだという。歌垣で女子から捨てられた男子の嘆きの歌である。

愛し妹を　3486

愛し妹を 弓束並べ巻き 母許呂乎の 事とし言はば いや肩益しに

可奈思伊毛乎 由豆加奈倍麻伎 母許呂乎乃 許登等思伊波婆 伊夜可多麻斯尓

愛しいあの子を競い、弓束に皮を一面に巻き、相手は同輩のあの男の、事だというのであれば、いよいよ肩に力が入ることだ。

【注釈】

○可奈思伊毛乎（愛し妹を）「可奈思」は愛しい女子。既出三三五一番歌。**○由豆加奈倍麻伎**（弓束並べ巻き）「由豆加」は弓束。左手で握る部分。「奈倍」は「なべて」で一面にの意。「麻伎」は巻き付けること。弓に特別な手入れをしている表現。**○母許呂乎乃**（もころ男の）「母許呂乎」は万葉考に「此言を如己男と書しは、意をしらしたるなり」という。巻九に「如己男」（一八〇九）とあり同年配の男子をいう。女子を取り合うライバル。**○許登等思伊波婆**（事とし言はば）「許登等思」は事であるということ。「伊波婆」はいうのであれば。「婆」は仮定。「あいつの事だというのであれば」の意。**○伊夜可多麻斯尓**（いや肩益しに）「伊夜」は一層の意。「可多麻斯」は「肩益し」で肩に力が入ること。

【鑑賞】

未勘国の相聞の歌。この「愛し妹」はどのように以下の内容に接続するのか明白でなく、解釈にも混乱がある。おそらく、この女子は二人の男子から求愛されているのであろう。男子が弓束に皮を一面に巻いているのは、弓の競争があることを指している。二人の男子は、弓の勝負で決着をつけようというのである。しかも、「母許呂乎の事とし言はば」からすれば、相手は同じ年頃の顔見知りの男子である。そのことで一層のこと肩に力が入るのである。ここからは二男一女型の妻争いを想起させる。菟原処女伝説では、「智奴壮士　宇奈比壮士の　廬屋燎く　すすし競ひ　相結婚　しける時は　焼大刀の　手かひ押しねり　白檀弓　靫取り負ひて」（巻九・一八〇九）といった争いをしている。歌垣でライバルに戦いを挑むという男子の歌である。『古事記』には歌垣での歌闘争がみられる。

梓弓　3487

梓弓（あづさゆみ）　末（すゑ）に玉巻（たまま）き　かくすすそ　寝（ね）なな成（な）りにし　奥（おく）を兼（か）ぬ兼（か）ぬ

安豆左由美　須恵尓多麻末吉　可久須酒曽　宿莫奈那里尓思　於久乎可奴加奴

梓弓の、弓末に飾りの玉を巻くように、大切にしながらも、寝ずになってしまった。将来のことも気に懸かって。

【注釈】**○安豆左由美**（梓弓）　梓弓の弓末から、次の「須恵」を導く枕詞。**○須恵尓多麻末吉**（末に玉巻き）「須恵」は弓末。弓の上部を指す。「多麻」は玉で弓の飾り玉をいう。「末吉」は巻くこと。**○可久須酒曽**（かくすすそ）「可久」はこのように。「須酒」は「為為」でしながらの意の東国音。「曽」は強め。寝ることの準備をしっかりしたことをいう。**○宿莫奈那里尓思**（寝なな成りにし）「宿莫奈」は寝ることもないの意。「莫奈」は打ち消し。「那里尓思」は成ってしまったこと。**○於久乎可奴加奴**（奥を兼ぬ兼ぬ）「於久」は奥で将来。「可奴加奴」は兼ね合わせること。今も将来も気に掛ける意。

【鑑賞】

未勘国の相聞の歌。大切な梓弓に玉の飾りを付けるように、男子は愛しい女子を大切にして来たのだが、女子とは寝ることも無かったのだと悔やむ。もちろん、女子への愛しさは限りないのだが、寝た後のことが不安の材料なのである。むしろ、男子にはこちらが本音である。寝たいとは思うが、将来のことは何の保証もないからである。女子の母親に許されるはずもなく、叱責されて追い払われるのが落ちである。そのような難問の中にこの男子はいるが、その難問に答えてくれる女子を導くための戦略である。

生ふ楚　3488

生ふ楚(おふしもと)　この本山(もとやま)の　真柴(ましば)にも　告(の)らぬ妹(いも)が名(な)　象(かた)に出(い)でむかも

於布之毛等　許乃母登夜麻乃　麻之波尓毛　能良奴伊毛我名　可多尓伊弖牟可母

生い茂っている柴の、この本山の、真柴でないけれど少しも、教えていないはずの子の名が、占いの象に出てしまうのではないかなあ。

【注釈】

○於布之毛等（生ふ楚）「於布」は生い茂っていること。「之毛等」は細い木の枝。楚のことで細枝。笞をもいう。「楚取」（巻五・八九二）とある。「楚」から「母登夜麻」を導く。**○許乃母登夜麻乃**（この本山の）「許乃」は、ここの。「母登夜麻」は山の麓。**○麻之波尓毛**（真柴にも）「麻之波」は真柴。立派な雑木。柴からしばしを示唆。ここは時間ではなく量。少しもの意。**○能良奴**

伊毛我名（告らぬ妹が名）「能良奴」は告げていないこと。「伊毛我名」は女子の名。**○可多尒伊弖牟可母**（象に出でむかも）「可多」は占形。象。占った結果の顕れをいう。「伊弖牟」は出るだろうの意。「可母」は疑問の「か」に詠嘆の「も」の接続。

【鑑賞】

末勘国の相聞の歌。柴山は村人たちが燃料とする木を採取する山なので、柴山と呼ばれている。その柴山から「暫し」を引き出して、少しも教えてなどいない愛しい人の名を取り出す。この時の「暫し」は、しばしばという時間を指すのではなく、少しもないことをいうので数量を表している。それで「真柴にも告らぬ妹が名」が理解される。少しも他人などに告げることの無かったあの子の名が、占いの象に出てしまうだろうという不安の訴えである。女子は少しも振り向いてくれず、それでこのように脅したのである。本巻には「武蔵野に占へ肩焼き正てにも告らぬ君が名占に出にけり」（三三七四）といって脅す歌もある。

梓弓　3489

梓弓（あづさゆみ）　欲良（よら）の山辺（やまへ）の　繁（しげ）かくに　妹（いも）ろを立（た）てて　さ寝処（ねどはら）払ふも

安豆左由美　欲良能夜麻邊能　之牙可久尒　伊毛呂乎多弖天　左祢度波良布母

梓弓を引くと寄る、その欲良の山辺の、草の繁みに、愛しの子を立たせて、寝床を掃いて清めることだ。

【注釈】

○安豆左由美（梓弓）弓の弦を引き寄せることから、次の「欲良」を導く枕詞。**○欲良能夜麻邊能**（欲良の山辺の）「欲良」は所在未詳。「夜麻邊」は山の辺り。**○之牙可久尓**（繁かくに）「之牙可久」は「繁く」のク語法で繁くあるのでの意。共寝に適した草が繁っていること。「牙」は呉音「ゲ」。**○伊毛呂乎多弖天**（妹ろを立てて）女子を立たせておいて。「伊毛」は妹。「呂」は親愛の語。**○左祢度波良布母**（さ寝処払ふも）「左」は接頭語。「祢度」は寝床。「波良布」は掃き清めること。「母」は詠嘆。

【鑑賞】

未勘国の相聞の歌。欲良の山辺で密会をし、男子は逸る心を抑えて女子を横に立たせ、草むらに寝床を作っている。「妹ろを立てて」には、男子の浮き浮きした気持ちが伝わる。これは歌垣での共寝の歌である。歌垣では歌の流れに沿って共寝に至り着くことが男子の期待であり、それは愛の勝利宣言である。共寝に至るには紆余曲折があるから、本巻には「安可見山草根刈り除け逢はすがへ抗ふ妹しあやに愛しも」（三四七九）のように抵抗する女子もいる。

梓弓　3490

梓弓　末は寄り寝む　現実こそ　人目を多み　汝を端に置けれ〔柿本朝臣人麿の歌集に出づ〕

安都左由美　須恵波余里祢牟　麻左可許曽　比等目乎於保美　奈乎波思尓於家礼〔柿本朝臣人麿歌集出也〕

梓弓の、弓末の末ではないが将来は寄り寝よう。現実には、人の監視が多いので、おまえをあっちに置いているのだよ。〔柿本朝臣人麿の歌集に出る〕

【注釈】
〇**安都左由美**（梓弓）　梓製の弓。弓の末から次の「須恵」を導く枕詞。〇**須恵波余里祢牟**（末は寄り寝む）「須恵」は将来。「余里祢牟」は寄り添い寝ようの意。〇**麻左可許曽**（現実こそ）「麻左可」は現実にあってはの意。「許曽」は強め。〇**比等目乎於保美**（人目を多み）　他人の監視が多いので。「〜を〜み」は「〜が〜なので」の意。〇**奈乎波思介於家礼**（汝を端に置けれ）「奈乎」は汝を。「波思」は端。「於家礼」は「置きあれ」の約音。あちらに立たせていること。「礼」は「許曽」の結び。無関係を装う態度。〇**柿本朝臣人麿歌集出也**　柿本人麿歌集は既出三四一七番歌。

【鑑賞】
　末勘国の相聞の歌。この男女には噂が頻りで、逢うこともままならない。恋に陶酔して用心を怠ったことで人目につき、女子は母親から叱責を受けたに違いない。その事情が「現実こそ人目を多み」に現れている。それゆえに「梓弓末は寄り寝む」というように、将来への期待となった。それまでの間は「汝を端に置けれ」という。端に置くとは共同作業の時などで無関係を装うことである。それは男子の気遣いであるが、それで女子が納得するかは女子次第である。これが柿本朝臣人麿の歌集に出るのは、都の官人たちがもたらした歌が山歌として歌われていたことによると思われる。

楊こそ　3491

楊（やなぎ）こそ　伐（き）れば生（は）えすれ　世（よ）の人（ひと）の　恋（こひ）に死（し）なむを　如何（いか）にせよとそ

楊奈疑許曽　伎礼波伴要須礼　余能比等乃　古非介思奈武乎　伊可介世余等曽

楊というのは、伐れば生えて来る。しかし死ねば生き返らない世の人が、恋に死ぬだろうことを、どのようにせよというのか。

【注釈】

〇楊奈疑許曽（楊こそ）「楊奈疑」は楊柳。「楊」は「や」の音仮名。楊と柳との使い分けはない。「許曽」は係助詞で強め。**〇伎礼波伴要須礼**（伐れば生えすれ）「伎礼」は伐ること。「波」は仮定。「伴要」は再生。「須礼」はすること。「礼」は「許曽」の結び。**〇余能比等乃**（世の人の）「余能比等」はこの世に生きる我をいう。**〇古非尓思奈武乎**（恋に死なむを）「古非」は恋。「思奈武」は苦しい恋に死ぬだろうこと。死ぬといえば相手が驚き何らかの手を打つのを期待する。**〇伊可尓世余等曽**（如何にせよとそ）恋に死ぬということなのに如何にせよというのかの意。

【鑑賞】

未勘国の相聞の歌。楊は伐れば生えて来るというのは事実であり、世の人は死ねば生き返らないというのも事実である。ただ、世の人の死において恋死であるのは、あまりにも無惨であるという訴えである。「世の人の」という言い方は東歌には珍しい表現であり、都会的な言い回しが入っているのであろう。歌の全体も洗練された歌のように思われる。こうした恋死の歌は「恋ひ死なば恋ひも死ねとか我が妹は吾家の門を過ぎて行くらむ」（巻十一・二四〇一）ともみえる。恋に死ぬという言い方は類型的であるが、それは相手を驚かせるために有効な表現であった。相手は好き嫌いに関係なく、そんなことで死なれると不名誉な噂が立ち迷惑である。それゆえに、何らかの手立てを講じることになるので、それを期待するのである。国郡の官人らが山歌として宴会などで歌っていたのであろう。

乎夜麻田の　3492

乎夜麻田の　池の堤に　刺す楊　成りも成らずも　汝と二人はも

乎夜麻田乃　伊氣能都追美尓　左須楊奈疑　奈里毛奈良受毛　奈等布多里波母

小さな山田の、池の堤に、切って刺した楊よ。根付いても根付かなくとも、おまえと二人は離れないよ。

【注釈】

○乎夜麻田乃（乎夜麻田の）「乎」は少しの程度をいう接頭語。「夜麻田」は山に作った稲田。**○伊氣能都追美尓**（池の堤に）「伊氣」は田に水を引くための溜め池。「都追美」は堤で土手。**○左須楊奈疑**（刺す楊）「左須」は挿すこと。「楊奈疑」は楊。「楊」は「や」の仮名。楊は枝を折って挿しても再生することから次の「奈里」を導く。**○奈里毛奈良受毛**（成りも成らずも）「奈里毛」は再生することもの意。「奈良受毛」は再生せずともの意。男女の関係をいう。ここは楊が再生するか否かは構わないこと。**○奈等布多里波母**（汝と二人はも）「奈等」は汝と。「布多里」は二人であること。「波母」は詠嘆。

【鑑賞】

未勘国の相聞の歌。山田の池の堤に伐り取った楊柳を刺しておくと、やがて根付いて芽吹くことになる。楊柳は生長も早く利用価値も大きい。もちろん、なかには根付かない場合もある。そのようなことを話題とするのは、根付かない場合への不安である。それは二人の恋の譬喩であり、この恋が根付くか根付かないかという言い回しである。つまり、たとえこの恋が成就してもしなくても、お前を離すことは無いという男子の強い覚悟を示した歌である。歌垣での誓約の歌である。

遅早も ― 3493

遅早も　汝をこそ待ため　向つ嶺の　椎の小枝の　逢ひは違はじ

或る本の歌に曰く、遅早も　君をし待たむ　向つ嶺の　椎の小枝の　時は過ぐとも

於曽波夜母　奈乎許曽麻多賣　牟可都乎能　四比乃故夜提能　安比波多我波自

或本歌曰、於曽波夜毛　伎美乎思麻多武　牟可都乎能　思比乃佐要太能　登吉波須具登母

遅くても早くても、おまえだけを待とう。向かいの山の、椎の小枝が交わるように、逢うのは間違いが無いのだから。或る本の歌にいうには、「遅くても早くても、あなたを待ちましょう。向かいの山の、椎の小枝が伸びて、時は経過したとしても」とある。

【注釈】

○於曽波夜母（遅早も）　遅くても早くても。**○奈乎許曽麻多賣**（汝をこそ待ため）「奈乎」は汝を。「許曽」は強め。お前だけを待つということ。「麻多賣」は待とうの意。**○牟可都乎能**（向つ嶺の）　向こうの嶺をいう。**○四比乃故夜提能**（椎の小枝の）「四

比」はブナ科の椎の木。「故夜提」は小枝の東国語。万葉考は「椎の小枝を音通へば、こやでともいへり」という。小枝が交わることから次の「安比」を導く。**○安比波多我波自**（逢ひは違はじ）「安比」は逢うこと。「多我波自」は違わないこと。**○或本歌曰**『万葉集』編纂資料の一の歌。**○於曽波夜毛**（遅早も）前出。**○伎美乎思麻多武**（君をし待たむ）君を待とうの意。**○牟可都乎能**（向つ嶺の）前出。底本は「牟」に「シ」を右傍書。**○思比乃佐要太能**（椎の小枝の）椎の木の小枝の成長から次の時の経過を導く。**○登吉波須具登母**（時は過ぐとも）「登吉」は密会の時間。「須具」は過ぎること。「登母」は逆接。

【鑑賞】

未勘国の相聞の歌。「遅早も汝をこそ待ため」とは、たとえ逢うことが遅かろうが早かろうが、お前だけを待とうという男子の歌である。ただ、二人の間には障害のあることが知られる。恋には障害が多いから焦ることは禁物であり、女子の心を優先した表現であろう。それでは何時まで待つのかというと、向かいの山の椎の小枝が成長して交わる頃に逢うのだという。そのようにして待てば逢えるのだという確信の態度である。歌垣で障害を乗り越えて逢うことを期待する歌である。この歌には「或本」の歌が載り、「椎の小枝の時は過ぐとも」という。「椎の小枝」がどうなることか不明であるが、「時は過ぐとも」からみれば小枝が伸びきるまでの意であろう。しかも、この「或本」の歌では「君をし待たむ」というので女子の歌である。一方が男子で一方が女子の歌としてあるのは、男子の歌を受けて女子がそのように応じた掛け合いの歌であることが知られる。掛け合いは相手の言葉を受けるのが原則である。

児毛知山　3494

児毛知山（こもちやま）　若蝦手（わかかへるで）の　黄変（もみつ）まで　寝（ね）もとわは思（も）ふ　汝（な）は何（あ）どか思（も）ふ

兒毛知夜麻　和可加敝流弖能　毛美都麻弖　宿毛等和波毛布　汝波抒杼可毛布

児毛知山の、若い楓が、黄葉となるまで、共寝をしようとわたしは思う。あなたはどのように思いますか。

【注釈】

○兒毛知夜麻（児毛知山）群馬県渋川の北方に子持山があるが上野の歌に入らないのは疑問。山の横に小山があれば児持山と一般に呼んでいたか。**○和可加敝流弖能**（若蝦手の）「和可」は若いこと。「加敝流弖」は葉形が蛙の手に似ることによる名。「蝦手」（巻八・一六二三）とある。カエデのこと。倭名鈔（巻二十）に「鶏冠木。賀倍天乃木。弁色立成云鶏頭樹。加比留提乃木」と見える。**○毛美都麻弖**（黄変まで）「毛美都」は動詞で木の葉が色付くこと。**○宿毛等和波毛布**（寝もとわは思ふ）「宿毛等」は「寝ようと」の東国音。「和波」は我は。「毛布」は「思ふ」の約音。**○汝波安抒可毛布**（汝は何どか思ふ）「汝波」は汝は。「安抒可」はどのようにかの意。相手への挑発。

【鑑賞】

未勘国の相聞の歌。児持山の若い楓が黄葉になるまで共寝をしようというのは、もちろん戯れである。「寝ていたい」ではなく「寝よう」というのは相手への挑発であり、歌垣の場であることが知られる。東歌に多くみられる「寝る」という表現は、「愛しい」という言葉以上の愛の言い回しである。それで「この楓が色付くまで寝よう」と誘ったのである。もちろん、現実的には不可能なことである。このような言い回しは、相手の女子を驚かせるためである。驚く女子がどのような反応を示すかを楽しむのである。それで「汝は何どか思ふ」という問い掛けに、女子の答えが周囲から期待される。女子がそれに正面から「可」と答えるならば、この場は一方的に盛り上がる。女子が「否」と答えるならば、男子の再度の説得が必要となる。女子が「可だけど責任は取るの」といえば、男子は窮することになる。この男子の「汝は何どか思ふ」という問い掛けは、劇的な展開を期待させる言い回しである。

巌ろの　3495

巌（いはほ）ろの　蘇（そ）比（ひ）の若松（わかまつ）　限（かぎ）りとや　君（きみ）が来（き）まさぬ　心（うら）もとなくも

伊波保呂乃　蘓比能和可麻都　可藝里登也　伎美我伎麻左奴　宇良毛等奈久文

大きな巌に生える、蘇比の若松ではないけれど、待つのも限りだといってか、あなたはいらっしゃらない。心もとないことに。

【注釈】

○伊波保呂乃（巌ろの）「伊波保」は巌。「呂」は親愛語。**○蘓比能和可麻都**（蘇比の若松）「蘓比」は地名か。諸説ある。「和可麻都」は若松。瑞々しい松の木をいう。「松」から「待つ」を示唆。**○可藝里登也**（限りとや）「可藝里」は限界。「登」は格助詞。「也」は係助詞で「〜ということ」の意。万葉考は「男の絶限るにたとふ」という。**○伎美我伎麻左奴**（君が来まさぬ）「伎美」は密会を約束した男子。「伎麻左奴」は来られないの意。**○宇良毛等奈久文**（心もとなくも）「宇良」は裏で見えない心。「毛等奈久」は根拠が無いこと。愛することの確証を失ったことを指す。「文」は詠嘆。

【鑑賞】

未勘国の相聞の歌。待つことは女子の宿命であるが、それは妻問いが認められてのことである。男子が「もう待つことは限界だ」というのは、密会を求めてのことであろう。男子には待つことなど堪えられないから、多少の危険を冒しても女子に逢うことが優先される。にも関わらず、「今度ね」と拒否したことで男子の足が遠のいたのだろうと思い、女子は深く心を痛める。それがこの歌の情況であるが、そのような女子の悲しみに対して男子がなぜ訪れなかったのか、その弁明が必要となる歌である。

多知婆奈の ― 3496

多知婆奈の　古婆の放髪が　思ふなむ　心うつくし　いで吾は行かな

多知婆奈乃　古婆乃波奈里我　於毛布奈牟　己許呂宇都久思　伊弖安礼波伊可奈

多知婆奈の、あの古婆の放ち髪の少女が、わたしを思っているだろう。その心がなんとも愛おしい。さあわたしは出掛けて逢いに行こう。

【注釈】

○多知婆奈乃（多知婆奈の）　橘の地をいう。所在未詳。橘は柑橘類。それが多く植えられていたことによる地名であろう。**○古婆乃波奈里我**（古婆の放髪が）　「古婆」は地名か。「波奈里」は放髪で成人前の少女。**○於毛布奈牟**（思ふなむ）　思っているだろうこと。「奈牟」は現在推量「らむ」の東国音。**○己許呂宇都久思**（心うつくし）　心が素直なこと。「宇都久思」は少女の素直で可愛いこと。**○伊弖安礼波伊可奈**（いで吾は行かな）　「伊弖」は思い立って行動を起こす時の語。さて。「安礼」は我。「伊可奈」

は行こう。「奈」は意志。

【鑑賞】

未勘国の相聞の歌。橘の地には橘の木が多く、大切に栽培されていた。収穫は村を挙げての労働となるから、労働の歌も歌われることになる。橘の歌は古くから歌われていた。『古事記』の歌謡には「吾が行く道の　香ぐはし　花橘は　上枝は　鳥ゐ枯らし　下枝は　人取り枯らし」（四三番歌謡）と詠まれていて、その花橘を「あから少女」だという。この橘の古婆の放髪も、まだ振分け髪のあから少女であり、少女が我を思っているだろうから出掛けようというう。そこには少女趣味を楽しむ男子の願望がある。老若男女が橘の実を摘む労働の中の、山歌として歌われていたものであろう。

川上の　3497

川上（かはかみ）の　根白高茅（ねじろたかがや）　あやにあやに　さ宿（ね）さ寐（ね）てこそ　言（こと）に出（で）にしか

可波加美能　祢自路多可我夜　安也尓阿夜尓　左宿佐寐弖許曽　己登尓弖尓思可

川の辺りの、根白の高茅ではないが、何度も何度も、共寝ばかりしたので、人の噂に出てしまったことだよ。

【注釈】

○可波加美能（川上の）　川の辺りをいい川の歌垣の場を指す。**○祢自路多可我夜**（根白高茅）「祢自路」は根が白いこと。「多可我夜」は背の高い茅。「かや」から「あや」を導く。**○安也尒阿夜尒**（あやにあやに）「安也尒」はやたらにの意。繰り返しは強め。**○左宿佐寐弖許曽**（さ宿さ寐てこそ）「左」は接頭語。「宿」は宿り寝ること。繰り返しで何度も寝たことをいう。「許曽」は係助詞で強め。**○己登尒弖尒思可**（言に出にしか）「己登」は人の噂。「弖尒」は「出に」で他人の口に出たこと。「思可」は上の「許曽」の結び。

【鑑賞】

未勘国の相聞の歌。川の歌垣の歌である。そこに生える高茅が素材となり、根白は肌の白い女子を導く。そのような色白の美人と何度も寝たという。男にとっては勲章のような誇りである。聞く者はそれを羨むよりも、冷やかすことになろう。誰もそれを信じてはいないからである。しかし、男子はそれを事実のように広言し、「言に出にしか」といって、自慢とも後悔ともつかないいい方で収める。「言に出にしか」とは噂となり恋が困難となったことをいう歌い方で、本巻には「ま愛しみ寝れば言に出さ寝なへば心の緒ろに乗りて愛しも」（三四六六）とある。歌垣の会場への道沿いの山歌であろう。

宇奈波良の　3498

宇奈波良(うなはら)の　根柔小菅(ねやはらこすげ)　数多(あまた)あれば　君(きみ)は忘(わす)らす　吾忘(われわす)るれや

宇奈波良乃　根夜波良古須氣　安麻多安礼婆　伎美波和須良酒　和礼和須流礼夜

宇奈波良の、根柔の小菅は、数多あることなので、あなたはお忘れなのです。わたしは忘れなどしましょうか。

【注釈】

○宇奈波良乃（宇奈波良の）　地名とも思われるが未詳。**○根夜波良古須氣**（根柔小菅）「根夜波良」は根が柔らかなこと。「古須氣」は小菅。カヤツリグサ科の植物。笠などの材。**○安麻多安礼婆**（数多あれば）「安麻多」は数が多いこと。「安礼婆」はあることなのでの意。「婆」は確定条件。小菅の数から女子が多いことへ転換。**○伎美波和須良酒**（君は忘らす）「伎美」は男子。「和須良酒」は「忘る」の尊敬でお忘れですの意。**○和礼和須流礼夜**（吾忘るれや）「和須流礼」は「忘る」の已然形。「夜」は反語。不実な男子を批難し女子の真情をいう。

【鑑賞】

未勘国の相聞の歌。「根柔」は柔肌の女子の譬喩であり、「小菅」は可愛い子の譬喩である。そのような柔肌の可愛い相手が、男子にはたくさんいるという。男子の好色への批難である。嫉妬の心を見せながらも、男子への尽きない愛を宣言する。これは相手を押してから引き寄せる表現であり、わが身の哀れさを訴えて心を繋ごうとする女歌の特徴を表している。『古事記』の歌謡には「八千矛の　神の命や　吾が大国主　汝こそは　男にいませば　うち見る島の崎崎　かき見る　礒の崎落ちず　若草の　妻持たせらめ　吾はもよ　女にしあれば　汝を置て　男はなし　汝を置て　夫はなし」（五番歌謡）と嘆くのと等しい表現方法である。そのような態度を見せることで同情して振り向くだろうという戦略であり、そうでなければ冷酷な人として批難することになる。

岡に寄せ　3499

岡（をか）に寄（よ）せ　わが刈（か）る茅（かや）の　さね茅（かや）の　まこと柔（なご）やは　寝（ね）ろとへなかも

平可尒与西　和我可流加夜能　左祢加夜能　麻許等奈其夜波　祢呂等敝奈香母

岡の方へと引き寄せて、わたしが刈る茅の、きれいな茅のように、実に肌の柔らかなあの子は、寝ようと言わないことかなあ。

【注釈】

○平可尒与西（岡に寄せ）岡に引き寄せて。寄せるとは恋の定型。**○和我可流加夜能**（わが刈る茅の）「和我」はわたしが。「可流加夜」は刈り取る茅。茅は薄や菅の類。**○左祢加夜能**（さね茅の）「左祢加夜」はさね茅で柔らかな茅。「左祢」は「さ寝」を示唆し、「加夜」は女子を示唆。**○麻許等奈其夜波**（まこと柔やは）「麻許等」は実に。「奈其夜」は柔らかいこと。女子の肌をいう。**○祢呂等敝奈香母**（寝ろとへなかも）「祢呂」は「寝る」の東国音。「等敝」は「〜と言ふ」の東国音。「奈」は打ち消し。「香母」は疑問に詠嘆の接続。万葉考は「まことなごやかには寝むといは無と、つれなきをうらむ」という。

【鑑賞】

未勘国の相聞の歌。冒頭の調子のいい歌い方は、茅を刈っていることを楽しんでいるリズムである。茅は屋根を葺く建材として用いられるから、大量に刈り取り乾燥させる必要がある。そのためには集団の作業となる。その時に「岡に寄せわが刈る茅のさね茅の」と歌えば、誰かが「まこと柔やは寝ろとへなかも」と応じる。誰でも知っている山歌であろうから、そうした引き継ぎは容易である。さね茅は柔らかい性質の茅で、それがすぐに柔肌へと転換するのは、この類の山歌の特徴である。

紫草は
3500

紫草(むらさき)は　根(ね)をかも終(を)ふる　人(ひと)の児(こ)の　うら愛(がな)しけを　寝(ね)を終(を)へなくに

牟良佐伎波　根乎可母乎布流　比等乃兒能　宇良我奈之家乎　祢乎遠敝奈久尓

紫草は、根をもって尽くし終えるのかなあ。あの人妻の、心から愛しいと思う子と、寝ることを尽くし終えていないのに。

【注釈】
○牟良佐伎波（紫草は）　ムラサキ科の植物。根は薬や紫色の料。**○根乎可母乎布流**（根をかも終ふる）「根乎」は根っ子をの意。「可母」は疑問に詠嘆の接続。「乎布流」は根を掘り起こして終えること。「根」は下の「寝」を導く。**○比等乃兒能**（人の児の）「比等乃兒」は人の妻。人妻への恋をいう。**○宇良我奈之家乎**（うら愛しけを）「宇良」は裏で表に見えない心。「我奈之家」は愛しい女子。切なく悲しいほどの思いを抱かせることによる東国語。既出三三五一番歌。**○祢乎遠敝奈久尓**（寝を終へなくに）「祢」は寝ること。「遠敝」は終えること。「奈久尓」は「ず」の句語法「なく」に助詞「に」の接続で「ないのに」の意。

【鑑賞】
未勘国の相聞の歌。「賦役令」に「紫三両。紅三両。茜二斤」と見える。紫は高貴な人たちが着る正式な服の色として定められていて、各地から紫根が供出された。紫草は御領地に植えられていて、「茜草指す紫野逝き標野行き野守は見ずや君が袖振る」（巻一・二〇）によれば番人が管理していた。紫根を掘る時は役人が立ち会い、厳しい管理の中で行われたであろう。春に植えて冬に葉が枯れて紫根の収穫となる。植えるのも収穫するのも集団の仕事である。「紫草は根をかも終ふる」とは、紫根を掘る様子をいうものと思われる。一年で掘り起こす根と、二年目に残す根を選別しながら掘り起こすので、「根をかも終ふる」とは、掘り起こされてそこで終わる根であろう。そこから展開したのが「人の児のうら愛しけを寝を終へなくに」である。「人の児」とは、人妻である。その愛しい人妻とまだ寝ることを終えていないのだという。紫草は根を終えるが、我は寝を終えないのだという洒落である。山歌として歌われた人妻への恋の歌である。

安波嶺ろの──3501

安波嶺ろの　嶺ろ田に生はる　たはみ葛　引かばぬるぬる　吾を言な絶え

安波乎呂能　乎呂田介於波流　多波美豆良　比可婆奴流奴留　安乎許等奈多延

安波の嶺の、山の田に生えている、たわみ蔓ではないが、引き抜いたらぬるぬると続くように、わたしとの約束の言葉を絶たないで下さい。

【注釈】

〇安波乎呂能（安波嶺ろの）「安波」は地名だが所在未詳。「乎呂」は嶺。**〇乎呂田介於波流**（嶺ろ田に生はる）「乎呂田」は山の田。「於波流」は生えていること。〇**多波美豆良**（たはみ葛）　蔓性植物。どのような植物か未詳。下の句の意から引くと寄ってくる植物と思われる。〇**比可婆奴流奴留**（引かばぬるぬる）「比可婆」は引いたならばの意。「婆」は仮定。「奴流奴留」はするするとの意。本巻に「伊利麻路の於保屋が原のいはゐ葛引かばぬるぬるわにな絶えそね」（三三七八）とある。〇**安平許等奈多延**（吾を言な絶え）　我との言葉を絶やすな。「安乎」は我との意。「許等」は言葉。「奈」は禁止。「多延」は関係が絶えること。

【鑑賞】

末勘国の相聞の歌。わが言を絶つなという類の歌は、本巻に幾つか見られるから、山歌として広く流通していたのであろう。入間路にも上野にも歌われていて、広域性が知られる。また素材を変えて絶えるなと訴える歌も多い。田の草取りの労働の時に歌われていた山歌と思われる。これは聞く者を楽しませる歌であり、愛を訴える歌であるから、歌垣でもて囃されたに違いない。歌垣の会場へ向かう時には、喉馴らしの山歌として歌われていたであろう。そのような山歌が歌われると、周囲の中からそれに応じて歌が引き継がれる可能性がある。それも喉馴らしのためであるが、この段階ですでに歌の掛け合いが始まることになる。それは、労働でも、社交集会でも歌われ流通していたものと思われる。

わが愛妻　3502

わが愛妻（めづま）　人（ひと）は離（さ）くれど　朝貌（あさかほ）の　年（とし）さへこごと　吾（わ）は離（さ）かるがへ

和我目豆麻　比等波左久礼杼　安佐我保能　等思佐倍己其登　和波佐可流我倍

わたしの愛しい妻を、人は引き離そうとするけれど、朝貌が、年ごとに蔓を延ばすように、わたしも蔓を這わせて離れることなどしようか。

【注釈】

○和我目豆麻（わが愛妻）　われの愛しい妻の意。「目豆麻」は愛妻。現実には妻には出来ないので心の妻とする。**○比等波左久礼杼**（人は離くれど）　他人が仲を割くこと。「杼」は逆接。**○安佐我保能**（朝貌の）　早朝に笑顔のように開く花。現代の朝顔とは異なる。昼顔の類か。諸説ある。**○等思佐倍己其登**（年さへこごと）「等思」は年。「佐倍」は「〜の上に」の意。「己其登」は朝貌が蔓を延ばすこと。**○和波佐可流我倍**（吾は離かるがへ）「佐可流」は離れること。「我倍」は反語を表す東国語。

【鑑賞】

未勘国の相聞の歌。「わが愛妻」とは、親の許しを得ていない心の中に思う妻である。妻といったのは「愛妻」という言葉に従ったからである。その愛妻との関係を引き離そうとしているというのは、悪い噂を立てている人たちがいるのであろう。女子の母親もその噂を聞いて、引き離そうとしていることが予想される。しかし、男子は「朝貌の年さへこごと吾は離かるがへ」という強い覚悟を表す。二人の間にある障害の大きさに比例した、強い覚悟を示したのである。もちろん、これは「人は離くれど」というように、仮定の話である。このような宣言は、歌垣の中での誓約の歌である。

安斉可潟　3503

安斉可潟（あさかがた）　潮干（しほひ）のゆたに　思（おも）へらば　うけらが花（はな）の　色（いろ）に出（で）めやも

安齊可我多　志保悲乃由多尒　於毛敝良婆　宇家良我波奈乃　伊呂尒弖米也母

安斉可潟の、潮干がゆったりとしているように、ゆったりと思っていられるならば、うけらの花のように、顔色に出ることはあろうか。

【注釈】

○安齊可我多（安斉可潟）所在未詳。**○志保悲乃由多尒**（潮干のゆたに）「志保悲」は潮干。「由多」はゆったりとしていること。「吾情湯谷絶谷」（巻七・一三五二）とある。**○於毛敝良婆**（思へらば）「於毛敝良婆」は「思ひあらば」。思っていたならばの意で仮定。**○宇家良我波奈乃**（うけらが花の）「宇家良」は朮。既出三三七六番歌。**○伊呂尒弖米也母**（色に出めやも）「伊呂」は顔色。「弖米」は出め。「也母」は反語。本巻に「宇家良我波奈乃伊呂尒豆奈由米」（三三七六）とある。

【鑑賞】

未勘国の相聞の歌。海浜では潮干がゆったりとしていて、それを踏まえて心もゆったりとしていることを希望する。しかし、それは否定されるものであって、心はゆったりなどしていられないことから、「うけらが花の色に出めやも」という。この口吻は、相手から「顔色に出さないで下さいね」と言われたことへの反論である。武蔵の国の歌にも「うけらが花の色に出なゆめ」（三三七六）と注意を喚起している歌がある。この歌い手はそのように注意されたのであろう。しかし、それは不可能だったのだと弁解したのがこの歌で、その理由は相手への愛しさの余りである。このような掛け合いが二人の間に展開していたと思われ、安斉可潟の海浜の歌垣の歌である。

春へ咲く 3504

春（はる）へ咲（さ）く 藤（ふぢ）の末葉（うらば）の 心安（うらやす）に さ寝（ぬ）る夜（よ）ぞ無（な）き 児（こ）ろをし思（も）へば

波流敝左久 布治能宇良葉乃 宇良夜須介 左奴流夜曽奈伎 兒呂乎之毛倍婆

春のころには咲く、藤の枝先のうら葉ではないけれど、心安らかにして、寝る夜も無いことよ。愛しいあの子を思うので。

【注釈】

○波流敝左久（春へ咲く）「波流敝」は春のころ。「左久」は花が咲くこと。**○布治能宇良葉乃**（藤の末葉の）「布治」は藤。マメ科の蔓性植物。初夏に房状の薄紫の花が咲く。「宇良葉」は先端の葉。「宇良」から次の「宇良」を導く。**○宇良夜須介**（心安に）「宇良」は裏で表に見えない心。「夜須介」は安らかにの意。**○左奴流夜曽奈伎**（さ寝る夜そ無き）「左」は接頭語。「奴流」は寝る。「夜曽」は夜への強い言い方。夜は男女が共寝することによる。「奈伎」は無いこと。**○兒呂乎之毛倍婆**（児ろをし思へば）「兒」は愛しい子。「呂」は親愛の東国語。「乎之」は「兒」への強い言い方。「毛倍婆」は「思へば」の約音。「婆」は確定条件。

【鑑賞】

未勘国の相聞の歌。先へ延びた藤の蔓の葉が風にそよぎ春の安らかな風景を見せるが、それと対照的なのはわが心だという。その理由は、愛しい子と寝る夜が無いことによる。二人が逢うには障害があるのだろう。恋することは共寝することであるから、共寝がなければ心は安らかにはならないということになる。歌垣の歌であれば、男子の苦しみを取り除くのは女子の応対次第となる。ここからは、女子が優位に立って歌を展開させることが可能となる。共寝の可否の優先権は女子が握っているからである。

うち日さつ 3505

うち日（ひ）さつ　美夜（みや）の瀬河（せがは）の　貌花（かほばな）の　恋（こ）ひてか眠（ぬ）らむ　昨夜（きぞ）も今夜（こよひ）も

宇知比佐都　美夜能瀬河泊能　可保婆奈能　孤悲天香眠良武　伎曽母許余比毛

日が明るく照る、美夜の瀬河の、貌花のように、恋焦がれて眠っているのだろうか。昨夜もそして今夜も。

【注釈】

○宇知比佐都（うち日さつ）「宇知比」は内日。「佐都」は差すの東国音。日が照る意から、次の「美夜」を導く枕詞。底本は「ウチヒサス」に「都スフ／今和依此歟」を頭書。代匠記（初）は「ウチヒサツ」。**○美夜能瀬河泊能**（美夜の瀬河の）都を流れる川。「美夜」は都。「瀬河泊」は瀬の川。**○可保婆奈能**（貌花の）未詳の花。古義は昼顔という。**○孤悲天香眠良武**（恋ひてか眠らむ）「孤悲」は恋が孤独で悲しい心による義訓。「天香」は「～してか」。「眠良武」は寝るだろうこと。「良武」は確かなことへの現在推量。**○伎曽母許余比毛**（昨夜も今夜も）「伎曽」は昨夜。「許余比」は今夜。底本は「武」の下に○符あり「伎キ」を左傍書。

【鑑賞】

未勘国の相聞の歌。「うち日さつ」は「宮」を導くから、この歌は都に関わりの深い歌であろう。「うち日さつ」が導いているのは宮の瀬川であり、そこに咲く貌花である。貌花は愛しい女子と重ねられて、女子へと心が向かう。「貌花の恋ひてか眠らむ」という表現には、洗練された抒情性が認められる。貌花が恋しい思いをして寝ているというイメージが強くあり、それに愛しい女子を重ねて女子への愛情が抒情的に表わされている。そうした貌花のような女子が昨夜も今夜も独りで寝ているのだという思いからは、女子への哀憐の情を起こさせ、東歌の「寝る」ことの歌とは質を異にする。「うち日さつ」と詠んだ根拠も、これが都風であることによる。人麿歌集の歌のように官人たちが東国へもたらし、宴席などで歌われていた山歌であろう。

新室の　3506

新室(にひむろ)の　蚕時(こどき)に到(いた)れば　はだ薄(すすき)　穂(ほ)に出(で)し君(きみ)が　見(み)えぬこの頃(ころ)

尒比牟路能　許騰伎尒伊多礼婆　波太須酒伎　穂尒弖之伎美我　見延奴己能許呂

新しい装いの部屋の中に、蚕を飼う時が来たので、はだ薄が、穂に出て目立つようにお逢いしたあの方が、訪れないこの頃です。

【注釈】

○尒比牟路能（新室の）　新しく装った蚕を飼う部屋をいう。**○許騰伎尒伊多礼婆**（蚕時に到れば）「許」は蚕のこと。「垂乳根之母我養蚕」（巻十二・二九九一）とある。「騰伎」は代匠記（初）に「こときは蠶時なり」とある。蚕を飼う時期。「伊多礼婆」は到ったので。「婆」は確定条件。**○波太須酒伎**（はだ薄）穂が出て旗のようになった薄。目立つことをいう。**○穂尓弖之伎美我**（穂に出し君が）「穂尓弖之」は穂として出たことで目に付くこと。よく通って来た男子をいう。**○見延奴己能許呂**（見えぬこの頃）「見延奴」は通って来ないこと。「己能許呂」は最近。

【鑑賞】

未勘国の相聞の歌。新室とは蚕を養うために新しく装った部屋である。養蚕は村にある特別な建物で行われたはずである。なぜなら、絹織り物は個人が着るものではなく、国に供出するものだからである。それゆえに、新室は公の建物であり、そこに多くの作業の人員が集まる。養蚕時期が来ると人々が多忙を極める。蚕部屋の掃除をして新たな蚕棚を用意し、綺麗な状態の室で蚕を飼う。それが新室である。それがすむと桑の葉摘みが始まり昼も夜も休まず多忙を極める。これはそのような時に歌われる労働の歌である。男子が何時も通って来たように歌うのが山歌の歌い方であり、本巻の「殿の若子が取りて嘆かむ」（三四五九）という類である。多忙で無くとも通って来ない嘆きをしているのが本音で、男子が通って来ないのは養蚕で忙しいからだという理屈が付く。

谷狭み　3507

谷狭み（たにせば）　嶺（みね）に生（は）ひたる　玉葛（たまかづら）　絶（た）えむの心（こころ）　わが思（も）はなくに

多尓世婆美　弥年尓波比多流　多麻可豆良　多延武能己許呂　和我母波奈久尓

谷が狭いので、嶺に向かって生え伸びている、きれいな蔓草のように、絶えようという心など、わたしは思ってもいないのに。

【注釈】

〇多介世婆美（谷狭み）「多介」は谷。「世婆美」は狭いので。「美」は「〜なので」を表す接尾語。「谷迫」（巻十二・三〇六七）に同じ。**〇弥年介波比多流**（嶺に生ひたる）「弥年」は山の嶺。「波比多流」は生えていること。**〇多麻可豆良**（玉葛）「多麻」は玉で美称。「可豆良」は蔓性植物。蔓を先へと延ばすことから、次の「多延」を導く枕詞。**〇多延武能己許呂**（絶えむの心）絶えるだろう心をいう。**〇和我母波奈久介**（わが思はなくに）わたしは思わないのにの意。「奈久介」は「ず」のク語法「なく」に助詞「に」の接続で「無いのに」の意。余情を表す。

【鑑賞】

未勘国の相聞の歌。谷が狭まっているので、山の峰に向かって葛の蔓が延びているという。その様は途中で絶えることなどないという延び方である。そのことを踏まえると、「絶えむの心わが思はなくに」という恋の思いが導かれる。蔓が絶えないように、絶えるような心はないという定型の訴えである。相手から疑念の言葉があり、それに対する確かな態度を示して誓いを立てた返し歌である。「わが思はなくに」という言い回しは定型であり、相手の心に余韻を残す。「丹波道の大江の山の真玉葛絶えむの心我が思はなくに」（巻十二・三〇七一）とある。山麓の歌垣での誓約の歌である。

芝付きの｜3508

芝付きの　御宇良崎なる　根津子草　相見ずあらば　あれ恋ひめやも

芝付乃　御宇良佐伎奈流　根都古具佐　安比見受安良婆　安礼古非米夜母

芝付きの、御宇良崎にある、根津子草の寝に就くではないけれど、あなたと寝ることもなければ、わたしはこうして恋に苦しみましょうか。

【注釈】
○芝付乃（芝付きの）　語義未詳。次の「御宇良」を導く。**○御宇良佐伎奈流**（御宇良崎なる）　所在未詳。**○根都古具佐**（根津子草）　植物名であるが未詳。諸説ある。「根都古」から「寝に就く子」を示唆。**○安比見受安良婆**（相見ずあらば）「安比」は互いに。「見受」は共寝のないこと。「安良婆」は仮定。**○安礼古非米夜母**（あれ恋ひめやも）　恋することなどあろうか。「米夜」は反語。「母」は詠嘆。

【鑑賞】
未勘国の相聞の歌。「御宇良崎なる根津子草」という言い回しは、海浜で歌垣が行われていることをいうのであろう。「根津子草」が選ばれたのは、「寝つ子」という草の名の面白さからである。根津子草ではないけれど、愛しい人と寝たというのである。しかし、こうして寝なかったなら、こんなに恋に苦しもうかという。寝ないので辛いということは多くあるが、寝たことで恋の思いが苦しくなったというのは、逆説による愛情の表白である。共寝をして本当の恋に目覚めたという愛の讃歌である。

栲衾 3509

栲衾（たくぶすま） 之良山風（しらやまかぜ）の 宿（ぬ）なへども 児（こ）ろが襲着（おそき）の 有（あ）ろこそ良（え）しも

多久夫須麻 之良夜麻可是能 宿奈敝抒母 古呂賀於曽伎能 安路許曽要志母

栲衾の白ではないが、之良山から吹き下ろす風が、冷たくて寝られないけれど、あの子の襲着の衾が、こうしてあるのが何とも嬉しいことだ。

【注釈】

○多久夫須麻（栲衾）「多久」は栲。繊維が白いので白栲という。「夫須麻」は衾。夜着。布が白いことから、次の「之良」を導く枕詞。**○之良夜麻可是能**（之良山風の）「之良夜麻」は所在未詳。栲衾の白から白山となる。「可是」は山から吹き下ろす颪。**○宿奈敝抒母**（宿なへども）「宿」は宿り寝ること。「奈敝」は打消しを表す東国語。「抒母」は逆接。**○古呂賀於曽伎能**（児ろが襲着の）「古呂」は愛しい女子。「於曽伎」は代匠記（初）に襲着とある。上に羽織る着物。夜着とすれば衾。女子から贈られたとすれば自慢の品。**○安路許曽要志母**（有ろこそ良しも）「安路」は有ることの東国音。「許曽」は強め。「要志」は良いの東国音。「母」は詠嘆。

【鑑賞】

未勘国の相聞の歌。山颪が寒く寝られないという。「宇治間山朝風寒し旅にして衣借るべき妹も有らなくに」（巻一・

七五）のような歌があり、宇治間山の朝風が寒いのに旅にあるので衣を貸してくれる女子がいないのだと嘆いている。本歌と類似する関係にあることから、本歌も旅の歌として理解される。ただ、本歌が旅の歌である根拠はない。「あしひきの山の下風は吹かねども君無き夕は予寒しも」（巻十・二三五〇）の歌では、山の嵐が吹かなくても愛しい人がいないと寒いのだという。そのことからみると、旅になくとも風が吹かなくとも、主旨は愛しい人が傍にいるか否か、愛しい人の衣があるか否かに関わることである。つまり、本歌は愛しい人の衣があるということに本旨があり、それを自慢する歌だということである。そのようなことを自慢するのは、ここが独り寝をテーマとした社交の歌の場だからであろう。

み空行く　3510

み空(そらゆ)行く　雲(くも)にもがもな　今日(けふ)行きて　妹(いも)に言問(ことと)ひ　明日(あす)帰(かへ)り来(こ)む

美蘊良由久　君母尓毛我母奈　家布由伎弖　伊母尓許等抒比　安須可敝里許武

真っ青な空を行く、雲に成りたいなあ。今日行って、愛しの子に言葉を掛けて、明日には帰って来ようものを。

【注釈】

○美蘊良由久（み空行く）「美」は接頭語。「蘊良由久」は空を行くこと。**○君母尓毛我母奈**（雲にもがもな）「君母尓」は雲に。「毛我母」は終助詞「もが」に「も」の接続で願望。「奈」は詠嘆。「み空往く　雲にもがもな」（巻四・五三四）とある。底本は

「クニモニモカモ」に「キミニモ／二字古無」を左傍書し「字古無」を朱で消す。代匠記（初）は「雲ニモカモナ」。**○家布由伎弖**（今日行きて）今日出掛けて行って。**○伊母尓許等抒比**（妹に言問ひ）「伊母」は妹で愛しい女子。「許等抒比」は言問いで言葉を交わすこと。「明日去而於妹言問」（巻四・五三四）とある。**○安須可敝里許武**（明日帰り来む）明日には帰り来ること。

【鑑賞】

未勘国の相聞の歌。雲になって愛しい女子のもとへ行き、明日には帰って来ようという。そうした表現は、「み空往く　雲にもがもな　高飛ぶ　鳥にもがもな　明日去きて　妹に言問ひ」（巻四・五三四）とあり、愛しい人に逢いたいための希望である。雲になって空を行くということから、女子は近辺に住む人ではない。そのような女子の元へ通うには雲となる必要があったのである。歌垣の場で素敵な女子に出逢い、住まいを聞くと遙か遠くだという答えに応じた歌である。この女子は遠い土地の名を教えたのであろう。歌垣に参加する男女はあくまでも仮の存在であり、社会性を持つことはない。恋歌を歌い合う男女が暗黙に了解している歌垣のルールである。ただ、この歌は山歌として流通していたように思われる。都伝来の山歌のようであり、歌は洗練されている。

青嶺ろに　3511

青嶺(あをね)ろに　棚引(たなび)く雲(くも)の　いさよひに　物(もの)をそ思(おも)ふ　年(とし)のこの頃(ころ)

安乎祢呂尓　多奈婢久君母能　伊佐欲比尓　物能乎曽於毛布　等思乃許能己呂

青々とした山の嶺に、棚引く雲のように、行き悩んでは、物思いをしていることだ。年を経たこの頃は。

【注釈】

○**安平祢呂尒**（青嶺ろに）　青々とした山並みをいう。「祢」は嶺。「呂」は親愛を表す。○**多奈婢久君母能**（棚引く雲の）　山に棚引く雲をいう。○**伊佐欲比尒**（いさよひに）　雲の行き泥む様。泥む雲から次の物思いへ転換。○**物能乎曽於毛布**（物をそ思ふ）「物能」は物思い。「曽」は強め。「於毛布」は恋する物思い。○**等思乃許能己呂**（年のこの頃）　年を経過したこの頃。この年頃とは異なる。

【鑑賞】

未勘国の相聞の歌。「青嶺ろに棚引く雲」とは、歌垣の場から見渡せる風景である。青山の上には雲が棚引いていて、その雲はいさよっている。本巻に「青嶺ろにいさよふ雲の寄そり妻はも」（三五一二）と詠まれている。雲が山の上で行き悩むのは、心が行き悩む様である。本歌でもそのように行き悩むのだが、それはわが身においてである。その理由は「物をそ思ふ年のこの頃」にある。物思いは愛しい人との関係に発生するものであり、前進することも後退することも叶わないままに年を過ごしたのだと嘆くことで、相手の出方を窺う歌である。

一嶺ろに　3512

一嶺(ひとね)ろに　言(い)はるものから　青嶺(あをね)ろに　いさよふ雲(くも)の　寄(よ)そり妻(つま)はも

比登祢呂尒　伊波流毛能可良　安乎祢呂尒　伊佐欲布久母能　余曽里都麻波母

一つに合わさった山のように、人に噂されるものではあることから、あの青い山に、行き悩む雲のように、わが身に寄り添う噂だけの妻であるよ。

【注釈】

○比登祢呂介（一嶺ろに）　一つの山にの意。「祢」は嶺。「呂」は山への親愛。**○伊波流毛能可良**（言はるものから）「伊波流」は言われること。「毛能可良」は形式名詞「物」に格助詞「から」の接続で「ものであることから」の意。**○安乎祢呂介**（青嶺ろに）　青々とした山の嶺。**○伊佐欲布久母能**（いさよふ雲の）　たゆたっている雲をいう。男女の関係へ転換。**○余曽里都麻波母**（寄そり妻はも）「余曽里」は寄せられること。他人の噂による。「都麻」は身に添う愛しい人で男女に共用。「波母」は詠嘆。

【鑑賞】

未勘国の相聞の歌。前歌と関わるか。「一嶺ろに言はるものから」とは、まるで一つの山のようだという人の噂のことである。つまり、夫婦一体のようだという噂である。しかし、事実は異なるのであり、青山に行き泥んでいる雲と同じなのだという。その理由は棚引く雲のように、進むことも後戻りも出来ないことをいう。男子としてはそのような人の噂に悪い気はしていないのだが、女子はそのことを気にして共寝をしてくれない。そのことに不満の男子は、「いさよふ雲の寄そり妻はも」と嘆いたのである。一つの山だと言われていながら、雲のようにただ近くにあるだけの噂の女なのだという不満である。そのような嘆きを訴えることで、女子の反応を待つ歌である。

夕去れば　3513

夕去れば　み山を去らぬ　布雲の　何か絶えむと　言ひし児ろばも

由布佐礼婆　美夜麻乎左良奴　尒努具母能　安是可多要牟等　伊比之兒呂婆母

夕方になると、美しい山を去らない、あの布雲のように、どうして絶えましょうかと、そう言った愛しい子であるよ。

【注釈】

〇由布佐礼婆（夕去れば）　夕暮れがやって来たので。「去」は移る意。「婆」は確定条件。**〇美夜麻乎左良奴**（み山を去らぬ）　山を去らないこと。**〇尒努具母能**（布雲の）「尒努具母」は布雲の東国音。布を敷いたように棚引く雲。**〇安是可多要牟等**（何か絶えむと）「安是」は「なぜ」の東国音。「可」は疑問。「多要牟」は絶えようの意。雲から男女の関係に転換。**〇伊比之兒呂婆母**（言ひし児ろばも）「伊比之」は言ったこと。「兒呂」は愛しい女子。「呂」は親愛の語。「婆」は「は」の強め。「母」は詠嘆。

【鑑賞】

未勘国の相聞の歌。「夕去ればみ山を去らぬ布雲の」は山歌の歌い方であり、山麓の歌垣の歌である。夕方を迎えて峰を望むと布雲が棚引いていて、峰を去らずにある。そのような雲の様子を我が身に置き換えて、愛しい女子が「あの布雲のように、どうして絶えましょうか」と言ったという。「言ひし児ろばも」には、その時の男子の深い喜びが表されている。女子と愛の約束を交わすことが出来た感動が、「言ひし児ろばも」である。「夕去れば」からみると、別れの歌として歌われたのであろう。ただ、「言ひし」という表現には回想が表されているから、この歌は歌垣に由来しながら山歌として歌われていたものと思われる。歌垣の会場へ行く道で喉馴らしとして歌われ、労働にも宴会にも歌われていた歌であったと思われる。

高き嶺に　3514

高き嶺に　雲の着くのす　われさへに　君に着きなな　高嶺と思ひて

多可伎祢介　久毛能都久能須　和礼左倍介　伎美介都吉奈那　多可祢等毛比弖

高い山の嶺に、雲が寄り添うように、わたしもまた、あなたに寄り添いたいなあ。あなたを高い山と思って。

【注釈】

○多可伎祢介（高き嶺に）「多可伎」は高いこと。「祢」は嶺。**○久毛能都久能須**（雲の着くのす）雲が纏わり付くように。「久毛」は雲。「都久能須」は付くようにの意。「能須」は「成す」の東国音。**○和礼左倍介**（われさへに）「左倍介」は「〜でさえも」。**○伎美介都吉奈那**（君に着きなな）「伎美」は愛しい男子。「都吉」は着くで身に寄り添うこと。「奈那」は希求。**○多可祢等毛比弖**（高嶺と思ひて）「多可祢」は高い嶺。「毛比弖」は「思ひて」の約音。

【鑑賞】

未勘国の相聞の歌。「高き嶺に雲の着くのす」とは、山麓で行われている歌垣の場で目にする風景であろう。向こうの高い山には雲が棚引いていて、それを素材として「われさへに君に着きなな」が発想される。女子による積極的な愛の告白であり、その寄り添う様を「高嶺と思ひて」だという。高い山は堂々として威厳があるから、そのような山に寄り添えば頼りがいがあり安心である。これは、男子を高い立派な山に譬えて褒める、歌垣での讃美の歌である。

素敵な歌い手と出逢うと、その相手を褒めて引き留める方法である。そのように褒められると、男子はその場に立ち止まり歌の掛け合いとなる。

あが面の　3515

あが面の　忘れむ時は　国はふり　嶺に立つ雲を　見つつ偲はせ

阿我於毛乃　和須礼牟之太波　久尒波布利　祢尒多都久毛乎　見都追之努波西

わたしの顔を、万が一忘れるような時は、故郷に溢れ出て、山の上に湧き立つ雲を、見ながら偲んで下さい。

【注釈】

○**阿我於毛乃**（あが面の）「於毛」は顔。○**和須礼牟之太波**（忘れむ時は）「和須礼牟」は忘れるだろうの意。「之太」は「時」を表す接尾語。○**久尒波布利**（国はふり）「久尒」は故郷。「波布利」は溢れること。○**祢尒多都久毛乎**（嶺に立つ雲を）「祢尒多都」は山上に湧き立つこと。「久毛」は雲。○**見都追之努波西**（見つつ偲はせ）見て偲んで下さい。「見都追」は見ながら。「之努波西」は「偲ふ」の丁寧。

【鑑賞】

未勘国の相聞の歌。旅に出る夫を見送る女子の歌として理解されている。防人の歌に「あが面の忘れも時は都久波嶺を振り放け見つつ妹は偲はね」（巻二十・四三六七）とあるから、本歌もそうした情況にある送別の歌と思われる。

村を挙げての送別の宴に、妻が歌った歌となろう。もちろん、送別の宴は集団の中にあるから、歌い手は愛しい女子や妻とは限らない。むしろ、そこに集まった年輩の女子たちが、愛しい女子に変身しているものと思われる。ただ、このような歌が旅人を見送る歌となった背後には、歌垣の別れ歌が存在した。愛を誓い合った男女が歌垣の終わりに記念の品を贈り、別れの歌を交換する。その時の女子の歌であろう。本巻に「面形の忘れむ時は大野ろに棚引く雲を見つつ偲はむ」（三五二〇）とあるのは、野の歌垣での別れ歌である。「面形の忘れむ時」とは、歌垣の短い期間での出逢いを根拠として「顔を忘れたら雲を見て偲んで」ということにある。別れ歌は遥か遠くへと去ることを前提として歌う。東国の防人が「あが面の忘れも時は」というのも、歌垣の別れ歌の歌い方を受けている。

対馬の嶺は——3516

対馬（つしま）の嶺（ね）は　下雲（したぐも）あらなふ　神（かむ）の嶺（ね）に　棚引（たなび）く雲（くも）を　見（み）つつ偲（しの）はも

對馬能祢波　之多具毛安良南敷　可牟能祢尒　多奈婢久君毛乎　見都追思努波毛

対馬の嶺には、雲が下に垂れることはない。その神の嶺に、棚引く雲を、見ながらあなたを偲ぼう。

【注釈】

○對馬能祢波（対馬の嶺は）　長崎県対馬の山。対馬は旧国名。九州と朝鮮半島との中程にある防人が守る先端の島。倭名鈔（巻五）の対馬の島に「下県国府」とある。「祢」は嶺。最高峰は矢立山の六四八メートル。**○之多具毛安良南敷**（下雲あらなふ）「之多具毛」は垂れた雲。「安良南敷」はあることがないこと。「南敷」は打消しの東国語。底本は「南」に「ナム」を左傍書。**○可牟能祢介**（神の嶺に）「可牟能祢」は神の山。**○多奈婢久君毛乎**（棚引く雲を）棚引いている雲をいう。**○見都追思努波毛**（見つつ偲はも）見ながら偲んで下さい。「思努波毛」は思い出すこと。

【鑑賞】

　未勘国の相聞の歌。対馬の嶺が詠まれるのは、防人経験者の情報によるのであろう。「下雲あらなふ」という具体的な表現がそれを示す。対馬の山は低い山であるから、雲が下まで垂れることは無いが、ただ、神の嶺には雲が棚引くので、その雲を見ながら偲ぼうという。下雲云々は回りくどい言い回しであるが、神の嶺に棚引く雲を見て偲ぶというのが主旨である。神嶺は固有名詞ではなく、筑波嶺が神嶺と呼ばれるのと同じで、対馬にも神の嶺があると知ってのことである。防人を送る餞宴に歌われた別れの歌で、そこには防人経験者もいたであろう。この防人は愛しい妻とされる女子から、「あが面の忘れも時は対馬嶺を振り放け見つつ君はしぬはね」というような歌が贈られ、それへの返しとして詠まれたことが推測される。

白雲の ―― 3517

白雲（しらくも）の　絶（た）えにし妹（いも）を　何（あぜ）せろと　心（こころ）に乗（の）りて　ここば愛（かな）しけ

思良久毛能　多要尓之伊毛乎　阿是西呂等　許己呂尓能里弖　許己婆可那之家

空行く白雲が途絶えたように、仲の絶えたあの子を、どうしろというのか、心を占有して、こんなにも愛しいよ。

【注釈】

○思良久毛能（白雲の）「思良」は白。「久毛」は雲。切れて浮かんでいることから、次の「多要」を導く枕詞。**○多要尒之伊毛乎**（絶えにし妹を）「多要尒之」は女子との関係が絶えたこと。**○阿是西呂等**（何せろと）「阿是」はどのように。「西呂」は為よ。**○許己呂尒能里弖**（心に乗りて）「能里弖」は心を占有したこと。**○許己婆可那之家**（ここば愛しけ）「許己婆」はこんなにも。「可那之家」は「かなし」の連体形。愛しきに同じく愛しい意。既出三三五一番歌。

【鑑賞】

未勘国の相聞の歌。山の上に掛かる白雲が千切れてあるという。そこから導かれるのは、千切れてしまった恋ということになる。それゆえに「絶えにし妹を」が導かれる。しかし、愛しい子との関係は絶えたが、「何せろと心に乗りてここば愛しけ」と嘆く。男女の間に困難な事情が立ちはだかり、やむなく恋人関係を解消したが、その後に男子は本当の恋に目覚めたのである。そのような嘆きを訴えることで、そこに新たな展開が見出されることになる。愛の別離を設定して歌う別れの歌があり、その段階の歌である。

岩の上に　3518

岩（いは）の上（へ）に　い懸（か）かる雲（くも）の　かのまづく　人（ひと）そおたはふ　率寝（いざね）しめとら

伊波能倍尒　伊可賀流久毛能　可努麻豆久　比等曽於多波布　伊射祢之賣刀良

岩山の上に、懸かっている雲が、しきりに湧き立っている。そのように人が騒ぎ立てている。さあ共寝をさせようとしてさ。

【注釈】

〇伊波能倍尒（岩の上に）「伊波」は岩山。「能倍」は「の上」の約音。**〇伊可賀流久毛能**（い懸かる雲の）「伊」は接頭語。「可賀流」は懸かっていること。**〇可努麻豆久**（かのまづく）「可努麻豆久」は語義未詳。諸説ある。次句から雲が湧いていることか。底本は「カヌマツク」。新訓は「カノマヅク」。**〇比等曽於多波布**（人そおたはふ）「比等」は他人。「曽」は強め。「於多波布」は語義未詳。諸説ある。「波布」は「はふる」と同語なら騒ぐこと。次句から囃し立てる意か。**〇伊射祢之賣刀良**（率寝しめとら）「伊射」は人を誘う語。さあさあ。「祢之賣」は「寝しむ」で寝させること。「刀良」は語義未詳。「とさ」のような意か。万葉考はこの二句に乱れがあり後人が三四〇九番歌を参考に書き加えたという。

【鑑賞】

未勘国の相聞の歌。「岩の上にい懸かる雲の」という表現からみると、山上の歌垣の歌であろう。低地の岩の上に雲が掛かることは無いから、山上の岩の上が考えられる。筑波山であるなら、女岳の頂上の岩の上ということになる。その岩の上には雲が湧いたり棚引いたりして、それによって「人そおたはふ」が導かれる。雲が立つ様をいうらしいのは、人が様々に言い立てていることによる。同じような歌が本巻に「伊香保ろに天雲い継ぎかのまづく人とおたはふ率寝しめとら」（三四〇九）とあり、このような歌が山歌として歌われていたことが知られる。その面白さは「いざ寝しめとら」にある。これは「さあ共寝させようぜ」というような囃し立てをいうものと思われ、歌垣で男女が愛を誓いあったことから、周囲の者は「共寝しろ」といって囃し立てている場面である。

汝が母に　3519

汝が母に　呵られあは行く　青雲の　出で来わぎ妹兒　相見て行かむ

奈我波伴尒　己良例安波由久　安乎久毛能　伊弖来和伎母兒　安必見而由可武

おまえさんの母親に、呵られてわたしは逃げ帰ることだ。青雲のように、高く空に出て来い愛しい子よ。それを見ながら帰ろう。

【注釈】
○**奈我波伴尒**（汝が母に）「奈我」は汝が。「波伴」は母親。女子の母親をいう。○**己良例安波由久**（呵られあは行く）「己良例」は叱責されること。「安波」は我は。「由久」は帰り行くこと。○**安乎久毛能**（青雲の）高い雲をいう。青雲は明かな様。青雲から女子へ転換。○**伊弖来和伎母兒**（出で来わぎ妹児）「伊弖来」は青雲のように出て来いの意。「和伎母兒」は愛しの女子。○**安必見而由可武**（相見て行かむ）「安必見而」は対象と向き合って見ながらの意。「由可武」は帰ろうの意。雲を愛しい女子として見つつ帰ること。男子の悔しさが滲む。

【鑑賞】
未勘国の相聞の歌。男子は密会のための夜這いに出掛けたのである。女子も家の者が寝静まる時を教え、心待ちにしていた。そして、一晩を過ごして夜明けに帰ろうとした時に、密会が母親に見つかったのであろう。母親からはひどく叱責され、男子は這々の体で逃げ帰った。惨めな思いでの帰り道で、空に浮かぶ雲を眺めながら雲のように女子の面影が出て来れば偲びつつ帰るのだという。男子としては無惨な夜這いとなったが、密会の失敗をおどけて楽しむ歌である。

面形の　3520

面形(おもかた)の　忘(わす)れむ時(しだ)は　大野(おほの)ろに　棚引(たなび)く雲(くも)を　見(み)つつ偲(しの)はむ

於毛可多能　和須礼牟之太波　於抱野呂尒　多奈婢久君母乎　見都追思努波牟

愛しい子の顔を、忘れるような時は、大野に、棚引く雲を、見ながら思い出そう。

【注釈】
○於毛可多能（面形の）「於毛可多」は面貌。愛しい人の顔をいう。**○和須礼牟之太波**（忘れむ時は）「和須礼牟」は忘れるだろうの意。「之太」は時を表す接尾語。**○於抱野呂尒**（大野ろに）「於抱野」は大野。地名だが所在未詳。「呂」は親愛の語。**○多奈婢久君母乎**（棚引く雲を）棚引いている雲をの意。**○見都追思努波牟**（見つつ偲はむ）それを見ながら偲ぼうの意。

【鑑賞】
未勘国の相聞の歌。大野は歌垣の場であろう。広々とした野で、雲を遮るものがないことから、「大野ろに棚引く雲」という。その雲が詠まれるのは、「面形の忘れむ時」のためである。愛しい相手の顔を忘れるというのは短い時間での出逢いによるからで、これは類型的な言い方である。歌垣で出逢って恋し合う関係となった男女が、やがて歌垣の終わりとともに別れることになり、その別れの時に約束を歌い合う。歌垣は年に一度か二度であれば、愛を誓った男女が出逢えるのはその時である。しかも、遠くから来たのであれば、毎年の出逢いは困難であろうし、次にいつ逢えるかの保証がないままの別れである。それゆえに、本巻には「あが面の忘れむ時は国はふり嶺に立つ雲を見つつ偲はせ」（三五一五）と歌われている。歌垣の別れ歌が同想の山歌として伝えられている。

烏とふ ―― 3521

烏とふ　大をそ鳥の　真実にも　来まさぬ君を　児ろ来とそ鳴く

可良須等布　於保乎曽抒里能　麻左弖尓毛　伎麻左奴伎美乎　許呂久等曽奈久

烏という、まったく大嘘つきの鳥が、実際には、来られないあの人のことを、「児ろ来」といって鳴くことだ。

【注釈】

○可良須等布（烏とふ）「可良須」は烏。「等布」は「〜という」の音約。**○於保乎曽抒里能**（大をそ鳥の）「於保」は大。「乎曽」は愚かしいこと。万葉考は「乎曽は常に宇曽とて、いつはりをいふ事なり」という。「遅い」を語源とすれば「のろま」「遅鈍」という侮辱語。末句からすれば嘘つきの意。「抒里」はどりでここは鳥をいう。**○麻左弖尓毛**（真実にも）実際にの意。本巻に「麻左弖尓毛乃良奴伎美我名」（三三七四）とある。**○伎麻左奴伎美乎**（来まさぬ君を）「伎麻左奴」は来ないの尊敬。「伎美」は愛しい男子。〇許呂久等曽奈久（児ろ来とそ鳴く）「許呂」は「児ろ」で愛しい男子。「許呂久」は鳥の鳴き声を「児ろ来」と聞いたこと。「愛しい人が来るよ」の意。「等曽」は「といっては」の意。

【鑑賞】

未勘国の相聞の歌。烏という鳥は嘘つき鳥だという。「大をそ鳥」というのだから、その怒りは露わである。その理由は、「真実にも来まさぬ君」にある。来ない男子であるからといって烏を嘘つき呼ばわりするのは烏にとって迷惑であるが、その烏が「許呂久」と鳴いたことにある。「コロク」を「児ろ来」と聞いたのである。いわば、聞きなしである。「児ろ」とは、愛しい女子をいう東国特有の言葉である。ところが、ここでは愛しい男子を「児ろ」と呼んでいる。この反転の理由は、男子がまだ若いからであろう。年配の女子たちが若い男子を相手にして、「児ろ」と呼んだのである。歌の主意は烏のコロクという鳴き声と、それを「児ろ来」と聞いたことの面白さにある。労働にも社交集会にも山歌として楽しまれたのであろう。

昨夜こそは　3522

昨夜こそは　児ろとさ寝しか　雲の上ゆ　鳴き行く鶴の　ま遠く思ほゆ

伎曽許曽波　兒呂等左宿之香　久毛能宇倍由　奈伎由久多豆乃　麻登保久於毛保由

昨夜にあっては、ようやく愛しの子と寝たことだ。なのに雲の上から、鳴いて行く鶴の声のように、ずいぶん遠くに思われるなあ。

【注釈】

〇伎曽許曽波（昨夜こそは）「伎曽」は昨日の夜。「許曽」は係助詞で強め。**〇兒呂等左宿之香**（兒ろとさ寝しか）「兒呂」は愛しい子をいう東国語。「等」は「と一緒に」の意。「左」は接頭語。「宿」は共寝。「之香」は過去の助動詞で「許曽」の結び。**〇久毛能宇倍由**（雲の上ゆ）「久毛能宇倍」は雲上。「由」は「～から」。**〇奈伎由久多豆乃**（鳴き行く鶴の）鳴きながら飛び行く鶴をいう。「多豆」は鶴の歌語。**〇麻登保久於毛保由**（ま遠く思ほゆ）「麻」は間。「登保久」は遠く。「於毛保由」は自然と思われること。

【鑑賞】

未勘国の相聞の歌。最初から「昨夜こそは兒ろとさ寝しか」とは露骨である。これは愛しい子と寝たことが主意だからである。愛する男女は、寝ることが唯一の幸福である。いかなる形においても、恋することは寝るということへの期待でありその実行である。それゆえに、逢えないことは寝ることのない悲しみであった。「昨夜こそは兒ろとさ寝しか」という喜びは、このような幸福感に満ちた言葉である。しかし、寝ることが幸福の中にありながら、寝ない時間があれば空虚な思いとなる。それが「ま遠く思ほゆ」である。昨夜共寝したばかりで今日はもう遠いことであったというのは、精神的な距離や時間の懸隔である。愛する男女の願いは、夜の明けない食国こそが住むべき愛の国であるに違いない。この露骨さは歌垣へ行く道で大声で歌っていた山歌だからであろう。

坂越えて――3523

坂越え（さかこ）えて　阿倍（あべ）の田（た）の面（も）に　居（ゐ）る鶴（たづ）の　乏（とも）しき君（きみ）は　明日（あす）さへもがも

佐可故要弖　阿倍乃田能毛尒　為流多豆乃　等毛思吉伎美波　安須左倍母我毛

坂を越えて来て、阿倍の田に降りて、居る鶴のように、心惹かれるあなたには、明日もまた逢いたいことです。

【注釈】

○佐可故要弖（坂越えて）「佐可」は坂。「故要弖」は越えて行くこと。**○阿倍乃田能毛尒**（阿倍の田の面に）「阿倍」は地名だが所在未詳。「田能毛」は田の面。田圃のこと。**○為流多豆乃**（居る鶴の）「為流」は棲んでいること。「多豆」は鶴の歌語。美しい鶴から愛しい男子を導く。**○等毛思吉伎美波**（乏しき君は）「等毛思吉」は乏しいこと。数が少ないことから心惹かれる意。「伎美」は愛しい男子。**○安須左倍母我毛**（明日さへもがも）「安須」は明日。「左倍」は加上すること。「母我毛」は終助詞「もが」に助詞「も」の接続で願望。

【鑑賞】

未勘国の相聞の歌。「乏しき君は明日さへもがも」ということのために、「坂越えて阿倍の田の面に居る鶴」を引き出すのは、鶴の渡りについての強い関心による。鶴は秋の稲刈りのころに渡来し春には帰るのだが、その間は田に居て越冬する。田に住むので「田鶴」であろう。その鶴の容姿が他の鳥に比べて優美であることが「乏しき君」を導いたことになる。ここでの君は特定個人ではない。素敵な男子に明日の夜もまた逢いたいというのは歌垣に由来する表現であるが、山歌として歌われていたものと思われる。ただ、都風な歌い方である。

真小薦の

3524

真小薦の　節の間近くて　逢はなへば　沖つ真鴨の　嘆きそあがする

麻乎其母能　布能末知可久弖　安波奈敝波　於吉都麻可母能　奈氣伎曽安我須流

真小薦の、節が近いように二人は近くあるが、逢うことが無いので、沖の真鴨のように、息が苦しく溜息ばかり衝くことだ。

【注釈】

○麻乎其母能（真小薦の）「麻」「乎」は接頭語。「其母」は真薦。イネ科の湿地性の植物。枕や筵の材。**○布能末知可久弖**（節の間近くて）「布」は万葉考に「薦などのふは間ちかきとこそいへ」とある。薦の節をいう。「末」は間隔。「知可久弖」は近くあっての意。節が近くあることから次の「安波」を導く。底本は「フノミ」。万葉考は「節」を縮めて「フ」というとして「フノマ」の訓。**○安波奈敝波**（逢はなへば）「安波」は逢うこと。「奈敝」は東国語の打消しで無いこと。「波」は「～なので」の意。**○於吉都麻可母能**（沖つ真鴨の）「於吉都」は沖の。「麻可母」は真鴨。鴨類の一種。「能」は「～のように」。海に潜り息が苦しいと思われたので、次の「奈氣伎」を導く。**○奈氣伎曽安我須流**（嘆きそあがする）「奈氣伎」は嘆息。「曽」は強め。「安我須流」は我はすることだの意。

【鑑賞】

未勘国の相聞の歌。「真小薦の節の間近くて」という表現は、恋する者によって発見された。節の近さは男女の関係の近さを示すからである。それを素材として「逢うことが無い」のだという。節は近いのに男女の関係は遠いのである。それゆえに、海中に長く潜った真鴨のように、息が苦しく溜息ばかり衝くことだと嘆く。薦の近い節から、恋しくて溜息を衝く様へとたどり着く。薦は薦枕や薦筵の材としたり、また畳薦というから畳の材とされた大切な植物である。特に薦は筵の材として貴重であり、農作業には大量に必要とされ、薦の刈り取りから編み込みまでは集団の労働となる。そのような時に歌われた山歌であろう。

水久君野に　3525

水久君野（みくくの）に　鴨（かも）の這（は）ほのす　児（こ）ろが上（うへ）に　言緒（ことを）ろ延（は）へて　いまだ宿（ね）なふも

水久君野尓　可母能波抱能須　兒呂我宇倍尓　許等乎呂波敝而　伊麻太宿奈布母

水久君野に、鴨が這い寄るように、愛しの子の上に、口説き文句で言い寄っても、まだ寝ることがないことだよ。

【注釈】

○水久君野尓（水久君野に）　地名だが所在未詳。**○可母能波抱能須**（鴨の這ほのす）「可母」は鴨。「波抱」は「這ふ」の東国音。水中を這うように泳ぐこと。「能須」は「成す」の東国音。**○兒呂我宇倍尓**（児ろが上に）「兒呂」は愛しい女子を表す東国語。「宇倍尓」は「～に対して」。**○許等乎呂波敝而**（言緒ろ延へて）「許等乎呂」は「言緒呂」か。「緒」は「～の緒」を原則とするので、「乎」を間投助詞とする考えもある。ただ「片緒」ともいうので「言緒」でも可能。「言緒」は言葉が緒に繋がっていること。「呂」は親愛を示す東国語。「波敝而」は言い寄ること。**○伊麻太宿奈布母**（いまだ宿なふも）「伊麻太」は未だして。「宿」は共寝。「奈布」は打消しの東国語。「母」は詠嘆。

【鑑賞】

未勘国の相聞の歌。「水久君野に鴨の這ほのす」とは、水辺の野での歌垣の風景であろう。その鴨が這い寄るのを素材として、愛しい子に口説き寄ることが導かれるが、まだ寝たことがないのだという嘆きを訴える。「言緒ろ延へて」とは何度も口説いたことであろうから、どのような結果になったのかは、みんなの期待するところである。しかし、その結果は「いまだ宿なふも」だという。あんなに何度も口説き寄りながら、いまだに成果が上がらないのだという戯れである。歌垣由来の山歌であろう。

沼二つ　3526

沼二つ（ぬまふた）　通は（かよ）鳥が（とり）栖（す）　あが心（こころ）　二行く（ふたゆ）なもと　なよ思（も）はりそね

奴麻布多都　可欲波等里我栖　安我己許呂　布多由久奈母等　奈与母波里曽祢

【注釈】

沼の二つに、通う鳥が巣を二つ持つように、わたしの心が、二つに行くなどと、けっして思わないでくれ。

○奴麻布多都（沼二つ）「奴麻布多都」は沼の二つにの意。**○可欲波等里我栖**（通は鳥が栖）「可欲波」は通う。「等里我栖」は鳥の巣。雄鳥が二羽の雌に通うこと。不実な関係を示唆。二つの巣から下の「布多由久」へ展開。底本は「カヨハトリカセ」に「モフ」を左傍書し「栖」に「シ」を左傍書。万葉考は「カヨハトリガス」。**○安我己許呂**（あが心）わたしの心がの意。**○布多由久奈母等**（二行くなもと）「布多由久」は二人の女子の元へ行くこと。「奈母」は推量の東国語。**○奈与母波里曽祢**（なよ思はりそね）「奈」は禁止。「与」は間投助詞。「母波里」は「思へり」の東国音。「曽」は「奈」と呼応の禁止句。「祢」は希求。女子への疑念を解く努力を指す。

【鑑賞】

末勘国の相聞の歌。「沼二つ通は鳥が栖」という表現は、すでに聞く者の了解するところであろう。二つの沼に通う鳥が、それぞれに巣を持っているというのは、初めから波乱を予測させる。このような言い回しが、二人の女子のもとに通う男という了解のもとにあったのであろう。この段階で女子から疑念の目で見られていたことになる。それゆえに「あが心二行くなもとなよ思はりそね」という弁解が行われている。この弁解は独白であり得ないから、男子に疑念を持つ女子がいることになる。これは歌垣の中で相手の心を確かめる歌に応じたもので、「沼二つ通は鳥が栖」からみると、二心はないという男子の弁解の歌として定着し、山歌として成立していたことが知られる。

沖に棲も　3527

沖（おき）に棲（す）も　小鴨（をがも）のもころ　八尺鳥（やさかどり）　息（いき）づく妹（いも）を　置（お）きて来（き）のかも

於吉尓須毛　乎加母乃毛己呂　也左可杼利　伊伎豆久伊毛乎　於伎弖伎努可母

沖に棲んでいる、小鴨のように、水に潜り長い息をする鳥ではないが、辛いといって溜息を漏らす子を、家に残して来たことだなあ。

【注釈】

○於吉尓須毛（沖に棲も）「於吉尓」は沖に。「須毛」は棲むの東国音。**○乎加母乃毛己呂**（小鴨のもころ）「乎」は接頭語。「加母」は水鳥の鴨。「毛己呂」は「〜の如く」の意。**○也左可杼利**（八尺鳥）「也左可」は八尺。息を長く吐く鳥をいう。「吾嗟　八尺之嗟」（巻十三・三二七六）とある。「杼利」は鳥。長く海に潜り大きく息を吐くことから、次の「伊伎豆久」を導く枕詞。**○伊伎豆久伊毛乎**（息づく妹を）「伊伎豆久」は頻りに溜息を衝くこと。**○於伎弖伎努可母**（置きて来のかも）「於伎弖」は残し置いて。「伎努」は来たこと。「可母」は詠嘆。底本は「キヌカモ」。新訓は「キノカモ」。

【鑑賞】

未勘国の相聞の歌。「沖に棲も小鴨のもころ」とは、海浜の歌垣の場の風景であろう。海辺には小鴨が群れていて、海中に潜り漁りをしている。小鴨は海に潜る時間が長いので「八尺鳥」と呼ばれ、海上に出て息づくのでその様子が観察されている。そこから八尺鳥のように息づく子なのだという。夜明けに嘆く女子との別れをして、それがいつまでも思われるという自慢である。このような別れの歌は汎用性が高いから、歌垣を離れていろいろな場面で歌われることを可能とした。

水鳥の ３５２８

水鳥の　立たむよそひに　妹のらに　物言はず来にて　思ひかねつも

水都等利乃　多ゝ武与曽比尓　伊母能良尓　毛乃伊波受伎尓弖　於毛比可祢都母

水鳥のように、急ぎ出立する準備をしていて、愛しい子に、話もせずに出掛けて来てしまい、辛い思いに堪えられないことだ。

【注釈】

○水都等利乃（水鳥の）　鴨などが飛び立つことから、次の「多ゝ武」を導く枕詞。**○多ゝ武与曽比尓**（立たむよそひに）「多ゝ武」は鳥が飛び立つこと。「与曽比」は準備すること。**○伊母能良尓**（妹のらに）「伊母」は妹で愛しい女子。「能良」は親愛を表す接尾語。**○毛乃伊波受伎尓弖**（物言はず来にて）「毛乃」は言葉。「伊波受」は言わないで。「伎尓弖」は残して来たこと。**○於毛比可祢都母**（思ひかねつも）「於毛比」は思うこと。「可祢都」は出来ないこと。堪えられない意。「母」は詠嘆。

【鑑賞】

未勘国の相聞の歌。「水鳥の立たむよそひ」とは、水鳥が飛び立つように女子の家を出たことの譬喩である。女子のもとに訪れたのだが、慌ただしく出立したのである。久しぶりに訪れたのでゆっくりと話をしたかったのに、それも出来なかったという後悔である。どのような事情か知られないが、この歌には「水鳥の立ちの急ぎに父母に物はず来にて今ぞ悔しき」（巻二十・四三三七）という類歌があり、これは防人の歌である。そのことから見れば、本歌も防人の歌として認定されるものであろう。しかし、本歌は妻問いの別れ歌に由来し、旅の別れや防人の別れの歌として応用されたものである。

等夜の野に 3529

等夜(とや)の野(の)に 兎(をさぎ)狙(ねら)はり をさをさも 寝(ね)なへ児(こ)故(ゆゑ)に 母(はは)に叱(ころ)はえ

等夜乃野尒 乎佐藝祢良波里 乎佐乎左毛 祢奈敝古由恵尒 波伴尒許呂波要

等夜の野に、兎が狙われている、その兎ではないがほとんど、寝てもいないあの子のために、母親に叱られたよ。

【注釈】

○等夜乃野尒（等夜の野に） 地名だが所在未詳。**○乎佐藝祢良波里**（兎狙はり）「乎佐藝」は兎の東国音。「祢良波里」は狙われ。女子を狙われた兎とする。「乎佐藝」から次の「乎佐」を導く。**○乎佐乎左毛**（をさをさも） 下に打消しを伴い「ほとんど」の意を表す副詞。**○祢奈敝古由恵尒**（寝なへ児故に）「祢」は寝ること。「奈敝」は打消しの東国語。「古」は愛しの子。「由恵尒」はその子を理由として。**○波伴尒許呂波要**（母に叱はえ）「波伴」は娘の母親。「許呂波要」は叱責されたこと。「要」は「ゆ」の連用形で受身。

【鑑賞】

未勘国の相聞の歌。等夜の野は歌垣の場であろう。そこは男子たちが狩り場とする野でもあり、兎が獲物であったと思われる。それで「兎狙はりをさをさも」という言い回しをする。男子はこの野で兎を狙っていたが、兎は捕らえられなかったことから、「をさをさも」へと転換させ、可愛い女子を狙いはしたが寝るまでも至らないうちに母親に露見して叱責されたことを導く。男子は夜這いをして入ったのが母親の部屋だったというような注釈がついたのであろう。これは夜這いの失敗を自慢する笑わせ歌であり、そのような失敗談は好評であったと思われ、本巻に「汝が母に呵られあは行く青雲の出で来わぎ妹児相見て行かむ」（三五一九）のようにある。女子の母親に見つかり叱られて帰る男子の歌である。これが山歌となり、宴会や労働の場で楽しまれた。

さ雄鹿の　3530

さ雄鹿の　臥すや草むら　見えずとも　児ろが金門よ　行かくし良しも

左乎思鹿能　布須也久草無良　見要受等母　兒呂我可奈門欲　由可久之要思母

雄鹿の、臥している草むらが、見えなくともそれでも、あの子の家の金門を、通り行くのは嬉しいことだなあ。

【注釈】
○左乎思鹿能（さ雄鹿の）「左」は接頭語。「乎思鹿」は雄鹿の仮名表記。**○布須也久草無良**（臥すや草むら）「布須」は寝そべっていること。「也」は強め。「久草無良」は草むら。**○見要受等母**（見えずとも）「見要受」は見えないこと。「等母」は「〜だとしても」。鹿から女子へ転換。**○兒呂我可奈門欲**（児ろが金門よ）「兒呂」は可愛い女子。「呂」は親愛の語。「可奈門」は金属製の門。「欲」は詠嘆。金門は女子の家を褒めていう。**○由可久之要思母**（行かくし良しも）「由可久之」は「行」のク語法で「行くこと」の意。「要思」は「良し」で宜しいこと。「母」は詠嘆。

【鑑賞】

未勘国の相聞の歌。「さ雄鹿の臥すや草むら」が詠まれるのは、野の歌垣の場を指している。その野には鹿が住み草むらに臥すのを習性としているから、外からは見えないことを導く。そのように見えないことを、愛しい人が見えないことに重ねる。愛しい女子といっても、男子は外から見ただけで声も掛けていない憧れの女子であろう。しかし、愛しい女子の顔が見られなくとも、女子の家の前を通ることは可能である。それでドキドキしながら通るのだが、それが何とも嬉しいのだという。女子への誘い歌である。

妹をこそ　3531

妹（いも）をこそ　相見（あひみ）に来（こ）しか　眉引（まよび）きの　横山辺（よこやまへ）ろの　鹿猪（しし）なす思（おも）へる

伊母乎許曽　安比美介許思可　麻欲婢吉能　与許夜麻敝呂能　思之奈須於母敝流

愛しいあの子を、一目見たいと思い来たものを。まるで眉引きの、あの横山辺りの、鹿や猪のように思っていることだよ。

【注釈】

○伊母乎許曽（妹をこそ）「伊母」は妹で愛しい女子。「許曽」は係助詞で強め。「ただそれだけなのだ」の意。**○安比美介許思可**（相見に来しか）「安比」は接頭語。「美介許思」は見に来たこと。「可」は詠嘆。**○麻欲婢吉能**（眉引きの）眉を引いたような。

「能」は「〜のような」。眉の形から次の「与許夜麻」を導く枕詞。**○与許夜麻敝呂能**（横山辺ろの）「与許夜麻」は横山。「敝呂」は辺りの意の東国語。**○思之奈須於母敝流**（鹿猪なす思へる）「思之」は鹿や猪の類の食用動物。ここでは害獣。「奈須」は「如く」の意。「於母敝流」は思われる意。

【鑑賞】

末勘国の相聞の歌。愛しく思う女子があり、女子の家の近くへとやって来たのである。男子は一方的に思うだけで、何の因縁もないのであろう。本巻の「可美都気努伊可抱の嶺ろに降ろ雪の行き過ぎかてぬ妹が家の辺り」（三四二三）や、「さ雄鹿の臥すや草むら見えずとも児ろが金門よ行かくし良しも」（三五三〇）もその類である。しかし、つい長く女子の家の廻りを徘徊したので怪しまれたのは必定である。その結果、横山辺りに棲む害獣のように思われてしまった。集落ではよそ者への監視が厳しいから、村人は男子を害獣のように厳しく見たというのである。若者の間で歌われていた山歌と思われる。

春の野に　3532

春(はる)の野(の)に　草食(くさは)む駒(こま)の　口止(くちや)まず　あを偲(しの)ふらむ　家(いへ)の児(こ)ろはも

波流能野尓　久佐波牟古麻能　久知夜麻受　安乎思努布良武　伊敝乃兒呂波母

春の野で、若草を食べている駒の、口が止まないように、止むことなくわたしを思っているのだろう。あの家の愛しい子よ。

【注釈】
○波流能野介（春の野に）春の季節の野。**○久佐波牟古麻能**（草食む駒の）「久佐」は春草。「波牟」は食べること。「古麻」は駒。**○久知夜麻受**（口止まず）「久知」は馬の口。「夜麻受」は草を食べる口が止まないこと。「夜麻受」から次の「思努布」へ転換。**○安乎思努布良武**（あを偲ふらむ）われを止まずに思っているだろうこと。「良武」は確かなことへの現在推量。**○伊敝乃兒呂波母**（家の兒ろはも）「伊敝」は家。「兒呂」は愛しい女子をいう東国語。「波母」は詠嘆。

【鑑賞】

未勘国の相聞の歌。春の岡辺での若菜摘みの歌垣の歌であろう。春草が萌え出ると女子たちは籠を持って、仲間たちと若菜摘みに出掛ける。岡辺には頻りに春草を食べている馬もいる。そのような春の岡辺の風景である。その馬が草を食べている様子は口が止むことなく頻りであることから、直ちに愛しい人が止まずに我を思うことへと導く。我が思うのではなく、女子が思っていることに主意がある。春の若菜摘みには男女が交わり、楽しい遊楽となる。野遊びの場は小さな歌垣の場ともなった。そこで歌われていた山歌であろう。

人の児の　3533

人の児の　愛しけ時は　浜渚鳥　足悩む駒の　惜しけくも無し

比登乃兒乃　可奈思家之太波　〻麻渚抒里　安奈由牟古麻能　乎之家口母奈思

人妻のあの子が、愛しい時は、浜の渚鳥のように、歩みに苦労する駒のことは、惜しくもないのだ。

【注釈】

〇比登乃兒乃（人の児の）　他人の妻をいう。人の児は本来「妹」となるべき人。古義は「他妻をいふにはあらず」という。**〇可奈思家之太波**（愛しけ時は）「可奈思家」は愛しきの東国音。既出三三五一番歌。愛しくて堪らない時をいう。「之太波」はその時は。**〇ゝ麻渚抒里**（浜渚鳥）「ゝ麻」は浜辺。「渚抒里」は渚に棲む千鳥。渚鳥が歩きにくい様子から、次の「安奈由牟」を導く枕詞。**〇安奈由牟古麻能**（足悩む駒の）「安」は足。「奈由牟」は悩むの東国音。難渋すること。「古麻」は駒。**〇乎之家口母奈思**（惜しけくも無し）「乎之家口」は「惜し」のク語法で「惜しむこと」の意。「奈思」は無いこと。

【鑑賞】

未勘国の相聞の歌。わざわざ「人の児」といったのは、他人の女子という意である。他人の女子とは親が管理する女子か人妻のことである。この歌は「人嬬故に吾恋ひめやも」（巻一・二一）の世界である。「人の子ゆゑに恋ひ渡るかも」（巻十二・三〇一七）のような人の子への恋は、隠し通すべきであるゆえのことである。そこには人妻への恋が歌垣の大きなテーマとしてあり、人の児という言い方が定型化した。浜渚鳥の足が悩むように、愛馬の足が難渋してでも惜しいことはないというのは、愛馬の価値と人妻への愛を秤に掛けて、高価な馬よりも人妻を選択したのである。その選択は人妻への説得である。人妻を得るために代償を必要としたという意ではない。人妻とは本来の「背」と一対となるべき「妹」であるが、それが叶わずに他人の児となった女子のことである。その女子を手に入れるために、男子は覚悟を決めて馬を女子の元へと走らせているのである。

赤駒が　3534

赤駒が　門出をしつつ　出でかてに　為しを見立てし　家の児らはも

安可胡麻我　可度弖乎思都々　伊弖可天尓　世之乎見多弖思　伊敝能兒良波母

赤駒が、門を出発しながらも、出かねているように、それを門で見送っていた、家の妻であったなあ。

【注釈】

○安可胡麻我（赤駒が）　赤毛の馬をいう。**○可度弖乎思都々**（門出をしつつ）「可度弖」は遠くへと出発をすること。「思都々」は、しながらの意。馬を主体とした言い回し。**○伊弖可天尓**（出でかてに）「伊弖」は出ること。「可天尓」は出来かねること。「麻知迦弖尓」（巻五・八四五）とある。馬が出立するのを渋ること。**○世之乎見多弖思**（為しを見立てし）「世之」は馬が渋る様をすること。旅行く者の心を重ねる。「見多弖思」は出て行くのを見送りに立つこと。**○伊敝能兒良波母**（家の児らはも）「兒良」は家に残した愛しい女子。「波母」は詠嘆。

【鑑賞】

木勘国の相聞の歌。夫が馬で旅に出ようとするが、馬は渋っていたという。それを見ながら妻が見送ったのである。いわば、馬を通した別れの悲しみの表現である。馬も家を離れて旅に出るのを感じ取り、出ようとするのを踏みとどまったのであろう。馬ですら故郷を離れるのを嫌がり、他にも「吾が馬なづむ家恋ふらしも」（巻七・一一九二）と詠まれている。当該の歌は妻の心の投影であり、馬よりも妻が夫の出立を渋ったのである。それを旅の途次で思うという山歌であろう。

己が命を　3535

己(おの)が命(を)を　凡(おほ)にな思(おも)ひそ　庭(には)に立(た)ち　笑(ゑ)ますがからに　駒(こま)に逢(あ)ふものを

於能我乎遠　於保尓奈於毛比曽　尓波尓多知　恵麻須我可良尓　古麻尓安布毛能乎

恋しいといって自分の命を、疎かに思わないで下さい。庭に立って、微笑んでいられるだけで、私の乗る駒に逢うことでしょうから。

【注釈】

○於能我乎遠（己が命を）「於能我」は「己が」。「乎」は命の緒。命を繋ぐ糸による。略解は「於能は妹がみづから己といふ也、乎は即夫をいふ」といい、古義は「己之男をなり」という。旧大系は「己が命を」とする。**○於保尓奈於毛比曽**（凡にな思ひそ）「於保尓」はいい加減なものにの意。「奈」は禁止。「於毛比」は思うこと。「曽」は「奈」に呼応する禁止。**○尓波尓多知**（庭に立ち）「尓波」は平らな所。家の庭をいう。「多知」は立ち待つこと。**○恵麻須我可良尓**（笑ますがからに）「恵麻須」は笑むの尊敬。「可良尓」は理由を示す「から」に格助詞「に」の接続で「〜するだけで」の意。底本は「ヱマスワレカラ」。代匠記（精）は「ヱマスカカラニ」。**○古麻尓安布毛能乎**（駒に逢ふものを）「古麻」は駒。「安布」は逢うこと。「毛能乎」は形式名詞「物」に助詞「を」の接続で「〜なのであるから」の意で順接。

【鑑賞】

未勘国の相聞の歌。「己が命を凡にな思ひそ」とは、命を大切にしなさいという意であるが、そのようなことを言う必然性は、「苦しい恋のために死にます」などといわれたことに対して応じたことにある。恋に死ぬという言い方は、相手を驚かせる言葉であるから、恋に苦しむ男女は「死ぬ」を口走る。死ぬといえば、相手は驚き急いで手を打たざるを得ない。「己が命を凡にな思ひそ」と、その思いをくい止めようとするが、相手が納得するわけではない。そこで説得したのが「庭に立ち笑ますがからに駒に逢ふものを」である。この説得の意味は分明でないが、家の庭に立ち微笑むのは女子であろうから、そこに駒が来て逢えるというのは、馬に乗って訪れる男子に逢えるという説得であろう。それは何時のことか保証はないが、死ぬという女子をとりあえず説得したのである。

赤駒を　3536

赤駒（あかごま）を　打（う）ちてさ緒引（をび）き　心引（こころび）き　如何（いか）なる背（せ）なか　わがり来（こ）むといふ

安加胡麻乎　宇知弖左乎妣吉　己許呂妣吉　伊可奈流勢奈可　和我理許武等伊布

赤駒を、鞭で打って手綱を引き、心も引き締めて、いったいどのような若様が、わたしの元に来るというのでしょうか。

【注釈】

〇安加胡麻乎（赤駒を）　赤毛の馬をいう。**〇宇知弖左乎妣吉**（打ちてさ緒引き）「宇知弖」は馬に鞭を打って。「左」は接頭語。「乎」は緒で手綱。「妣吉」は引くこと。手綱を引くことから次の心へ転換。**〇己許呂妣吉**（心引き）「己許呂」は心。「妣吉」は引くこと。気を引き締める意。男子の緊張した心をいう。**〇伊可奈流勢奈可**（如何なる背なか）「伊可奈流」はどのような。「勢奈」は男子。「可」は疑問。どのような若様かの意。**〇和我理許武等伊布**（わがり来むといふ）「我理」は所。「許武」は来ること。「等伊布」は「〜と言うことだ」の意。

【鑑賞】

未勘国の相聞の歌。「赤駒を打ちてさ緒引き」とは、馬に鞭打ち手綱をしっかりと引き締めて出で立つ男子の勇姿である。男子は手綱をしっかりと引き締めるように、心を引き締めているという。これから男子は求婚に行くのである。周囲の者がそのようにして男子が来るよと知らせたのであろう。しかし、女子は何処の若様が来るのか知らないのだという。そのような話を初めて聞いた女子の驚きである。これは歌垣の場の求愛の歌である。それをこのようにいうのは、相手の素性を知るための方法である。男子が「赤駒を打ちてさ緒引き心引き」して、女子のもとを訪れようと歌ったことへの返しの歌である。

柵越しに
3537

柵越しに　麦食む子馬の　はつはつに　相見し児らし　あやに愛しも

或る本の歌に曰く、馬柵越し　麦食む駒の　はつはつに　新肌触れし　児ろし愛しも

久敝胡之介　武藝波武古宇馬能　波都ゝゝ介　安比見之兒良之　安夜介可奈思母

或本歌曰、宇麻勢胡之　牟伎波武古麻能　波都ゝゝ介　仁必波太布礼思　古呂之可奈思母

馬柵越しに、少しずつ麦を食べている子馬のように、ほんのわずかに、出逢ったあの子は、とても愛しいよ。

或る本の歌にいうには、「馬柵を越して、わずかづつ麦を食べる駒のように、わずかばかり、新肌に触れた、あの子がとても可愛いよ」とある。

【注釈】

○久敝胡之介（柵越しに）「久敝」は万葉考に「馬塞の籬なり」とある。馬柵。「胡之」は越すこと。**○武藝波武古宇馬能**（麦食む子馬の）「武藝」は麦。「波武」は食べること。「古宇馬」は子馬。**○波都ゝゝ介**（はつはつに）「波都ゝゝ」は僅かであること。次の「安比見之」を導く。**○安比見之兒良之**（相見し児らし）「安比見之」は顔を合わせたこと。「兒良」は愛しい女子。「良」は「呂」に同じく親愛。**○安夜介可奈思母**（あやに愛しも）「安夜介」はひどく。「可奈思」は愛しいことをいう東国語。既出三三五一番歌。「母」は詠嘆。**○或本歌曰**『万葉集』編纂資料の一に載る歌。**○宇麻勢胡之**（馬柵越し）首をのばし馬柵を越しての意。**○牟伎波武古麻能**（麦食む駒の）麦を食べる駒をいう。**○波都ゝゝ介**（はつはつに）麦を食べるのが僅かであることから、次の「仁必波太」を導く。**○仁必波太布礼思**（新肌触れし）「仁必波太」は女子の柔肌。「布礼思」は触れたこと。ほんの少し寝たことをいう。**○古呂之可奈思母**（児ろし愛しも）「古呂」は「児呂」で愛しい女子をいう東国語。「可奈思」は前出。「母」は詠嘆。

【鑑賞】

未勘国の相聞の歌。「柵越しに麦食む子馬のはつはつに」とは、馬が柵から首を伸ばして少しばかり麦を食べてい

る様子である。その少しから、「はつはつに相見し児ら」へと展開させる。ほんの少しばかり目にした児の意であり、その児がとても可愛いのだという。少しだけ見たのに愛しく思ったというのは最高の褒め言葉であるから、女子を振り向かせる口説き文句である。山歌として歌われていたと思われ、この歌には「或本歌」があり、上の句は本文歌に類似するが下の句は「新肌触れし児ろし愛しも」という。同じ系統でも「或本歌」は柔肌の女子と少しばかり寝たが、その子が何とも愛しいのだという自慢の歌となる。本文歌の異伝ではなく、本文歌を受けて歌い継いだ歌である。歌垣由来の山歌として展開したことが知られる。

広橋を　3538

広橋を　馬越しがねて　心のみ　妹がり遣りて　わは此処にして

或る本の歌の発句に曰く、小林に　駒を放ささけ

比呂波之乎　宇馬古思我祢弖　己許呂能未　伊母我理夜里弖　和波己許尓思天

或本歌發句曰、乎波夜之尓　古麻乎波左佐氣

広い瀬の橋を、馬が越せずにあるので、わたしの心ばかりを、あの子の元に遣って、わたしはこうして此処にいる。

或る本の歌の発句にいうには、「小林に、駒を放して」とある。

【注釈】

○**比呂波之平**（広橋を）　広い瀬にかかる長い橋をいう。○**宇馬古思我祢弖**（馬越しがねて）「宇馬古思」は馬が橋を渡ること。「我祢弖」は「かねて」。出来かねること。簡略な板橋なので馬が恐れ行き悩むことをいう。○**己許呂能未**（心のみ）心ばかりをの意。○**伊母我理夜里弖**（妹がり遣りて）「我理」は所。「夜里弖」は遣って。○**和波己許尓思天**（わは此処にして）「和」は我。「己許尓思天」は此処にあっての意。○**或本歌發句曰**『万葉集』編纂資料の一に見える歌。「發句」は漢詩の一・二句目をいう。ここは初二句を指す。○**乎波夜之尓**（小林に）ちょっとした林をいう。○**古麻乎波左佐氣**（駒を放さけ）「古麻」は駒。「波左」は放すことか。「佐氣」は「せて」か。馬を放し飼いにしていることから、妻問いに行くのが出来ないというのであろう。

【鑑賞】

未勘国の相聞の歌。馬に乗り妻問いに向かったが、途中の危ない橋を馬は恐れて渡らないのである。それで心だけは愛しい女子のもとに遣って、自分はここにいるのだという。何を意図している歌か、分かり難い。馬がだめなら歩けば良いという理屈にもなる。男子としては、馬で行くことに意義があるのだろう。この歌の「或本歌」の発句に「小林に駒を放さけ」とあるという。小林に馬を放し飼いにしていて、それで馬を捕らえるのは容易でなく、女子のもとには心だけ遣って、我はここにいるのだというのであろう。これは明らかに女子のもとへと出掛けることの出来ない弁明である。女子は遠妻であり、そこへは馬でなければ通えない。男子が馬に拘る理由はそこにあるが、もとより通う意志が失せている。女子から「なぜ訪れないのか」という問い詰めがあり、その答えがこの理屈に合わない言い訳である。遠妻に難儀する男子の弁明の歌である。

岸崩の上に　3539

岸崩(あず)の上(うへ)に　駒(こま)を繋(つな)ぎて　危(あや)ほかと　人妻児(ひとづまこ)ろを　息(いき)にわがする

安受乃宇敝尒　古馬乎都奈伎弖　安夜抱可等　比等豆麻古呂乎　伊吉尒和我須流

崩れそうな崖の上に、大切な駒を繋いで、とても危ないことだけれど、そのように人妻であるあの子を、わが命として恋することだ。

【注釈】

○安受乃宇敝尒（岸崩の上に）「安受」は崩れそうな崖をいう東国語。古義に「田中道万呂、字鏡に、坍ハ岸崩也、久豆礼、又阿須と有ル、是なり」という。**○古馬乎都奈伎弖**（駒を繋ぎて）「古馬」は駒。「都奈伎弖」は繋いで。**○安夜抱可等**（危ほかと）「安夜抱可」は危ういことの東国語。馬から人妻へ転換。**○比等豆麻古呂乎**（人妻児ろを）「比等豆麻」は人妻。「古呂」は人妻である愛しい女子。**○伊吉尒和我須流**（息にわがする）「伊吉」は息で命。「和我」は我が。「須流」は人妻を命とすること。

【鑑賞】

未勘国の相聞の歌。水辺で行われている歌垣の歌であろう。人妻を恋する危険性について述べたのが、「岸崩の上に駒を繋ぎて」である。見るだけでも危険であり、はらはらすることは間違いない。そのような崖の傍に繋がれた馬を素材に、危険な人妻を命とするという。人妻が危険だというのは、人妻を犯す罪をいうからである。そのような法によらなくとも、奸淫の罪は夫側の怒りに触れて生死の保証はない。「息にわがする」といったのはわが命とする意であるが、そこには命がけの恋であるという態度がある。なぜ人妻にそのような恋をするのかといえば、妻に対する夫は社会的存在でしかなく、「背」とはなり得ないことにある。恋する者は背と妹として一対であるべきであるから、男女はそれぞれ背と妹を得て恋が可能となる。人妻に命を掛けるのは、その女子が本来一対であるべき「妹」だからである。そのような女子がいま目の前にいるのだが、女子は「人妻なの」と繰り返すのである。これは、歌垣の時に言い寄る男子に難問を与える歌い方である。ここから男子は人妻を得るためにあらゆる知恵を働かせて、真の掛け合いが展開することになる。本巻の「岸崩辺から駒の行ごのす危はとも人妻児ろを目ゆかせらふも」（三五四一）もこの類である。

左和多里の　3540

左和多里(さわたり)の　手児(てご)にい行(ゆ)き逢(あ)ひ　赤駒(あかこま)が　足掻(あが)きを早(はや)み　言問(こと)はず来(き)ぬ

左和多里能　手児尒伊由伎安比　安可故麻我　安我伎乎波夜美　許等登波受伎奴

左和多里の、可愛いあの子に出逢ったものの、私の乗る赤駒の、足掻きがとても速かったので、言葉を掛ける暇もなく来てしまったよ。

【注釈】

○左和多里能（左和多里の）　地名であるが所在未詳。諸説ある。**○手児尒伊由伎安比**（手児にい行き逢ひ）「手児」は可愛い子をいう東国語。「伊」は接頭語。「由伎安比」は行き逢うこと。土地の著名な女子か。**○安可故麻我**（赤駒が）　赤毛の馬をいう。**○安我伎乎波夜美**（足掻きを早み）　足掻きが速いので。駿馬の走りをいう。「〜を〜み」は「〜が〜なので」の意。**○許等登波受

伎奴（言問はず来ぬ）「許等」は言葉。「登波受」は問い掛ける暇も無くの意。「伎奴」は来たこと。

【鑑賞】

未勘国の相聞の歌。「左和多里の手児」といえば真間の手児と同じように、この地の評判の美女であろう。その美女には若者たちが憧れていて、一目でも逢いたいと思っているのである。この男子は、その美女に出逢ったという。それを自慢すると他の仲間たちは美女の容姿や風体を詳しく聞きたがる。しかし、この男子は赤駒の足が早かったので言問わずに来てしまったのだといって彼らの期待を裏切る。男子が美女に会ったというのは嘘で、馬の足云々は嘘を真実らしくする言い回しである。この手児というのは、伝説上の美女であろう。歌垣の場では女子はいつでも左和多里の手児になり得る資格をもっているから、この男子が言問わずに来たということに、いろいろと反応を示すことになる。「青駒の足掻きを速み雲居にそ妹があたりを過ぎて来にける」（巻二・一三六）という歌もあり、これは駿馬を自慢して聞く者を笑わせる歌である。

岸崩辺から　3541

岸崩辺(あずへ)から　駒(こま)の行(ゆ)ごのす　危(あや)はとも　人妻児(ひとづまこ)ろを　目(ま)ゆかせらふも

安受倍可良　古麻能由胡能須　安也波刀文　比登豆麻古呂乎　麻由可西良布母

崩れた崖の辺りを、駒が行くように、とても危険であるけれど、人妻であるあの子を見て、目から離れないことだよ。

【注釈】

○安受倍可良（岸崩辺から）「安受倍」は崩れそうな崖の辺り。既出三五三九番歌。「可良」はそこからの意。**○古麻能由胡能須**（駒の行ごのす）「古麻」は駒。「由胡能須」は「行くなす」の東国音。行くかのようにの意。危険な様子から次の「安也波刀文」を導く。**○安也波刀文**（危はとも）「安也波」は危ういの東国音。「刀文」はだとしてもの意で逆接。**○比登豆麻古呂乎**（人妻児ろを）「比等豆麻」は人妻。「古呂」は人妻である愛しい女子の意。**○麻由可西良布母**（目ゆかせらふも）語義未詳。諸説ある。人妻への強い恋心を訴える内容であろう。「麻由可西」は目から離れることか。「良布」は「奈布」と同じく打消しの東国語か。文脈から「目から離れない」の意。

【鑑賞】

未勘国の相聞の歌。東歌に人妻への恋が詠まれるのは、官能的な表現を意図したものではなく、人妻が本来の愛する女子であったことによる。恋は背と妹という関係にあるので、その妹を探しあてたら人妻であったということである。もちろん、それは女子による戦略であり、「人妻なの」といえば相手は尻込みして近づかない。人妻との恋は危険であるから、それを「崩崖辺から駒の行ごのす」といったのである。そのような危険を冒してまで恋をするのは難儀であるから、相手は尻込みする。この男子は「人妻なの」という女子に出逢い、それを承知で女子が目から離れないのだと訴えるのは、掛け合いを劇的に展開させるためである。本巻に「岸崩の上に駒を繋ぎて危ほかと人妻児ろを息にわがする」（三五三九）という歌があり、これらは歌垣由来の歌で山歌として労働にも宴会にも好まれて歌われていたのである。

細石に　3542

細石（さざれいし）に　駒（こま）を馳（は）させて　心痛（こころいた）み　あが思（も）ふ妹（いも）が　家（いへ）の辺（あた）りかも

佐射礼伊思尒　古馬乎波佐世弖　己許呂伊多美　安我毛布伊毛我　伊敝乃安多里可聞

細かい石の道に、駒を駆けさせて足が痛む。そのように心も痛む、わたしの愛しく思うあの子の、家の辺りだ。

【注釈】

○佐射礼伊思尒（細石に）「佐射礼伊思」は小石をいう。底本は「伊」に「佐」を右傍書。**○古馬乎波佐世弖**（駒を馳させて）「古馬」は駒。「波佐世弖」は勢いよく走らせての意。石で馬の足が痛むことから、次の「己許呂伊多美」を導く。**○己許呂伊多美**（心痛み）「己許呂」は恋する心。「伊多美」は形容詞語幹「痛」に接尾語「み」の接続で「痛くあるので」の意。馬の足の痛みから心の痛みへ転換。**○安我毛布伊毛我**（あが思ふ妹が）「安我」は我が。「毛布」は「思ふ」の約音。「伊毛」は妹で背と一対となる女子。**○伊敝乃安多里可聞**（家の辺りかも）「伊敝」は愛しい女子の家。「安多里」はその周辺。「可聞」は詠嘆。見境も無く馬を走らせて来たら、女子の家の近くだったこと。

【鑑賞】

未勘国の相聞の歌。逸る気持ちから馬を駆けさせて急いだのだが、途中に小石の道が続き、馬は石を踏んで痛がったのである。農耕馬であるから足を痛めると作業に支障を来すので、馬を下りてゆっくりと歩きながら女子の家に向かったのであろう。ずいぶんと歩いてから、ようやく家の辺りに着いたと喜ぶ。馬が足を痛めたことをいうのは、心が痛むほどの愛しい子を導くためである。しかし、これは反対であろう。馬が小石を踏んで痛がるのは、誰でもが知っている常識である。心が痛むほどの愛しい女子が前提で、馬が小石を踏んで痛がっているというのは逆説である。その理解に基づいて「細石に駒を馳させて」の言い回しが成り立つ。馬が小石を踏んで痛いか痛くないかは、ここでは問題ではない。歌垣に歌われた妻問いの難渋の歌である。本巻に「ま遠くの雲居に見ゆる妹が家に何時か到らむ歩めあが駒」（三四四一）とあるのは別のバージョンの歌で、柿本人麿歌集に異伝があるという。

室茅の　3543

室茅（むろがや）の　都留（つる）の堤（つつみ）の　成（な）りぬがに　児（こ）ろは言（い）へども　いまだ寝（ね）なくに

武路我夜乃　都留能都追美乃　那利奴賀尒　古呂波伊敝抒母　伊末太年那久尒

室茅の生えている、都留の堤が、完成しそうだと、あの子はいうのだけれど、まだ二人は寝てはいないのに。

【注釈】

○武路我夜乃（室茅の）「武路我夜」は童蒙抄は地名とする。代匠記（精）は「室草ナリ。新室ヲ葺クヘキ草」という。古義は次の「都留」を導く枕詞とする。**○都留能都追美乃**（都留の堤の）「都留」は未詳。未勘国歌なので比定は出来ない。「都追美」は堤で土手。**○那利奴賀尒**（成りぬがに）「那利奴」は成ったこと。「賀尒」は「奴」に付属して「〜しそうだ」の意。土手の完成から男女の愛の完成へ転換。**○古呂波伊敝抒母**（児ろは言へども）「古呂」は「児呂」で愛しい女子をいう東国語。「伊敝抒母」はいうけれどもで逆接。**○伊末太年那久尒**（いまだ寝なくに）「伊末太」は今もっての意。「年」は寝ること。「那久尒」は打消しの助動詞「ず」のク語法「なく」に格助詞「に」の接続で「ないのに」の意。余情を表す。

【鑑賞】

未勘国の相聞の歌。「室茅の都留の堤」で行われた水辺の歌垣の歌である。室茅の都留の堤は大勢の人たちが毎日工事をしていて、誰もが関心をもって見守っている。それで愛しい子は、都留の堤が完成しそうだと男子に告げたのである。しかし、それを聞いた男子は、まだ女子とは共寝をしていないのだという。ここに女子のいう「成りぬがに」の言葉が、二重性を帯びて二人の間に齟齬が生じている。女子は都留の堤の完成をそのままいったまでだが、男子は女子との関係の完成だと理解したのである。男子にとっての「成る」とは共寝に決まっている。この歌はその理解の食い違いを楽しんでいる。

阿須可河　3544

阿須可河（あすかがは）　下濁（したにご）れるを　知（し）らずして　背（せ）なと二人（ふたり）　さ宿（ね）て悔（く）やしも

阿須可河泊　之多尒其礼留乎　之良受思天　勢奈那登布多理　左宿而久也思母

阿須可河の、底が濁っているのを、知らないで、あの人と二人して、寝たことが悔やまれることです。

【注釈】

○阿須可河泊（阿須可河）所在未詳。未勘国歌なので奈良の飛鳥川ではない。**○之多尒其礼留乎**（下濁れるを）「之多」は川底。相手の心を暗示。「尒其礼留」は濁っていること。上辺は清い。**○之良受思天**（知らずして）知らずにいての意。濁った川から不実な男子を導く。**○勢奈那登布多理**（背なと二人）「勢奈那」は「背なの」の東国音。愛しい男子をいう。「布多理」は二人での意。**○左宿而久也思母**（さ宿て悔しも）「左」は接頭語。「宿」は宿り寝ること。「久也思」は後悔の思い。「母」は詠嘆。

【鑑賞】

未勘国の相聞の歌。阿須可河のほとりの歌垣の歌である。阿須可河は上は澄んでいるが、下は濁っているという。それはすでに相手を批難する言い回しである。そんな川を素材として、心の底が濁っているのを知らずに、男子と共寝をしたという。下とは心のことであり、男子は不実な男だったのである。初めは「美しいね」とか「将来を約束するよ」などという甘い言葉で口説かれたので、それを頼りとして女子は共寝に至った。ところが、共寝をしてから男子は冷たくなったのであろう。これは不実な男子として責め立て、弁解を求める戦略の歌である。

阿須可河　3545

安須可河（あすかがは）　塞（せ）くと知（し）りせば　数多夜（あまたよ）も　率寝（ゐね）て来（こ）ましを　塞（せ）くと知（し）りせば

安須可河泊　世久登之里世波　安麻多欲母　為祢弖己麻思乎　世久得四里世波

安須可河の水が、塞き止められると知っていたならば、幾晩も幾晩も、共寝をして来たかったものを。止められると知っていたならば。

【注釈】

○安須可河泊（安須可河）所在未詳。既出三五四四番歌。**○世久登之里世波**（塞くと知りせば）「世久」は塞き止めること。「之里世波」は知っていたならばの意で仮定。**○安麻多欲母**（数多夜も）「安麻多」は多数。「欲」は夜。**○為祢弖己麻思乎**（率寝て来ましを）「為」は率で誘うこと。「祢」は寝ること。「己麻思」は来たかったこと。**○世久得四里世波**（塞くと知りせば）遮られると知っていたならの意。「婆」は仮定。繰り返しは主旨の強調。

【鑑賞】

未勘国の相聞の歌。安須可河で行われた水辺の歌垣の歌である。安須可河には田に水を引くために堰が作られていて、水が塞き止められたのだろう。男子は、そのことを知らなかったのだという。もちろん、それは堰のことではなく、わが身のことの譬喩である。愛しい女子のもとに夜這いをしたのだが、そのことが露見したのである。夜這いを発見したのは、女子の母親である。男子は叱責されて、二度と来るなと追い払われたのである。「塞くと知りせば」とは前もって知っていればという意で、それを知らずに残念だったという。もっとも、男子の無念は女子と逢えなくなったことよりも、「数多夜も率寝て来ましを」にあった。夜這いが止められると知っていたなら、毎晩のように寝て来たかったという後悔である。「塞くと知りせば」の繰り返しから、山歌としてもて囃されていたのであろう。

青楊の　3546

青楊（あをやぎ）の　張（は）らろ河処（かはと）に　汝（な）を待（ま）つと　清水（せみど）は汲（く）まず　立処（たちど）ならすも

安乎楊木能　波良路可波刀尓　奈乎麻都等　西美度波久末受　多知度奈良須母

青柳の、細い枝が張っている川辺に、あなたを待っといって、清水は汲まずに、待っている足下を踏み平すことだ。

【注釈】

○安平楊木能（青楊の）春に芽を出した楊柳をいう。**○波良路可波刀尒**（張らろ河処に）「波良路」は張れるの東国音。「可波刀」は川の渡り場。**○奈乎麻都等**（汝を待っと）「奈」は汝。男子が女子をいう場合が多いが、ここは女子が男子を呼ぶ。『古事記』に「吾はもよ　女にしあれば　汝を置て　男はなし」（五番歌謡）とある。「麻都等」は待つといって。**○西美度波久末受**（清水は汲まず）「西美度」は清水の東国音。「久末受」は汲むことなくの意。本意は密会。**○多知度奈良須母**（立処ならすも）「多知度」は立って待っている所。「奈良須」は待ちかねて足許の土を踏んで平にすること。「母」は詠嘆。

【鑑賞】

未勘国の相聞の歌。春の楊柳が芽吹いている河辺では、村の女子たちが集まって水を汲んだり野菜を洗ったり洗濯をしたりしている。そこは公共施設の水利場であり、人が集まるので情報交換の場ともなる。女子には愛しい男子との出逢いの場でもある。「汝を待つ」とは男子を待つ意であるが、これが秘密であることは「清水は汲まず」によって知られ、男子と出逢うまでの心の高ぶりが「立処ならすも」である。そこには、女子の喜びも不安も含まれている。もちろん、このような人の集まる場所で逢い引きなどは出来ない。男子は仲間と一緒に来て、水を汲んでいる知り合いの女子たちと世間話をするのであろう。女子はそれに混じって、男子と逢うことが叶うのである。水利場での山歌として歌われていたものと思われる。

あぢの棲む　須沙の入江の　隠沼の　あな息づかし　見ず久にして

阿遅乃須牟　須沙能伊利江乃　許母理沼乃　安奈伊伎豆加思　美受比佐介指天

あじ鴨の棲む、須沙の入江の、隠れた沼のように、ああ息苦しいことだ。愛しい人と逢うことも遠のいたので。

【注釈】

○阿遅乃須牟（あぢの棲む）「阿遅」は、あじ鴨。トモエガモのこと。秋に渡来。「須牟」は棲むこと。**○須沙能伊利江乃**（須沙の入江の）「須沙」は地名と思われるが所在未詳。「伊利江」は海や川が陸地に入り込んだ湾。**○許母理沼乃**（隠沼の）木々に隠れている沼をいう。**○安奈伊伎豆加思**（あな息づかし）「安奈」は詠嘆の語。ああ。「伊伎豆加思」は「息づく」の形容詞化。溜息を衝いて嘆く様。**○美受比佐介指天**（見ず久にして）「美受」は逢わないこと。「比佐」は久しいこと。「指天」はしていること。

【鑑賞】

未勘国の相聞の歌。須沙の入江の歌垣の歌である。入江には隠沼があり、それを素材として隠沼のようなわが心を導いている。隠沼によって苦しい心を表すのは定型であり、「隠沼の下ゆ恋ふればすべを無み」（巻十一・二四四一）のように歌われる。木々に隠れた沼は人には見えないので、そこから心の中にのみ慕っていることをいう。この歌でもその様子を「あな息づかし」という。その理由は、愛しい人に久しく逢えないからである。ひたすら心の中のみで愛しく思い苦しんでいるという訴えであり、それに同情してくれる相手を求める歌い方である。男女のいずれの歌か不明なのは、男女に共有されて山歌として歌われていたからである。

鳴る瀬ろに 3548

鳴る瀬ろに　木屑の寄すなす　いとのきて　愛しけ背ろに　人さへ寄すも

奈流世呂尓　木都能余須奈須　伊等能伎提　可奈思家世呂尓　比等佐敝余須母

川音の鳴る早瀬に、木屑が寄り着くように、ことさらに、愛しいあの人に、木屑のような女の子までもが寄り着くことだ。

【注釈】

○奈流世呂尓（鳴る瀬ろに）「奈流」は川音が高く鳴ること。「世呂」は川瀬の東国語。**○木都能余須奈須**（木屑の寄すなす）「木都」は木屑。「朝潮満ちに寄る木屑」（巻二十・四三九六）とある。「余須」は寄せること。「奈須」は如く。底本は「キツ」。代匠記（精）は「コツミ」の「ミ」の下略とする。**○伊等能伎提**（いとのきて）とりわけての意。**○可奈思家世呂尓**（愛しけ背ろに）「可奈思家」は「愛しき」の東国語。既出三三五一番歌。「世呂」は背ろで妹と一対となるべき男子。「呂」は親愛。**○比等佐敝余須母**（人さへ寄すも）「比等」は他人。「佐敝」はさえもがの意。「余須」は寄ってくること。「母」は詠嘆。

【鑑賞】

未勘国の相聞の歌。「鳴る瀬ろに木屑の寄すなす」からみると、水辺の歌垣の歌である。大きな音を立てて水が流れる川瀬に、木屑が流れ寄って来るという。この問題提起は、木屑が寄ることにある。木屑は用をなさない屑であるから、そのようなものが寄って来るというのは、何かに対する軽蔑の言い回しである。それを具体化しているのが「愛しけ背ろに人さへ寄すも」である。愛しい男子に他の女子が言い寄るというのである。そのように寄る女子を「木屑の寄すなす」と軽蔑したのである。他の女子は木屑のようなものだというのであり、それが愛しい人に何人も寄って来ることだと怒る。歌垣で素敵な男子に寄って来る女子への悪口歌である。

多由比潟　3549

多由比潟（たゆひがた）　潮満（しほみ）ち渡（わた）る　何処（いづ）ゆかも　愛（かな）しき背（せ）ろが　わがり通（かよ）はむ

多由比我多　志保弥知和多流　伊豆由可母　加奈之伎世呂我　和賀利可欲波牟

多由比潟に、潮が満ち渡った。いったい何処から、愛しいあの人が、わたしのもとに通って来るのかしら。

【注釈】
○多由比我多（多由比潟）所在未詳。「我多」は潟で潮の引いた浅瀬。**○志保弥知和多流**（潮満ち渡る）「志保」は潮。「弥知」は満潮となった様。「和多流」は行き渡ること。**○伊豆由可母**（何処ゆかも）「伊豆由」は何処からの意。「可母」は疑問を含む詠嘆。**○加奈之伎世呂我**（愛しき背ろが）「加奈之伎」は愛しい人。既出三三五一番歌。「世呂」は背ろで愛しい男子。**○和賀利可欲波牟**（わがり通はむ）「和賀利」はわたしの処。「可欲波牟」は通うのだろうの意。「伊豆由」を受ける。男子の通いを危惧する女子の歌。

【鑑賞】

未勘国の相聞の歌。「何処ゆかも愛しき背ろがわがり通はむ」とは、男子の通いを楽しみに待つ妻の不安である。潮が満ちると通いの道が閉ざされることによる。そのように歌うのは、ここが多由比潟での歌垣の歌だからであろう。潮が引いて干潟になれば、多くの人たちが集まり漁を始める。そのような中から自然に歌掛けが始まる。あちらから歌が聞こえて来ると、こちらから返される。干潟に集まった人たちの、臨時の歌垣である。それを楽しみに干潟に来る人たちもいる。干潟もやがて潮が満ちることになるから、「何処ゆかも愛しき背ろがわがり通はむ」という不安も口に出ることになろう。妻問いの歌として歌われているが、臨時の歌垣では山歌の掛け合いとなり、この歌も山歌として流通していたものと思われる。

おして否と　3550

おして否と　稲は舂かねど　波の穂の　いたぶらしもよ　昨夜一人寝て

於志弖伊奈等　伊祢波都可祢杼　奈美乃保能　伊多夫良思毛与　伎曽比登里宿而

無理を押してまで、稲は舂かないけれど、波の穂のように、揺れ動くことだよ。昨夜は一人寝をして。

【注釈】

○於志弖伊奈等（おして否と）「於志弖」は無理を押して。「伊奈」は拒むことから、次の「伊祢」を導く。**○伊祢波都可祢杼**

（稲は春かねど）「伊祢」は稲。「都可祢」は春かないこと。「祢」は打消しの「ぬ」。「杼」は逆接。稲の穂から波の穂を導く。〇**奈美乃保能**（波の穂の）「奈美」は波。「保」は穂。波の先端をいう。波立つことから次の「伊多夫良思」を導く。〇**伊多夫良思毛与**（いたぶらしもよ）ひどく揺り動くことよ。略解は「甚振は、心動するをいふ」という。波の動揺をいう。「風緒痛甚振浪能」（巻十一・二七三六）とある。波から心の動揺への転換。〇**伎曽比登里宿而**（昨夜一人寝て）「伎曽」は昨日の夜。「比登里宿而」は独りして寝たこと。

【鑑賞】

未勘国の相聞の歌。次々と転換技法を用いて言葉遊びを展開させている。いわば、歌の技を楽しむ歌である。「おして否と」の「否」は次の「稲」を導き、「稲」は稲穂から次の「波の穂」を導き、「穂」は「いたぶらし」という揺れ動く様を導き、その揺れ動く様で本旨の独り寝の心の動揺へと至る。独り寝の心の動揺をいうのが本旨である。このような展開を示すのは、歌が楽しむことにあるからである。この歌のように知恵が働いている歌は、相手もそれに合わせた知恵が求められる。これが山歌として歌われると労働にも宴会にも可能な歌となる。

阿遅可麻の　3551

阿遅可麻の　潟に咲く波　平瀬にも　紐解くものか　愛しけを措きて

阿遅可麻能　可多尓左久奈美　比良湍尓母　比毛登久毛能可　加奈思家乎於吉弖

阿遅可麻の、この干潟に咲く美しい波。その平瀬の波のような女子であっても、安易に紐を解くことなどあろうか。

愛しい子を放っておいて。

【注釈】

○阿遅可麻能（阿遅可麻の）　地名か枕詞か不明。地名としては所在未詳。本巻に「安治可麻能可家能水奈刀」（三五五三）とあり「可家」を導くから、ここは次の「可多」を導く枕詞か。**○可多尓左久奈美**（潟に咲く波）「可多」は潟。潮が引いた浅瀬。「左久」は波が花として咲くこと。**○比良湍尓母**（平瀬にも）「比良湍」は広く平らな瀬。「湍」は増続玉篇に「湍セ」とある。「尓母」は「〜にあっても」の意。**○比毛登久毛能可**（紐解くものか）「比毛」は男女が愛を約束して結んだ下紐。既出三三六一番歌。「登久」は解きほどくこと。「毛能可」は強い反語。**○加奈思家乎於吉弖**（愛しけを措きて）「加奈思家」は愛しい女子。既出三三五一番歌。「於吉弖」は除いての意。愛の誓約の歌。

【鑑賞】

未勘国の相聞の歌。「阿遅可麻の潟」とは、海浜の歌垣の場をいう。干潟となった潟にさざれ波が寄せて、きれいな白い花を咲かせている。「伊勢の海の奥つ白浪花にもが裹みて妹が家裹に為む」（巻三・三〇六）というように、白浪は美しいものとして喜ばれた。その綺麗な白浪は、遠くまで続く平瀬に咲いている。平瀬に咲く波は美しい女子の譬喩であり、周囲には可愛い女子がいくらもいることをいう。しかし、この歌い手は「紐解くものか愛しけを措きて」という余裕をみせる。紐は下紐でそれを解くのは共寝を指す。たくさんの美しい女子を差し置いて、共寝はしないという強い宣言である。潮の引いた海浜では漁りをする人たちが集まり喉自慢が始まる。臨時の歌の場では誰でも知る山歌が歌われた。

松が浦に　3552

麻都（まつ）が浦（うら）に　騒（さわ）ゑ浦立（うらだ）ち　ま人言（ひとごと）　思（おも）ほすなもろ　わが思（も）ほのすも

麻都我宇良尒　佐和恵宇良太知　麻比等其等　於毛抱須奈母呂　和賀母抱乃須毛

麻都が浦に、浦波が騒ぎ群立つように、実に人の噂が騒がしく立つことだと、そうお思いのことでしょうね。わたしが思うように。

【注釈】
〇**麻都我宇良尒**（麻都が浦に）　地名だが所在未詳。〇**佐和恵宇良太知**（騒ゑ浦立ち）「佐和恵」は騒ぐの東国音。「宇良」は浦。「太知」は浦波が立つこと。〇**麻比等其等**（ま人言）「麻」は真で事実を表す接頭語。「比等其等」は人言で他人の噂。〇**於毛抱須奈母呂**（思ほすなもろ）「於毛抱須」は「思ふ」の尊敬。「奈母」は現在推量「らむ」の東国語。本巻に「和平可麻都那毛」（三五六三）とある。「呂」は親愛。〇**和賀母抱乃須毛**（わが思ほのすも）「母抱」は「おもほ」の約音。思うことの東国音。「乃須」は「なす」の東国音。「毛」は詠嘆。

【鑑賞】
未勘国の相聞の歌。「麻都が浦に騒ゑ浦立ち」からみると、海浜の歌垣であろう。浦には波が騒ぎ立っていて、その騒がしい波を素材として次の「ま人言」を導く。人言は人の噂であり「麻」がつくのは、心底噂には堪え難いという気持ちであろう。「思ほすなもろ」とは、尊敬すべき愛しい人への同調を促す言い方である。その同調は「わが思ほのすも」にある。我も人のさがない噂にひどく悩まされているのだから、あなたもそのように思われるかということである。恋する男女は逢いたいと思いながらも、人の噂を恐れて逢うことを躊躇することになる。問い掛けの歌であるから返しを求めている。

安治可麻の ― 3553

安治可麻の　可家の水門に　入る潮の　こてたづくもか　入りて寝まくも

安治可麻能　可家能水奈刀尓　伊流思保乃　許弖多受久毛可　伊里弖祢麻久母

安治可麻の、可家の水門に、満ち来る潮が益すように、いよいよ益して、あの子の寝床に入って寝たいことだよ。

【注釈】

〇安治可麻能（安治可麻の）　地名とすれば所在未詳。本巻に「阿遅可麻能可多」（三五五一）とあるから「可家」を導く枕詞か。**〇可家能水奈刀尓**（可家の水門に）「可家」は湊の名。所在未詳。「水奈刀」は湊。**〇伊流思保乃**（入る潮の）「伊流」は入って来ること。「思保」は潮。**〇許弖多受久毛可**（こてたづくもか）　語義未詳。諸説ある。「入る潮」の定型は「いやましに」。「蘆辺より満ち来る潮の弥益しに」（巻四・六一七）、「湖みに満ち来る潮の弥益しに」（巻十二・三一五九）とあり、それによると「いよいよ益して」の意。**〇伊里弖祢麻久母**（入りて寝まくも）「伊里弖」は愛しい子の布団に入ること。「麻久」は推量の助動詞「む」

のク語法で「〜すること」の意。「母」は詠嘆。

【鑑賞】

未勘国の相聞の歌。可家の水門の海浜の歌垣の歌であろう。潮が次第に満ちて来ていることから、それを素材として「こてたづくもか」といった。この語は意味が未詳であることから、諸説ある。参考になるのは「入る潮の」である。入る潮とは引いていた潮が次第に満ちて来ることをいうから、可家の水門に次第に満ちて来る潮をいう。そのような様は前掲巻四・六一七のようにあり、「思ふ」ことに転換される。例歌は愛しい君をますます思うことをいい、本歌はいよいよ益して愛しい子の寝床に入りたいという思いをいう。

妹が寝る 3554

妹（いも）が寝（ぬ）る　床（とこ）の辺（あた）りに　岩（いは）くくる　水（みづ）にもがもよ　入（い）りて寝（ね）まくも

伊毛我奴流　等許能安多理尒　伊波具久留　水都尒母我毛与　伊里弖祢末久母

愛しいあの子が寝ている、床の辺りに、岩をくぐる、水にでもあればなあ。すぐにも入って寝たいことだよ。

【注釈】

〇伊毛我奴流（妹が寝る）「伊毛」は妹で愛しい女子。「奴流」は寝るの東国音。**〇等許能安多理尒**（床の辺りに）「等許」は女子の寝床。**〇伊波具久留**（岩くくる）「伊波」は岩。「具久留」は潜ることの東国音。**〇水都尒母我毛与**（水にもがもよ）「水都尒」は川の水に。「母我毛」は終助詞「もが」に助詞「も」が接続して強い願望。「与」は詠嘆。**〇伊里弖祢末久母**（入りて寝まくも）「伊里弖」は女子の床に入って。「末久」は推量の助動詞「む」のク語法で「すること」。「母」は詠嘆。

【鑑賞】

末勘国の相聞の歌。男子にとって寝ることは愛することである。東歌の寝ることをいう歌は他の巻とは異なり、愛していることを直接に訴える方法である。もちろん、それは日常の言葉ではない。あくまでも歌垣の中に許された専用語であり、「寝る」と「愛している」とは同義語である。この男子の寝ることの訴えは、愛しい子の寝ている床の辺りに、静かに入って寝たいという希望である。愛しい女子の寝床に容易に入れるものではないが、容易に入る手立てを考えたのである。水であれば静かに流れて行って、床に入れるという機知に富んだ理屈である。山歌として流行していたのであろう。

麻久良我の　3555

麻久良我(まくらが)の　許我(こが)の渡(わたり)の　韓梶(からかぢ)の　音高(おとたか)しもな　宿(ね)なへ児故(こゆゑ)に

麻久良我乃　許我能和多利乃　可良加治乃　於登太可思母奈　宿莫敝兒由恵尒

麻久良我の、許我の渡し場の、韓梶の音のように、噂が高いことだなあ。共寝もしていない子でありながら。

【注釈】

〇**麻久良我乃**（麻久良我の）　所在未詳。〇**許我能和多利乃**（許我の渡の）「許我」は所在未詳。茨城県古河周辺の地であれば常陸の国の歌に入るべき。「和多利」は船の渡し場。〇**可良加治乃**（韓梶の）　外国製の梶。韓国も中国も「韓」とされた。〇**於登太可思母奈**（音高しもな）「於登太可思」は梶の音が高らかなこと。「母奈」は詠嘆。梶の音から人言に転換。〇**宿莫敝兒由恵尒**（宿なへ児故に）「宿莫敝」は共寝していないこと。「莫敝」は打消しの東国語。「兒」は可愛い子。「由恵尒」は故にで原因。

【鑑賞】

未勘国の相聞の歌。許我の渡し場での歌垣の歌である。渡し場は人が船待ちをしたり乗り降りをする場所である。そうした人の集まる所で歌垣が開かれた。渡し場には、韓梶を付けた船も通るのであろう。そのような船は梶の音も高いので、それを人言の高いことへと転換する。人言は人の噂であり、恋する者には用心すべき障害である。しかし、その噂が高いのだという。まだ寝てもいない子なのに、噂ばかりが立てられているのである。男子がそれを喜びとしているのか、あるいは迷惑としているのか知られない。これは噂を立てられていることを前提に、それに答えを求めているからである。

潮船の　3556

潮船(しほふね)の　置(お)かれば愛(かな)し　さ寝(ね)つれば　人言繁(ひとごとしげ)し　汝(な)を何(ど)かも為(し)む

思保夫祢能　於可礼婆可奈之　左宿都礼婆　比登其等思氣志　那乎抒可母思武

潮船のように、放置すれば愛しさが増さる。かといって共寝をすれば、人の噂がひどい。おまえをどのようにしたら良いのか。

【注釈】

○思保夫祢能（潮船の）　海上に停泊した船をいう。湊に並べ置くことから、次の「於可礼」を導く。底本は「保」に「ハ」を左傍書。**○於可礼婆可奈之**（置かれば愛し）「於可礼」は放置されること。「婆」は仮定。「可奈之」は愛しいこと。既出三三五一番歌。**○左宿都礼婆**（さ寝つれば）「左」は接頭語。「宿」は宿り寝ること。「都礼婆」は「～してしまうならば」の意で仮定。**○比登其等思氣志**（人言繁し）「比登其等」は人言で他人のうるさい噂。「思氣志」は繁くあること。**○那乎抒可母思武**（汝を何かも為む）どうしたら良いのか。「那乎」は汝を。「抒可母思武」は「などかもせむ」の東国音。

【鑑賞】

未勘国の相聞の歌。「潮船の置かれば愛し」とは、海浜の歌垣を背景としている。湊には潮に浮かぶ船が見え、その船が海に浮いたままに置かれていて、その様子が「かなし」だという。一艘のみ浮いている船の情景が、「かなし」という感情を導いている。それは孤独で愛しさが湧くような風景であることから、女子との関係を導いたのである。潮船のように孤独で寂しそうな女子への愛おしさである。しかし、共寝をすると人の噂に立つだろうし、お前をどうしたら良いのかという煩悶を導く。寝るべきか、寝てはいけないのか、それが問題なのだという。その難問を解くのは、それに応じる女子である。

悩ましけ　3557

悩ましけ　人妻かもよ　漕ぐ船の　忘れはせなな　いや思ひ益すに

奈夜麻思家　比登都麻可母与　許具布祢能　和須礼波勢奈那　伊夜母比麻須尓

心を掻き乱す、そんな人妻であることよ。漕ぎ出ていった船のように、いつまでも忘れられない。いよいよ思いは益すばかりなのに。

【注釈】

○奈夜麻思家（悩ましけ）「奈夜麻思家」は、悩ましいこと。形容詞「悩まし」の連体形「悩ましき」の東国音。男子の心を騒がせる様。**○比登都麻可母与**（人妻かもよ）「比登都麻」は他人の妻。「可母」は詠嘆。人妻への恋をいう。**○許具布祢能**（漕ぐ船の）漕ぎ行く船のようにの意。去りゆく船への思いから人妻への思いへ転換。**○和須礼波勢奈那**（忘れはせなな）「和須礼」は忘れること。「勢」は「す」の未然形で為ること。「奈那」は東国語の打消し。**○伊夜母比麻須尓**（いや思ひ益すに）「伊夜」はいよいよもって。「母比」は「思ひ」の約音。「麻須尓」は益すのに。

【鑑賞】

未勘国の相聞の歌。人妻への恋を訴える歌である。本巻には「岸崩の上に駒を繋ぎて危ほかと人妻児ろを息にわがする」（三五三九）のように、人妻を命として恋い慕う歌がある。東歌には人妻への関心が高く見られ、歌語として成立している。その人妻への恋は「危ほかと」というように、危険な恋であることを理解している。それでも人妻に走るのは、劇的な物語り性を期待させるからである。その危険性は、現実の上では律令の刑罰を待つ以上に、その夫との修羅場を迎えるだろうからである。一方、人妻が歌語となるのは、歌垣においてである。男子の覚悟を知るために「人妻なの」という言い回しがあることによる。「人妻」であることを知って男子が退けば、歌の相手にならない。たとえ人妻でも「妹」と思うのだという熱意があれば、自称人妻との恋は成立することになる。「人妻」の語はこのように歌垣の歌語として機能していたのである。

逢はずして　3558

逢（あ）はずして　行（ゆ）かば惜（を）しけむ　麻久良我（まくらが）の　許賀漕（こがこ）ぐ船（ふね）に　君（きみ）も逢（あ）はぬかも

安波受之弖　由加婆乎思家牟　麻久良我能　許賀己具布祢尒　伎美毛安波奴可毛

逢うこともなくして、出立すれば後悔することになりましょう。麻久良我の、許賀を漕ぐ船で旅立つ、あなたに逢わないものかなあ。

【注釈】
○安波受之弖（逢はずして）　逢うこともないままにしての意。**○由加婆乎思家牟**（行かば惜しけむ）「由加婆」は行くならばの意で仮定。「乎思家牟」は心残りして惜しいことであろうの意。**○麻久良我能**（麻久良我の）所在未詳。既出三五五五番歌。**○許賀己具布祢尒**（許賀漕ぐ船に）許賀の辺りを漕ぎ行く船をいう。許賀は既出三五五五番歌。**○伎美毛安波奴可毛**（君も逢はぬかも）「伎美毛」は愛しい男子にも。「安波奴」は逢わないこと。「可」は疑問。「毛」は詠嘆。

【鑑賞】
未勘国の相聞の歌。男子は湊から船で旅立つのであろう。それを見送る女子の歌である。愛しい人に逢わずに別れたら後悔するだろうから、許賀を漕ぐ船に乗るあの人に逢はないものかなあという。少しわかり難い歌であるので、その解釈に諸説がある。旅立つ男子の歌であろうから、君は女子を指すという説もあり、歌い手の主体に関わる問題である。ただ、「逢はずして行かば惜しけむ」とは、男子と逢うことなく別れる女子としても問題はない。それゆえ「許賀漕ぐ船に君も逢はぬかも」というのであろう。むしろ、この女子の立ち位置である。許賀漕ぐ船に君が乗っているのであれば、その船で君に逢わないことかという意になるから、女子もその船に乗ることになるという説も出る。もちろん、そのように理解しても、なぜ女子までが船に乗って逢うのかという問題になる。「許賀漕ぐ船に君も」というのは、その船に乗って行く君にと理解出来るならば、湊の葦の葉蔭で見送るのだという意であろう。周囲に知られてはならない恋であれば、男子を見送るには誰にも気づかれないようにする必要がある。そのようにして見送っているのが、「水門の葦の末葉を誰か手折りし　吾が背子が振る手を見むと我そ手折りし」（巻七・一二八八）という女子である。本歌の女子も男子が乗るであろう船を予測して、葦の葉蔭に隠れて待っているのであろう。

大船を　3559

大船（おほぶね）を　舳（へ）ゆも艫（とも）ゆも　堅（かた）めてし　許曽（こそ）の里人（さとびと）　顕（あら）はさめかも

於保夫祢乎　倍由毛登母由毛　可多米提之　許曽能左刀妣等　阿良波左米可母

大船をして、舳からも艫からも、しっかり綱で堅めるように堅く約束した。これで許曽の里のあの人らには、二人の関係が知られることなどあろうか。

【注釈】

○於保夫祢乎（大船を） 梶をたくさん取り付けた船をいう。**○倍由毛登母由毛**（舳ゆも艫ゆも） 「倍」は船の舳先。「由」は「～から」。「登母」は船の艫で船尾。「由毛」は「～からも」。**○可多米提之**（堅めてし） 「可多米提」は綱で堅く縛ること。「之」は過去。男女の交わした固い約束をいう。**○許曽能左刀妣等**（許曽の里人） 「許曽」は地名と思われるが所在未詳。「左刀妣等」は里の人。ここは噂好きな里人。**○阿良波左米可母**（顕はさめかも） 「阿良波左米」は顕すこと。「可母」は反語。

【鑑賞】

未勘国の相聞の歌。少し分かり難い歌であり、解釈も分かれる。その原因は「許曽の里人」が恋人を指すのか、あるいは単に里に住む人を指すのかにある。許曽の里人は二人の仲を顕すことは無いというのは理屈が通っているようであるが、普通なら「愛しいあの人は」となるはずである。なぜ里人などという第三者の問題としたのか。「里人」という言い方は多く見られるが、「遠く有れど公にそ恋ふる玉桙の里人皆に吾恋ひめやも」（巻十一・二五九八）のように、それらの殆どは第三者としての里人の意である。唯一、恋人らしい用い方は「吾が屋前の芽子開きにけり落らぬ間に早来て見べし平城の里人」（巻十・二二八七）の例である。恋人に萩が散らぬ間に来いというのである。これは恋歌仕立てにした歌で、平城に住む者を田舎人として招待することから第三者としていると思われる。そのようなことから考えると、本歌の里人も第三者として理解されよう。男女が固い約束をしたのは、二人の仲を誰にも教えないという誓いであろう。その固い約束によって、噂の好きな里人に顕されることはないという確信である。「里人の言縁せ妻を荒垣の外にや吾が見む」（巻十一・二五六二）という里人は、関係が無いのに噂を立てているという。里人は噂好きの人たちなのである。女子は噂が立つからと身を引くが、噂は立たないことを説得する歌垣の歌である。

真金吹く　3560

真金吹く　尒布の真朱の　色に出て　言はなくのみそ　あが恋ふらくは

麻可祢布久　尒布能麻曽保乃　伊呂尒弖ゝ　伊波奈久能未曽　安我古布良久波

真金が出る、尒布の真朱のように、はっきりと顔色に出して、言わないだけだよ。わたしが恋していることは。

【注釈】

○麻可祢布久（真金吹く）「麻可祢」は真金。「布久」は産出。真金を産出することから、次の「尒布」を導く枕詞。**○尒布能麻曽保乃**（尒布の真朱の）「尒布」は丹生。丹砂などの産出する処。地名としても多い。群馬県に丹生川があり丹生神社がある。「麻曽保」は丹砂を含んだ土。朱砂。顔料などに用いる。「曽保」は赭土。**○伊呂尒弖ゝ**（色に出て）「伊呂」は顔色。「弖ゝ」は出ること。色から言葉に転換。**○伊波奈久能未曽**（言はなくのみそ）「伊波奈久」は言わないこと。「能未」はばかりであること。「曽」は強め。**○安我古布良久波**（あが恋ふらくは）「古布良久」は「恋ふるらく」によるク語法で「恋すること」の意。恋の仕方についていう。

【鑑賞】

未勘国の相聞の歌。「真金吹く尒布の真朱」とは、この地の名産を自慢する言い回しである。真朱は朱砂のことで朱色なので、色が特に目に立つことから「色に出て」という。そのようなことを話題とするのは、色に出ることが問題だからである。色に出るとは、恋をするとそれが顔色に出ることを意味する。顔色に出るとみんなに「恋しているよ」と教えるようなものであるから、十分に慎む必要がある。「色に出でて恋ひば人見て知りぬべし情の中の隠妻はも」(巻十一・二五六六)というように、恋は心の中に隠すものである。愛しい人にも恋の心を訴えられないという理屈であり、そこにこの歌の主旨がある。口ではいわないが愛しているというのであり、それを美学とする男子の歌である。

金門田を――3561

金門田(かなとだ)を　荒掻(あらが)き真忌(まゆ)み　日(ひ)が照(と)れば　雨(あめ)を待(ま)とのす　君(きみ)をと待(ま)とも

可奈刀田乎　安良我伎麻由美　比賀刀礼婆　阿米乎万刀能須　伎美乎等麻刀母

金門の前の田圃を、まず荒掻きして祀り、日照りとなると、雨を祈り待つように、あの人をといっていつも祈り待つのです。

【注釈】

○可奈刀田乎(金門田を)「可奈刀」は金属製の門。本巻に「兒呂我可奈門欲」(三五三〇)とある。「刀田」は門前の田圃。門田。底本は「カナトテ」。万葉考は「カナトダ」。**○安良我伎麻由美**(荒掻き真忌み)「安良我伎」は最初に代掻きを荒く掻くこと。「麻」は接頭語。「由美」は「忌み」の東国音。祀りをして祈ること。**○比賀刀礼婆**(日が照れば)「比」は日。「刀礼」は照るの東国音。日照りをいう。「婆」は仮定。**○阿米乎万刀能須**（雨を待とのす）「阿米乎」は雨が降るのをの意。「万刀」は待つの東国音。「能須」は如くの東国語。**○伎美乎等麻刀母**（君をと待とも）「伎美」は愛しい男子。「乎等」は「〜をといって」の意。「麻刀」は待つの東国音。「母」は詠嘆。

【鑑賞】

未勘国の相聞の歌。少し分かり難い歌である。「可奈刀田」は金門田であろう。金属製の門構えの家の前に広がる田である。「安良我伎」は田の荒掻きのことである。金門を構える御殿の田圃での集団の作業をいうのであろう。「麻由美」は「真忌み」で田を掻き始める前の田の神への祀りだと思われる。それは次の「日が照れば雨を待とのす」から知られる。日が照れば雨を待つということから、田の神へ雨を祈るのである。田の神を祀り、雨を待つということから、次の「待つ」ことが導かれている。それが「君をと待とも」である。そのことのためにこれだけの序を用いたのは、「君をと待とも」よりも、その序に歌い手の思いがあろう。田植えの季節に田の神を祭り、雨が降って欲しいという願いである。「君を待つ」へと展開したのは、そこが宴会の席だからである。本格的な田仕事に入る前の、田の神を祀る宴に歌われた山歌であろう。

荒磯やに　3562

荒磯（ありそ）やに　生（お）ふる玉藻（たまも）の　打（う）ち靡（なび）き　一人（ひとり）や宿（ぬ）らむ　あを待（ま）ちかねて

安里蘓夜尒　於布流多麻母乃　宇知奈婢伎　比登里夜宿良牟　安乎麻知可祢弖

岩の多い荒磯に、生えている玉藻が、波に打ち靡くように、一人で靡き寝ているのだろうか。わたしの訪れを待ち詫びて。

【注釈】
○**安里蕪夜尓**（荒磯やに）「安里蕪」は荒磯で岩の多い海岸。「夜」は強め。○**於布流多麻母乃**（生ふる玉藻の）「於布流」は生える。「多麻母」は美しい藻で海草。玉藻から次の「奈婢伎」を導く。○**宇知奈婢伎**（打ち靡き）「宇知」は接頭語。「奈婢伎」は靡くこと。○**比登里夜宿良牟**（一人や宿らむ）「比登里」は独り孤独にの意。「夜」は疑問。「宿」は宿り寝ること。「良牟」は現在推量。○**安乎麻知可祢弖**（あを待ちかねて）待つことが出来かねていること。「可祢」は不可能。

【鑑賞】
未勘国の相聞の歌。荒磯に生える玉藻から、荒磯での歌垣をいうのであろう。そこに生えている美しい藻を素材として、それが靡くことから女子の靡き寝ていることが取り出される。藻の靡きと女子の靡き寝は定型であり、柿本人麿は「玉藻成す　靡き寐し児を」（巻二・一三五）のように描いている。女子の靡き寝る様は、共寝のエロチシズムへと導く。それゆえに「打ち靡き一人や宿らむ」という表現が得られる。愛しい女子が一人で靡き寝ているのは、「あを待ちかねて」にあるのだという。一人して靡き寝る女子の姿態には、男を待つ女の怨が窺われる。そのような女子の怨みをイメージしたのは、男子の想像するエロチシズムによる。人麿歌集の「敷栲の衣手離れて玉藻なす靡きか宿らむわを待ち難に」（巻十一・二四八三）という歌をみると、この歌の女子の姿態には都市的なエロチシズムがある。

比多潟の｜3563

比多潟の　磯の若布の　立ち乱え　わをか待つなも　昨夜も今宵も

比多我多能　伊蘇乃和可米乃　多知美太要　和乎可麻都那毛　伎曽毛己余必母

比多潟の、磯の若布のように、立ち乱れて、わたしを待っているのだろうか。昨日の夜もまた今夜も。

【注釈】

○比多我多能（比多潟の）所在未詳。潟は浅瀬の海岸。**○伊蘇乃和可米乃**（磯の若布の）「伊蘇」は磯で岩の多い海岸。「和可米」は海藻の若布。波に靡くことから次の「美太要」を導く。**○多知美太要**（立ち乱え）「多知」は生い立つこと。「美太要」は乱れの東国音。**○和乎可麻都那毛**（わをか待つなも）「可」は疑問。「麻都」は待つこと。「那毛」は現在推量「らむ」の東国語。**○伎曽毛己余必母**（昨夜も今宵も）「伎曽」は昨日の夜。「己余必」は今日の夜。

【鑑賞】

未勘国の相聞の歌。比多潟の磯の若布が詠まれるのは、海浜の歌垣だからである。比多潟は遠浅が続くのであろう。潮が引けば人々は潟に集まって漁りを始める。磯の若布が立ち乱れるほどに豊富であるが、立ち乱れている若布は恋する者には直ちに恋の乱れに向かうのが定型である。その乱れた若布のように、愛しの女子は今夜も乱れたままに閨で待っているだろうかという。もちろん、女子はこのような表現に不満であろう。なぜなら、この乱れは女子のあられもない乱れを想像させるからである。女子が願うのは「生ふる玉藻の打ち靡き」（三五六二）のような、黒髪を敷いて靡き寝る艶なる風情の姿である。しかし、男子は愛しい女子があられもない乱れた姿をして、寝て待っているのだと楽しんでいる。海浜の歌垣に由来する山歌として歌われていたのであろう。

小菅ろの　3564

小菅ろの　浦吹く風の　何どすすか　愛しけ児ろを　思ひ過ごさむ

古須氣呂乃　宇良布久可是能　安騰須酒香　可奈之家兒呂乎　於毛比須吾左牟

小菅の生えている、浦を吹く風が吹き過ぎるように、どのようにすれば、あの愛しい子を、容易に思い過ごせよう。

【注釈】
○古須氣呂乃（小菅ろの）背丈の低い菅。カヤツリグサ科の植物。笠の材。「呂」は親愛の東国語。**○宇良布久可是能**（浦吹く風の）「宇良」は浦で海岸。「布久可是」は吹き過ぎる風。後の「於毛比須吾左牟」を導く。**○安騰須酒香**（何どすすか）「安騰」はどのようにの意。略解は「何と為とかといふ也」という。「須酒」は「為為」で「～しつつ」の東国音。「香」は疑問。**○可奈之家兒呂乎**（愛しけ児ろを）「可奈之家」は「愛しき」の東国音。愛しいこと。既出三三五一番歌。「呂」は親愛。**○於毛比須吾左牟**（思ひ過ごさむ）「於毛比」は思うこと。「須吾左牟」は遣り過ごせば良いのかの意。

【鑑賞】
末勘国の相聞の歌。「小菅ろの浦吹く風」というから海浜の歌垣であろう。小菅の生える浦に風が吹いて、小菅を靡かせて過ぎて行く。その風景を取り出したのは、風のように通り過ぎることをいうためである。そこから「愛しけ児ろを思ひ過ごさむ」を導いて、愛しい女子ではあるが、その愛しさが過ぎることをいう。「愛しくて、愛しくて」

なのである。それゆえに「何どすすか」という煩悶の語がある。恋に煩悶するのは、死にそうな苦しみであることの訴えである。その苦しみを忘れるために、風のように過ぎ去りたいという願いであるが、それほどの恋だという叫びである。歌垣へ行く道で大声をあげて歌っているのであろう。

彼の児ろと　3565

彼の児ろと　宿ずや成りなむ　はだ薄　宇良野の山に　月片寄るも

可能古呂等　宿受夜奈里奈牟　波太須酒伎　宇良野乃夜麻尒　都久可多与留母

あの愛しい子と、今夜は寝ずに終わるのだろうか。はだ薄の生える、宇良野の山に、もう月が沈みかけているのに。

【注釈】
○可能古呂等（彼の児ろと）「可能」はあの。「古呂」は児呂で愛しい女子。**○宿受夜奈里奈牟**（宿ずや成りなむ）「宿受」は寝ないこと。「夜」は疑問。「奈里」は成ること。「奈牟」は現在推量「らむ」の東国語。**○波太須酒伎**（はだ薄）穂が旗のようになった薄。皮薄とも書く。**○宇良野乃夜麻尒**（宇良野の山に）所在未詳。諸説ある。**○都久可多与留母**（月片寄るも）「都久」は月の東国音。「可多与留」は片方に寄ることで沈む意。「母」は詠嘆。

【鑑賞】
未勘国の相聞の歌。宇良野の山の歌垣の歌である。歌垣では共寝へと至る相手を探すことが大きな目的である。寝ることは愛の証であるから、寝るというのは愛を訴えることでもある。もちろん、それは恋歌の中での共寝であり、現実に行う共寝とは別の話である。初恋を歌い、熱愛を歌い、恋の成就を歌い、やがて共寝へと至る。その過程の中に恋の流れがある。女子を共寝に誘うのだが、「後でね」という。どのように口説いても、やはり「後で」というばかりなのである。それゆえに、「宇良野の山に月片寄るも」と焦ることになる。山には月が傾いて、女子は帰り支度をしている。「常陸国風土記」の筑波山での歌垣の歌に、「筑波嶺に廬りて妻なしに我が寝む夜ろは早やも明けぬかも」という男子の自棄の歌がある。

わぎ妹子に　3566

わぎ妹子に　あが恋ひ死なば　そわへかも　神におほせむ　心知らずて

和伎毛古尒　安我古非思奈婆　曽和敝可毛　加未尒於保世牟　己許呂思良受弖

わたしの愛しい子のために、わたしが恋に死ねば、不当にも、神様の責任とすることだろうかなあ。わたしの心も知らないで。

【注釈】

○和伎毛古尒（わぎ妹子に）「和伎毛古」は吾妹子で愛しい女子。**○安我古非思奈婆**（あが恋ひ死なば）「古非思奈婆」は恋の苦しみに死ぬならばの意。「婆」は仮定。**○曽和敝可毛**（そわへかも）「曽和敝」は語義未詳。諸説ある。略解は「いひさはぎ立て」

とする。古義は「ソコヲカモ」と訓。文脈から「不当にも」あるいは「戯れて」の意か。ここは不当の意で取る。「可毛」は疑問に詠嘆の接続。**○加未尒於保世牟**（神におほせむ）「加未」は神様。「於保世牟」は責任を負わせるだろう。神の思し召しとすること。「千磐破　神尒毛莫負」（巻十六・三八一一）とある。**○己許呂思良受弖**（心知らずて）「己許呂」は我が心。「思良受」は知らずあっての意。

【鑑賞】

未勘国の相聞の歌。「わぎ妹子にあが恋ひ死なば」とは、愛しい子のために苦しみに堪えられず死んだならばの意である。恋歌には「吾妹子に恋ひつつ有らずは刈薦の思ひ乱れて死ぬべきものを」（巻十一・二七六五）のように、「恋に死ぬ」という表現が多く見られる。これは相手を脅したり、驚かせたりする方法である。そのようにいえば、相手は驚いて死ぬのを阻止しようとするからである。止めるだけではなく、熱い心にほだされることにもなる。しかし、世上では恋に死ぬという脅し文句は、すでに手垢にまみれているから、死ぬといっても容易に埒があかない。それで考えたのが、わたしが恋に死んだらあなたは神様の罰だといって、神様に責任を負わすのだろうという先回りである。すでに女子が言いそうなことは知っているよというのである。この先手必勝の効果は知られないが、歌垣で相手の心を得るための「恋に死ぬ」ことを戦略とした歌である。

iii　防人歌（三五六七〜三五七一）

防人（さきもり）の謌（うた）

置きて去かば　3567

置き(お)て去か(い)ば　妹(いも)ばま愛し(かな)　持ち(も)て行く(ゆ)　梓(あづさ)の弓(ゆみ)の　弓束(ゆつか)にもがも

防人謌

於伎弖伊可婆　伊毛婆麻可奈之　母知弖由久　安都佐能由美乃　由都可尒母我毛

家に残して出立したなら、妻があまりにも愛しい。手に持って行く、梓の弓の、その弓にでもあって欲しいよ。

【注釈】

○防人謌　防人の歌の五首を収める。これを「防人歌」として独立させて分類目としたのは、東国の民への尊敬の念からである。東国からは防人が筑紫へ徴集されて辺境防備の兵士に当てられていた。天平勝宝七歳（七五五）に徴集された防人らの歌は大伴家持の手によって巻二十に集録されている。しかし、そこには「防人歌」として独立した分類目は見られない。ここに収録された五首は、東歌としての必然性を持たなかったと思われるが、僅少ながらも五首を載せたのは、東国の民が愛する者と別離し、兵士として徴集されて筑紫に向かい苦労を重ねたことへの尊敬にあると思われる。この五首のいずれもが防人の別離の悲しみの歌であるところに、その理由がある。防人という集団の別離の悲しみは、人生苦であると理解する編纂者がいることを示している。それは巻二十の防人歌と通底する問題である。**○於伎弖伊可婆**（置きて去かば）「於伎弖」は家に残し置いての意。「伊可婆」は出立して行ったならば。「婆」は仮定。**○伊毛婆麻可奈之**（妹ばま愛し）「伊毛」は妹で愛しい女子。「婆」は「は」の強め。「麻」は真をいう接頭語。「可奈之」は愛しいこと。既出三三五一番歌。**○母知弖由久**（持ちて行く）「母知弖」は手に持って。「由久」は出掛けること。**○安都佐能由美乃**（梓の弓の）梓製の丈夫な弓をいう。**○由都可尒母我毛**（弓束にもがも）「由都可」は弓束で左手で握る部分。ここは弓をいう。「母我毛」は終助詞「もが」に「も」の接続で願望。

【鑑賞】

防人の歌。家に残して行くと愛しく思われて仕方がないので、妻を弓束として持っていきたいという別離の歌である。愛しい者を身に付けていたいというのは、恋歌由来の発想による。「人言の繁きこのころ玉ならば手に巻きもちて恋ひず有らましを」（巻三・四三六）という類である。この男子は防人であるので、手に持ち行く弓を妻とした。愛しい妻を弓束として持ち行くのは別離の心情によるものであり、それは妻のみに限らない。「父母も花にもがもや草枕旅は行くとも捧ごて行かむ」（巻二十・四三二五）は、父母を花として持ち行きたいと訴える防人の歌である。恋歌から妻や父母へと向かうのは、防人が家族を背負っての別離にあるからである。防人を送る送別の宴に詠まれた歌であろう。この旅立ちが死出の旅と思われる時に、愛の言葉が口をついたのである。

後れ居て　3568

後（おく）れ居（ゐ）て　恋（こ）ひば苦（くる）しも　朝狩（あさがり）の　君（きみ）が弓（ゆみ）にも　成（な）らましものを

右（みぎ）の二首（にしゅ）は、問答（もんだふ）。

於久礼為弖　古非波久流思母　安佐我里能　伎美我由美尓母　奈良麻思物能乎

右二首問答。

家に残されて、恋焦がれているのは辛いことです。朝狩の時の、あなたの持つ弓にでも、成りたいものです。

右の二首は、問答の歌である。

【注釈】

○於久礼為弖（後れ居て）「於久礼」は家に残されること。前歌を受ける。**○古非波久流思母**（恋ひば苦しも）「古非波」は恋しているならばの意。「波」は仮定。「久流思」は苦しいこと。「母」は詠嘆。**○安佐我里能**（朝狩の）夜明けに行う猟をいう。**○伎美我由美尓母**（君が弓にも）「伎美」は防人に行く男子。「由美」は朝狩の弓。「尓母」は「～にでも」の意。この弓を携えて男子は防人に行くことによる。**○奈良麻思物能乎**（成らましものを）「奈良麻思」は成りたいこと。「麻思」は反実仮想。「物能乎」は形式名詞「物」に助詞「を」の接続で「ものよ」の意。**○右二首問答**　一首目は防人の夫、二首目は防人の妻の問答をいう。防人の問答歌は東歌の掛け歌を受けていよう。底本は「首」の下に○符あり「問」を右傍書。

【鑑賞】

防人の妻の返し歌。防人に行く男子の歌の「弓束」にあって欲しいというのに応じた。後に残されるのは辛いから、朝狩の弓になりたいと受ける。男子のいう弓束は、朝狩の弓では対応しないということも考えられるが、防人は使い馴れた弓を持って出掛けるのであろう。その弓こそが愛しい男子が愛した弓であるから、妻は朝狩の弓といったのである。防人の送別の宴に夫と妻とが問答をした歌であるが、この歌がただちに妻の詠んだ歌と考える必要はない。防人に行く男子の歌に、年配の女子たちも含めて幾つも応じたことが考えられるからである。防人の歌が夫婦の別れの悲別を取り上げるのは、巻二十に収録する防人の歌と通底する。

防人に

3569

防人に　立ちし朝明の　金門出に　手離れ惜しみ　泣きし児らばも

佐伎母理尒　多知之安佐氣乃　可奈刀伇尒　手婆奈礼乎思美　奈吉思兒良婆母

防人に、出発した早朝の、金門での別れの際に、握った手を離すのを惜しんで、泣いた愛しい妻であったことよ。

【注釈】

○**佐伎母理尒**（防人に）　防人に徴用されたこと。○**多知之安佐氣乃**（立ちし朝明の）「多知之」は出発したこと。「安佐氣」は早朝。○**可奈刀伇尒**（金門出に）「可奈刀」は金属製の門。門前で家族との最後の別れをする。この金門はその土地の首長の家の門であろう。○**手婆奈礼乎思美**（手離れ惜しみ）「手婆奈礼」は夫婦で握り合った手を離すこと。別れの瞬間をいう。「乎思美」は形容詞語幹「惜」に接尾語「み」の接続で「惜しいので」の意。底本は「テ」に「タ」を左傍書。○**奈吉思兒良婆母**（泣きし児らばも）「奈吉思」は別離の悲しみに泣いたこと。「兒良」は児呂に同じく愛しい妻。「婆」は「は」の強め。「母」は詠嘆。

【鑑賞】

防人の歌。防人は出発の朝を迎えた。この土地の有力者の家の金門の前に防人も家族も村中の者が集まり、最後の別れが行われる。その際に妻は手を取って別れを嫌がり、泣いていたという。「泣きし児らばも」とは過去のことである。出発した防人たちは、途次の旅宿で歌遊びをしていたものと思われ、そのような時に家に残してきた妻を思い、このように再現している。もちろん、それが事実であったか否かは不明だが、防人の思いはそうであった。これは防人たちの共感を得る歌であり、他の防人たちも妻を残した悲しみをこの歌に託したものと考えられる。

葦の葉に 3570

葦の葉に 夕霧立ちて 鴨が鳴の 寒き夕べし 汝をば偲はむ

安之能葉尓 由布宜里多知弖 可母我鳴乃 左牟伎由布敝思 奈乎波思努波牟

葦の葉に、夕霧が立ちこめて、鴨の鳴き声の聞こえる、そんな寒い夕暮れには、お前を恋しく思うだろう。

【注釈】

○安之能葉尓（葦の葉に）「安之」は葦。イネ科の水辺植物。簾などの材。**○由布宜里多知弖**（夕霧立ちて）夕方に霧が立ちこめること。**○可母我鳴乃**（鴨が鳴の）「可母」は鴨。カモ科の水鳥。秋に渡来する。「鳴」は鳴き声。**○左牟伎由布敝思**（寒き夕べし）「左牟伎」は寒いこと。「由布敝」は夕方。「思」は強め。**○奈乎波思努波牟**（汝をば偲はむ）「奈」は汝で妻。「乎波」は強め。「思努波牟」は偲ぶだろうこと。

【鑑賞】

防人の歌。鴨は夫婦仲の良い鳥とされていることから、この防人は妻への思いを導いている。ただ、防人の歌らしくないことから、都人の作かとも考えられている。「葦」は難波の名物であるから、この歌は難波の湊にあっての歌遊びの歌と思われる。その葦の葉に夕霧が立つ風景は、別れて来た故郷の風景であろう。「鴨が鳴の寒き夕べ」という表現は、「葦辺行く鴨の羽交に霜零りて寒き暮夕へは和し念ほゆ」（巻一・六四）のように詠まれていて、難波宮での歌である。これが都風な詠み方であることは間違いない。難波での歌遊びの歌であるならば、都の役人たちもその遊びに参加していたことが考えられよう。あるいは、都の役人が書き取った時に手を入れたことも考えられる。巻二十の防人歌にはそのような痕跡が認められる。そうした紛れの中に防人歌が成立していた。

己妻を　3571

己妻（おのづま）を　人（ひと）の里（さと）に置（お）き　おほほしく　見（み）つつそ来（き）ぬる　この道（みち）の間（あひだ）

於能豆麻乎　比登乃左刀尓於吉　於保〻思久　見都〻曽伎奴流　許能美知乃安比太

おのれの妻を、他人の里に残し置いて、心も覚束なく、その里を眺めながら来た。この道の間をずっと。

【注釈】

○於能豆麻乎（己妻を）　われの妻をの意。**○比登乃左刀尓於吉**（人の里に置き）「比登乃左刀」は他人の里の意。「於吉」は残すこと。妻の家と言わないのは、この男女はまだ秘密の恋にあるからか。**○於保〻思久**（おほほしく）「於保〻思」は覚束ない様。心晴れないこと。**○見都〻曽伎奴流**（見つつそ来ぬる）「見都〻」は眺めながら。「曽」は強め。「伎奴流」は来たことだの意。**○許能美知乃安比太**（この道の間）「許能美知」は歩き続けている道をいう。「安比太」は歩いている間。

【鑑賞】

防人の歌。妻を他人の里に残し置いたという。なぜそうしたのか不明である。妻は母親や兄弟たちと住んでいるから、妻を他人の里に預ける必要はないからである。それを「己妻を人の里に置き」といったのは、愛しいと思う女子を、勝手に「己妻」と呼んでいるからであろう。まだ一方的な思いでしかないのである。それゆえに、女子の住む里は人里だというのである。これが結婚をしている女子ならば、門前の別れに「手離れ惜しみ泣きし児らばも」（三五六九）となるはずである。そうでないのは、通ってもいない女子である上に、男子から好意を寄せられていることすら知らない可能性がある。しかし、男子にはこの別れに彼女を「己妻」として別れたかったのである。いわば、心の妻である。それを人の里に置いたという悲惨の思いが心に優先したのであろう。

ⅳ―譬喩歌（三五七二～三五七六）

譬喩の謌

何ど思へか　3572

何ど思へか　阿自久麻山の　譲る葉の　含まる時に　風吹かずかも

譬喩謌

安杼毛敝可　阿自久麻夜末乃　由豆流波乃　布敷麻留等伎尒　可是布可受可母

どのように思うことで、阿自久麻山の、譲る葉の芽が、含んでいる時に、悪い風が吹かないだろうか。

【注釈】

○譬喩詞　他の物に託して思いを述べる形式の歌。未勘国の五首を収める。譬喩は既出三四二九番歌。**○安杼毛敝可**（何ど思へか）「安杼」はどのようにの意。「毛敝可」は「思へか」の約音。**○阿自久麻夜末乃**（阿自久麻山の）所在未詳。底本は「麻」の下に○符あり「夜」を行末に書き込み。**○由豆流波乃**（譲る葉の）「由豆流波」はユズリハ科の木。春に古い葉を新芽に譲るからという。**○布敷麻留等伎尓**（含まる時に）「布敷麻留」は含めるの東国音。**○可是布可受可母**（風吹かずかも）「可是」は風。「布可受」は吹かないこと。「可母」は疑問。少女に言い寄る悪風をいう。

【鑑賞】

未勘国の譬喩歌。阿自久麻山の歌垣の歌である。表の意味は、そこに生えている譲り葉の萌え出る芽が、悪風にさらされないとは限らないということ。裏の意味は、若くて愛しい子が悪い男に言い寄られないとも限らないということ。「何ど思へか〜風吹かずかも」の言い回しは、相手が「何も心配ない」ということを受けての促しであろう。男子は可愛い子に恋をしているのだが、その子は大らかなので悪い男に容易に言い寄られかねず、それが心配なのである。もちろん、ここに言う悪い男とは、詠み手の思いであり、愛しい子に言い寄る者たちはみんな悪い者であろう。

あしひきの　3573

あしひきの　山蔓（やまかづら）かげ　ましばにも　得難（えがた）きかげを　置（お）きや枯（か）らさむ

安之比奇能　夜麻可都良加氣　麻之波尓母　衣我多伎可氣乎　於吉夜可良佐武

あしひきの、山に蔓を延ばすひかげの蔓のように、すこしの間も、得がたい蔓を、放置して枯らしてしまおうか。

【注釈】

○安之比奇能（あしひきの） 語義未詳。次の「夜麻」を導く枕詞。**○夜麻可都良加氣**（山蔓かげ）「夜麻可都良加氣」は山に生える日陰の蔓。蔓性植物。羅ともいう。胞子は石松子で花の受粉などに用いられる。底本は「カケ」に「ノコ」を左傍書。**○麻之波介母**（ましばにも）「麻」は接頭語。「之波」は暫しの間。「介母」は「にあっても」。下句の「於吉」に接続。**○衣我多伎可氣乎**（得難きかげを）「衣我多伎」は手に入れ難いこと。「可氣」は日かげの蔓。**○於吉夜可良佐武**（置きや枯らさむ）「於吉」は放置すること。「夜」は疑問。「可良佐武」は枯らすだろうこと。女子が適切な年を過ぎることをいう。

【鑑賞】

未勘国の譬喩歌。山に生えている日陰の蔓を素材として詠んだ譬喩の歌である。表の意味は、蔓が何処までもつるを延ばしているのを放置して、枯らすことは出来ないということ。裏の意味は、成長して来た愛しい女子をこのまま放置しておくことは出来ないということ。可愛い子を前に、今こそ美しさの盛りであると口説いている。女子は年を取ったとか、枯れたとかと言われるのを嫌う。そうはさせないという男子の口説きである。

小里なる　3574

小里（をさと）なる　花橘（はなたちばな）を　引き攀（ひよ）ぢて　折（を）らむとすれど　うら若（わか）みこそ

乎佐刀奈流　波奈多知波奈乎　比伎余治弖　乎良無登須礼杼　宇良和可美許曽

村里にある、花橘の枝を、引き寄せて、折ろうとしたけれど、若い枝であったことよ。

【注釈】

○平佐刀奈流（小里なる）「平佐刀」は村里。「奈流」は「～にある」の約音。**○波奈多知波奈乎**（花橘を）花の咲いた橘の木。橘は柑橘類。倭名鈔（巻五）武蔵の国に「橘樹太知波奈」の郡名があり東国にも普及していたことが知られる。橘の白花から清純な少女を指す。**○比伎余治弖**（引き攀ぢて）「比伎」は引くこと。「余治」はよじること。**○平良無登須礼杼**（折らむとすれど）「平良無」は手折ること。「須礼杼」はするけれどもの意。「杼」は逆接。**○宇良和可美許曽**（うら若みこそ）「宇良」は細い梢。「和可美」は形容詞語幹「若」に接尾語「み」の接続で「若いので」。「許曽」は強め。

【鑑賞】

未勘国の譬喩歌。橘の咲く所が歌垣の場であろう。「橘の本に我を立て下枝取り成らむや君と問ひし子らはも」（巻十一・二四八九）の歌がある。橘の木の下は、密会の趣を持っていた。本歌の表の意味は、花橘の枝を引き寄せて折ろうとしたが、まだ若い枝であったということ。裏の意味は、可憐な女子を引き寄せてわがものにしようとしたが、若すぎたということ。このような内容は恋の失敗談であり、聞く者を楽しませる歌である。歌垣で拒否した女子をからかうための歌でもある。拒否されたことの言い訳として、あの子は若すぎたというのである。若くて可憐な女子を価値とする考えがあり、少女趣味の歌も多い。山歌として広く歌われていたのであろう。

美夜自呂の
3575

美夜自呂の　渚可敝に立てる　貌が花　な咲き出でそね　隠めて偲はむ

美夜自呂乃　渚可敝尒多弖流　可保我波奈　莫佐吉伊伝曽祢　許米弖思努波武

美夜自呂の、渚可敝に生い立っている、貌花は、はっきりと咲き出すことはするな。そのように心に隠してあなたを偲ぼう。

【注釈】

○美夜自呂乃（美夜自呂の）　地名と思われるが所在未詳。**○渚可敝尒多弖流**（渚可敝に立てる）「渚可敝」は砂辺の東国語か。細井本など「緒可敝」。代匠記（精）は「スカヘハ其義意得カタシ。今ノ岡辺ニテ有ヌヘシ」という。「敝」は周辺。「多弖流」は立ち生えていること。**○可保我波奈**（貌が花）　いかなる花か未詳。本巻に「美夜能瀬河泊能可保婆奈能」（三五〇五）とある。**○莫佐吉伊伝曽祢**（な咲き出でそね）「莫」は禁止。「佐吉伊伝」は咲き出ること。「曽」は「莫」と呼応して禁止。「祢」は希求。**○許米弖思努波武**（隠めて偲はむ）「許米弖」は包み込んで隠すこと。「思努波武」は心に偲ぼうの意。

【鑑賞】

未勘国の譬喩歌。美夜自呂の砂辺とは、浜辺の歌垣をいうのであろう。砂地には貌花が咲いていて、それを素材とした譬喩の歌である。表の意味は、貌花が色に出て咲かなくとも心に偲ぶのだということ。裏の意味は、心で偲ぶので貌花のように顔に出すなということ。恋の思いを顔色に出すなというのは、恋歌の類型である。本巻に「恋しけば袖も振らむを牟射志野のうけらが花の色に出なゆめ」（三三七六）とある。顔色に出ると人に知られて詮索されるから、顔色に出さないことを誓い合い、そのために心で偲ぶのだと説得する。愛を誓い合った男女が、どのようにして人に知られずに恋をするかを語り合っている歌であるが、恋しいあまりに顔色に出すだろうという相手に応じた歌であろう。

苗代の　3576

苗代（なはしろ）の　小水葱（こなぎ）が花（はな）を　衣（きぬ）に擦（す）り　馴（な）るるまにまに　何（あぜ）か愛（かな）しけ

奈波之呂乃　古奈宜我波奈乎　伎奴尓須里　奈流留麻尓末仁　安是可加奈思家

苗代の、小水葱の花を摘んで、衣に擦って染め、馴染むにしたがって、どうしてこんなに愛しいのだろうか。

【注釈】

○奈波之呂乃（苗代の）　稲の苗を育てる所。籾を蒔いて苗に育ててから田に植える稲作法。**○古奈宜我波奈乎**（小水葱が花を）「古」は接頭語。「奈宜」は水葱。ミズアオイ。食用や染料とした。底本は「告」を朱で消し「コ」を左傍書し「古ィ」を頭書し「キナキ」に「コ」を左傍書。**○伎奴尓須里**（衣に擦り）「伎奴」は織物。「須里」は摺り染めをいう。**○奈流留麻尓末仁**（馴るるまにまに）「奈流留」は馴染むこと。「麻尓末仁」はそれにしたがっての意。馴染む衣から馴染む女子を導く。**○安是可加奈思家**（何か愛しけ）「安是可」はどうしてか。「加奈思家」は「愛しき」の東国語。既出三三五一番歌。

【鑑賞】

未勘国の譬喩歌。苗代に小水葱が花を咲かせている。苗の隙間に生え出たのであろう。それを素材とした譬喩の歌である。表の意味は、小水葱で摺り染めにした衣が馴れてくると着心地が良いということ。裏の意味は、愛しい女子と馴れるに従い愛しさが勝るということ。これは長く一緒に過ごす夫婦の歌であろう。初めは遠慮がちであった相手も、馴れるにつれて気持ちもわかり、素晴らしいところも多く、いっそう愛しい思いがするというのである。「何か愛しけ」というのは、世間一般の男女とは異なることの主張である。苗代の仕事の合間の歌であろうと思われる。夫唱婦随の歌として宴会でも広く歌われた山歌であったと思われる。

Ｖ—挽歌（三五七七）

挽謌

愛し妹を｜3577

愛し妹を　何処行かめと　山菅の　背向に寝しく　今し悔しも

以前の歌詞は、未だ国土山川の名を勘へ知ることを得ず。

挽　謌

可奈思伊毛乎　伊都知由可米等　夜麻須氣乃　曽我比尓宿思久　伊麻之久夜思母

以前歌詞、未得勘知國土山川之名也。

愛しい妻のことを、何処にも行くことはないと思い、山菅のように、背中を合わせて寝た、そんな夜が今となっては悔やまれることだ。

以前の歌詞は、まだ国土山川の名を検討して知ることを得ていない。

【注釈】

〇挽謌　死者哀悼の歌。未勘国の挽歌一首を収める。挽歌は『万葉集』の三大部立の一で、雑歌や相聞に属さない歌。人の死を悲しみ悼む歌であり、喪葬の歌である。それが東歌に一首のみではあるが収録されたのは、恋歌を中心としながらも、防人歌に引き寄せられて、死の別離が愛の別離であるという、人生苦を理解した編纂者がいたことを示している。東国の地の民も、死の別れという悲しみを十分に理解しているというメッセージを最後に加えたものと思われる。**〇可奈思伊毛乎**（愛し妹を）「可奈思」は愛しいこと。既出三三五一番歌。「伊毛」は妹で愛しい女子。**〇伊都知由可米等**（何処行かめと）「伊都知」は何処かに。「由可米」は行くだろうかの意。「米」は反語。**〇夜麻須氣乃**（山菅の）山に生える菅のように。菅はカヤツリグサ科の菅。笠などの材。**〇曽我比尓宿思久**（背向に寝しく）「曽我比」は背中合わせ。「尓宿」は寝ること。「思久」は過去の助動詞「き」のク語法で「～であったこと」。**〇伊麻之久夜思母**（今し悔しも）「伊麻之」は今となっては。「久夜思」は悔やまれること。「母」は詠嘆。**〇以前歌詞**　三四三八番歌の「雑歌」以降の一四〇首をいう。**〇未得勘知國土山川之名也**　まだ国土・山川の名を特定出来ていないこと。国名や地名等を基準として国別に分類したが、判断の出来なかった歌の処理をいう。

【鑑賞】

未勘国の挽歌。妻の死によってその愛情が思われることを詠んでいる。挽歌ではあるが、男女の愛に根ざしている。愛しい妻と思いながらも、日常生活の中ではつまらぬことで諍いもあったろう。それでも、妻は抗うことなく夫のいうことを聞いている。そのようなことが当然としている生活の中で、突然の妻の死は驚き慌てるしかない。しかも、小さな諍いで背中合わせに寝たこともあった。そのようなことが後悔となり、この男子の深い悲しみとなる。国内を全部見せたかったという嘆きもあるが、この男子の嘆きは心の問題である。妻にもっと優しくしてあげたかったという後悔である。この歌に類する「吾が背子を何処行かめと辟竹の背向に宿しく今し悔しも」（巻七・一四一二）という挽歌があり、同想であるが歌い手は女子である。女子もまた背向に寝たことを悔やむ。都から伝わった歌が東国にも届いていたことが知られる。

万葉集巻第十四終

おわりに

『万葉集』が「東歌」として独立して巻十四の一巻に収録したのは、まだ見ぬ東方の国への憧れからである。そのようなまだ見ぬ国に、多くの歌の文化が存在していたことへの驚きがあった。しかも、その国には恋歌が海のように溢れていた。恋歌は都びとの歌にもみられたが、東方の恋歌はエロチシズムに満ち満ちていた。恋ということに何らの躊躇もなく、大声で歌い笑い合う東方の恋歌には、歌の原点が存在したのである。都の洗練された恋歌ではなく、粗野にして粗暴とも思われるそれらの恋歌に、歌うことの原点を発見したのである。

近代にあって歌は芸術性が評価され、すぐれた表現が追求された。歌の芸術的追求はすでに『万葉集』に始まっているが、東歌はそうした歌の価値からみれば規格外である。この規格外の東歌の評価をするためには、歌の芸術性から考えるべきではない。規格外の歌を評価するには、従来の規格内の基準によるべきではない。そこから考えるべきことは、「歌とは何か」という歌の根源に遡らなければならない。そこに到れば歌の芸術性からの評価ではなく、歌の原点とは何かから評価されることになる。「歌とは何か」を考えることは、「人はなぜ歌うのか」という問題に到るはずである。そのことを本質的に教えているのが東歌であったと思われる。

本書は、新典社の刊行となった。すでに幾つもの著書の刊行を手がけていただいている。社主の岡元学実氏には深く感謝申し上げる。また、編集は原田雅子氏にお世話になった。本書を素敵に制作して頂いたことに深く感謝申し上げる。

令和四年二月

著者しるす

本書は、響短歌会誌『響』（主宰・綾部光芳氏）に「恋歌の熟するころ」と題して二〇一八年五月号より東歌の恋歌の鑑賞を連載している。小文に依拠している連載が間もなく稿了となるのに伴い、本書では東歌全作品の注釈を通して東国歌謡の世界を読み進めた。本書を刊行するにあたり、綾部光芳主宰に深く感謝する。

辰巳　正明（たつみ　まさあき）
1945年1月30日　北海道富良野市生まれ
1973年3月31日　成城大学大学院博士課程満期退学
現職　國學院大學名誉教授
学位　博士（文学・成城大学）
著書　『長屋王とその時代』『歌垣　恋歌の奇祭をたずねて』『懐風藻　古代日本漢詩を読む』『「令和」から読む万葉集』『大伴旅人　「令和」を開いた万葉集の歌人』（以上、新典社）『万葉集と中国文学　第一・第二』『短歌学入門　万葉集から始まる〈短歌革新〉の歴史』『詩の起原　東アジア文化圏の恋愛詩』『詩霊論　人はなぜ詩に感動するのか』『折口信夫　東アジア文化と日本学の成立』『万葉集の歴史　日本人が歌によって築いた原初のヒストリー』『懐風藻全注釈』『王梵志詩集注釈　敦煌出土の仏教詩を読む』『山上憶良』（以上、笠間書院）『万葉集と比較詩学』（おうふう）『万叶集与中国文学』（武漢出版社）『悲劇の宰相　長屋王　古代の文学サロンと政治』（講談社選書メチエ）『新訂増補　懐風藻全注釈』（花鳥社）
編著　『郷歌　注解と研究』『古事記歌謡注釈　歌謡の理論から読み解く古代歌謡の全貌』（以上、新典社）『懐風藻　漢字文化圏の中の日本古代漢詩』『懐風藻　日本的自然観はどのように成立したか』（以上、笠間書院）『「万葉集」と東アジア』（竹林舎）など

東歌（あずまうた）を読む（よむ）　「歌路」の理論から読み解く東国の歌謡

2022年3月1日　初刷発行

著　者　辰巳正明
発行者　岡元学実

発行所　株式会社　新典社

〒111－0041　東京都台東区元浅草2-10-11吉延ビル4F
ＴＥＬ　03－5246－4244　ＦＡＸ　03－5246－4245
振　替　00170－0－26932

印刷所 惠友印刷㈱　製本所 牧製本印刷㈱

ISBN978-4-7879-0650-2 C1095
https://shintensha.co.jp/
E-Mail:info@shintensha.co.jp